Le pari du rancher

Des triplés en héritage

MAYSEY YATES

Le pari du rancher

Traduction française de
ROSELINE AULIAC

PASSIONS

HARLEQUIN

Collection : PASSIONS

Titre original :
THE RANCHER'S WAGER

HARPERCOLLINS FRANCE
83-85, boulevard Vincent-Auriol, 75646 PARIS CEDEX 13
Service Lectrices — Tél. : 01 45 82 47 47 - www.harlequin.fr
ISBN 978-2-2804-5387-5 — ISSN 1950-2761

Composé et édité par HarperCollins France.
Imprimé en septembre 2021 par CPI Black Print (Barcelone)
en utilisant 100% d'électricité renouvelable.
Dépôt légal : octobre 2021.

MIXTE
Papier issu de sources responsables
FSC® C159065

Pour limiter l'empreinte environnementale de ses livres, HarperCollins France s'engage à n'utiliser que du papier fabriqué à partir de bois provenant de forêts gérées durablement et de manière responsable.

- 1 -

Cricket Maxfield avait remporté un grand nombre de prix douteux au cours de sa vie : celui de la petite dernière de la famille, celui de celle qui intéressait à peine ses parents qui la laissaient livrée à elle-même, et celui qui la distinguait comme la seule des trois sœurs Maxfield née avec les pieds en dedans *et* les dents en avant ! Par chance, les deux derniers handicaps avaient été résolus, le premier grâce à des attelles et le second grâce à un appareil orthodontique.

Sans oublier, parmi les prix douteux, le ranch délabré dont l'existence avait été révélée lors de l'inventaire des biens de son père après sa disgrâce, et dont personne dans sa famille n'avait voulu.

Malgré tout, elle avait le sentiment qu'elle était sur le point de remporter au poker le prix le plus étrange de tous : un cow-boy d'un mètre quatre-vingt-treize, beau comme un dieu et solide comme un roc. Une véritable aubaine.

Oh ! il ne pensait pas qu'il allait perdre. Il était tellement sûr de lui qu'il misait de façon inconsidérée, ignorant qu'elle avait la meilleure main possible. Il jouait comme s'il avait eu un full ou une quinte flush.

Mais elle avait une quinte flush *royale*.

Cette dernière partie du tournoi de poker caritatif était toujours le clou de la manifestation de collecte de fonds organisée par l'association Battle of the Gold Valley Stars. Et c'était la première année que Cricket y participait.

C'était la revanche. La partie qui attirait le plus de spectateurs.

D'énormes sommes d'argent avaient déjà été récoltées lors des parties précédentes, chaque joueur se battant avec acharnement et déposant ses mises dans le pot au bénéfice de la communauté.

La partie actuelle était la plus intéressante car les participants tentaient de récupérer une partie de leurs possessions perdues lors de tournois précédents et mises au pot par leurs rivaux, notamment des biens âprement disputés au cours de ventes de charité ou des bribes d'héritages familiaux échangés depuis des décennies.

Pour l'heure, Cricket arborait une veste à franges en cuir noir beaucoup trop grande pour elle, gagnée lors de la partie précédente contre Elliott Johns, dirigeant d'une société spécialisée dans la filtration et la purification de l'eau. Elle était coiffée d'un chapeau de cow-boy également trop grand, qu'elle avait remporté contre sa cible actuelle, Jackson Cooper. Le chapeau reposait bas sur sa tête et sentait vaguement la sueur, ce qui était agaçant, car respirer l'odeur de Jackson avait le don de la troubler.

Un peu comme la sensation qu'elle éprouvait, dans son enfance, quand elle essayait de faire quelque chose d'interdit. Rien que d'y penser, un picotement se lova au creux de son bas-ventre, suscitant en elle une sensation d'étrangeté et de fébrilité. Elle s'agita sur son siège, froissant sa robe. Encore un autre prix douteux. Une robe de soirée rouge déjà portée par sa sœur Emerson lors d'une manifestation caritative précédente.

La nervosité de Cricket était due à la fois à l'anticipation de la victoire et au fait d'être si près de Jackson Cooper. Un homme qu'elle évitait, d'habitude.

Au fil des ans, elle avait suivi de loin les faits et gestes de la famille Cooper. Ce qu'elle se gardait bien d'avouer à quiconque. Trop embarrassant.

Au cours des derniers mois, elle avait appris à connaître un peu mieux Creed, le frère de Jackson, puisqu'il était devenu son beau-frère. À l'époque, elle avait été choquée et consternée d'apprendre que sa sœur Wren sortait avec un Cooper, notamment parce que les deux familles étaient rivales depuis longtemps. Après moult péripéties, ils étaient désormais heureux en ménage et parents d'un beau bébé. Cricket avait alors juré à Wren que ces cow-boys têtus et irritants au possible n'étaient pas du tout son type d'homme. Mais elle avait menti.

Jackson la troublait..., mais il était aussi le seul Cooper susceptible de répondre aux questions qui la taraudaient.

À cause de Wren, elle ne pouvait pas aborder le sujet avec Creed. Et elle n'avait pas envie d'en parler à Honey, la benjamine des Cooper, qu'elle trouvait d'un abord difficile, même si elles étaient à peu près du même âge. D'une certaine façon, Cricket la jalousait.

Honey était une fille de la campagne. Une cow-girl pugnace. Et elle semblait bien intégrée au sein de sa famille. Ce qui n'était pas vraiment le cas de Cricket.

Par exemple, elle ne s'intéressait pas au vignoble familial. En revanche, elle jouait remarquablement bien aux cartes. Voilà pourquoi, en l'absence de son père – banni de la maison et de la communauté pour une excellente raison –, Cricket avait été choisie par ses sœurs pour le remplacer.

Et elle était sur le point de rafler la mise.

— Je relance, dit-elle.

Oh ! oui, il était temps. Dans ce pot, beaucoup de choses l'intéressaient. Les boutons de manchettes de Jackson. Sa montre. Un poney faisant partie de son ranch.

De son côté, elle avait offert un bracelet en diamant – qui ne lui appartenait même pas –, une caisse de vins de la réserve Maxfield et le dollar provenant de la toute première vente de son père, qu'il avait fait encadrer et qui était toujours suspendu au mur de son bureau vide. Un trophée que Jackson envisageait, non sans humour, d'offrir à son propre père, lequel détestait cordialement James Maxfield.

Quoi qu'il en soit, être assise en face de Jackson Cooper stimulait son esprit de compétition et accentuait cette sensation complexe et déroutante qu'elle ressentait toujours en sa présence.

Et, maintenant, c'était le moment de la dernière mise.

— Je mise ma personne.

— Pardon ?

— Je m'engage à travailler gratuitement chez Cowboy Wines pendant trente jours.

Jackson haussa les sourcils, visiblement pris de court.

— Quelle drôle d'idée !

— Tu as peur ?

Il ricana.

— Pas du tout. Pour preuve, je suis et je relance. Je m'engage à travailler chez Maxfield Vineyards pendant trente jours.

— Non, dit-elle. Le vignoble de ma famille n'a pas besoin de toi. Tu travailleras gratuitement dans mon ranch pendant trente jours. Et tu dormiras dans le dortoir.

Cricket avait désespérément besoin d'un ouvrier agricole expérimenté. Et Jackson était l'homme de la situation. Elle voulait s'éloigner le plus possible du milieu snob et privilégié auquel elle appartenait. Ce ranch était le moyen idéal pour y parvenir.

— Et si je perds…

— Tu travailleras chez Cowboys Wines, dans la salle de dégustation, et tu serviras les clients, vêtue d'une minijupe et chaussée de bottes de cow-girl.

Il essayait de l'effrayer ou de l'humilier. Mais elle avait grandi auprès de James Maxfield. Pendant des années, à cause de lui, elle s'était sentie petite, triste et non désirée. C'était tout récemment qu'elle avait commencé à deviner pourquoi son père l'avait traitée de cette façon. Alors, après une vie d'humiliations, ce n'était pas la perspective de servir des clients en minijupe qui aurait raison d'elle.

— Marché conclu, dit-elle.

Il n'était pas question qu'elle perde.

Elle avait besoin de Jackson dans son ranch, car elle était dans une impasse. Faute de s'y connaître en matière d'élevage, elle ne savait pas par où commencer. C'est pourquoi son savoir-faire lui serait très utile.

Et puis, il y avait cette *autre* raison.

— Tu sembles terriblement sûre de toi, dit-il.

— Oh ! je le suis.

Il posa ses cartes sur la table, sa belle bouche s'étirant en un sourire. Le sourire d'un homme qui n'avait pas dû perdre souvent.

Oh ! comme elle se réjouissait de lui montrer à quel point il avait tort de sourire ainsi. Car non seulement il avait perdu, mais il avait perdu contre elle. Contre une femme qui avait au bas mot dix ans de moins que lui. Une femme qu'il jugeait écervelée et peu attrayante.

Il le lui avait bien fait comprendre les rares fois où

ils s'étaient rencontrés depuis qu'ils étaient devenus, en quelque sorte, parents par alliance, ne manquant jamais d'afficher son dédain envers elle.

— Juges-en par toi-même et pleure, cow-boy.

Cricket Maxfield avait la plus forte main et ne s'en cachait pas. Cette petite peste ne se donnait même pas la peine d'afficher la mine impassible que tout joueur de poker se devait d'arborer quand il avait une main gagnante.

Elle était assise là, crânant avec son chapeau trop grand pour elle sur la tête, un cigare même pas allumé à la bouche. Une bouche pulpeuse d'un rouge déconcertant, ce soir. Elle avait visiblement laissé sa sœur Emerson la maquiller pour l'occasion. Elle aurait dû avoir l'air ridicule, affublée de cette grande veste à franges par-dessus sa robe rouge scandaleusement décolletée qui faisait ressortir sa peau pâle et soyeuse, mais elle ne l'était pas du tout. Et, à cet instant, elle ressemblait beaucoup trop à une gagnante.

Par chance pour lui, quand il avait sur-relancé, il était sûr qu'elle gagnerait. Et il voulait qu'elle gagne.

— Tu deviens donc mon ouvrier agricole pendant trente jours, dit-elle. Mais ne t'inquiète pas. Je suis une très bonne patronne.

Jackson n'avait pas besoin d'une patronne. Ni dans son travail ni dans sa chambre à coucher. Malgré tout, les paroles de Cricket enflammèrent son sang dans ses veines. Non parce qu'il voulait qu'elle soit aux commandes, mais parce qu'il était tout disposé à lui montrer à quoi ressemblait un patron. À clouer le bec de cette petite peste.

Avoir conscience de sa présence était déjà problématique en soi, mais sentir qu'elle avait éveillé son intérêt en tant que femme l'était encore plus. Bien sûr, c'était à cause de sa tenue vestimentaire. Elle redeviendrait inintéressante, comme à son habitude, dès que la soirée serait terminée. Il pourrait alors oublier qu'il avait été tenté de plonger son regard dans son décolleté suggestif durant la partie de cartes.

— Oh ! je n'en doute pas, mon chou.

— Je suis ta patronne. Pas ton chou.

— Je ne pensais pas que le fait de me gagner au jeu te donnait le droit de me dire comment m'exprimer.

— Le fait d'être ta patronne m'en donne le droit.

— C'est un argument contestable…

Il attendit un moment, laissant les deux mots rouler sur sa langue, les savourant tout à loisir avant de les prononcer :

— … mon chou.

— Nous allons devoir travailler sur ton attitude. Tu es indiscipliné.

— Encore une fois, dit-il avec un grand sourire, je ne me souviens pas de m'être engagé à adopter un comportement particulier.

Il y avait de l'animation autour d'eux. Les personnes qui s'étaient massées pour observer la partie de cartes s'amusaient de leur passe d'armes. Il ne pouvait pas leur en vouloir. S'il avait été simple spectateur, lui aussi se serait amusé aux dépens de l'idiot qui avait perdu contre la petite peste avec le cigare.

Si les apparences étaient contre lui, il avait cependant le sentiment d'être gagnant parce que ce pari fou lui offrait l'occasion rêvée de parvenir à ses fins.

En effet, quand il avait appris par son frère que James

Maxfield était propriétaire du domaine jouxtant le sien, il avait aussitôt décidé de l'acheter maintenant que tous les biens de James étaient revenus à sa famille. Mais Cricket avait jeté son dévolu sur la propriété, déclarant haut et fort qu'elle voulait devenir éleveuse.

Jackson le savait, elle n'avait pas les compétences requises pour exploiter un ranch. C'était déjà difficile pour quelqu'un d'expérimenté. Or, elle ne l'était pas. Bien sûr, lors du partage des biens de son père, elle avait reçu une importante somme d'argent, mais ce pactole n'était pas inépuisable.

Elle n'était pas à la hauteur de la tâche qui l'attendait. Et il aurait largement le temps de le lui démontrer durant le mois qu'il passerait dans son ranch en tant qu'ouvrier agricole.

— Tu devras aussi m'amener mon poney, dit-elle.

Décidément, elle tenait à son poney ! Mais il finirait par le récupérer. Parce que Cricket n'avait pas la moindre idée de la somme de travail à fournir pour élever des animaux. Pour cultiver la terre. Pour entretenir un ranch.

Elle était têtue et très différente de ses sœurs.

Leurs familles avaient beau être rivales, elles travaillaient dans le même secteur d'activité. Il avait vu grandir Cricket et se faisait une assez bonne idée de sa personnalité. Il savait aussi qu'elle appartenait à une famille très privilégiée.

Les Maxfield possédaient un immense domaine viticole entretenu par une importante main-d'œuvre.

Dans ces conditions, l'idée que Cricket se faisait de la gestion d'un ranch ne pouvait qu'être romantique. Mais il savait que la réalité était tout autre.

Il avait grandi dans une famille aisée. Du moins, la plus grande partie de sa vie. À l'époque où ses parents peinaient à boucler leurs fins de mois, il était suffisamment âgé pour ne pas avoir oublié cette période.

Son jeune frère se souvenait très peu de cette époque, et Honey, la benjamine, pas du tout. Mais lui, si. Pour ce qu'il en savait, Cricket n'avait jamais connu de difficultés financières de sa vie. Non qu'il la trouvât stupide. Elle ne l'était pas. Au contraire, elle était spirituelle, intelligente et un peu cassante.

Il l'avait toujours trouvée captivante, surtout comparée au reste de sa famille. Même avant qu'on découvre que James Maxfield était un délinquant et un prédateur sexuel, Jackson éprouvait une étrange fascination pour cette famille tellement différente de la sienne. Les rapports entre James Maxfield et son épouse avaient toujours été tendus. Leurs deux aînées, Wren et Emerson, semblaient sorties du même moule. Des jeunes filles policées, ayant reçu une éducation élitiste et appartenant à la meilleure société. À une certaine époque, ils les avaient même comparées non sans humour aux héroïnes du roman d'Ira Levin *Les Femmes de Stepford*, préprogrammées pour devenir des épouses dévouées et soumises à leurs maris.

Mais pas Cricket.

Elle n'avait jamais été en première ligne lors des réceptions données par sa famille dans le domaine viticole à l'occasion du lancement d'un nouveau cru. Bien que les vignobles Maxfield Vineyards et Cowboy Wines fussent rivaux, chacune des deux familles assistait souvent aux réceptions organisées par l'autre. Par courtoisie professionnelle, bien sûr, mais aussi pour ne pas perdre une occasion d'évaluer la concurrence. Il avait donc vu Cricket de nombreuses fois au fil des ans. Rôdant aux alentours, la plupart du temps, puis brillant par son absence quand elle avait été plus grande. Une fois, trois ans auparavant – elle devait avoir dix-huit ans –, il l'avait aperçue sur une balançoire dans la cour, vêtue d'une robe blanche qu'elle portait à contrecœur, il en était certain. Il faisait sombre dehors alors que la salle de réception des Maxfield brillait de mille feux.

Sous le clair de lune, elle lui avait paru complètement isolée. Solitaire. Et il avait éprouvé un élan de compassion envers elle. Il n'était du genre à s'apitoyer sur le sort des gens, pourtant elle lui avait donné l'impression d'être une étrangère au sein de sa propre famille.

Maintenant qu'il connaissait les antécédents de James Maxfield, il comprenait mieux son mal-être.

De même, depuis que son frère Creed avait épousé Wren, il avait changé d'opinion au sujet de cette dernière et d'Emerson. Elles étaient chaleureuses et dignes d'intérêt. Mais tellement différentes de leur sœur cadette.

Il n'empêche que Cricket était incapable d'exploiter un ranch. Et il serait là pour lui montrer quelle somme de travail cela représentait. Il n'aurait pas besoin de recourir à des procédés malhonnêtes pour la décourager. Il se contenterait de la confronter à la réalité du terrain. Et elle ne demanderait pas mieux que de lui vendre sa propriété.

Il avait acheté son propre ranch après la mort de sa mère tout en continuant à s'occuper du ranch familial. Par chance, il avait du personnel qui le secondait et le remplacerait pendant son absence. Car il n'y avait pas de jour férié quand on était éleveur. Un principe de base qu'il se ferait un plaisir d'inculquer à Cricket.

— Présente-toi au ranch lundi matin, lui dit Cricket. Et apporte un sac de couchage. Le dortoir n'est pas chauffé.

Elle ne lui serra pas la main. À la place, elle écrasa

le cigare qu'elle n'avait pas allumé, fit la moue et toucha le bord de son chapeau en guise de salut.

Quelle impertinence ! Cette petite peste avait peut-être gagné le tournoi, mais il obtiendrait le ranch qu'il convoitait.

Il s'en faisait la promesse.

— Tu as fait quoi ?

Devant l'air incrédule d'Emerson, Cricket affichait un air béat. Mais elle n'avait pas l'intention de dévoiler tous les détails de son plan à ses sœurs. Du moins, pas tout de suite.

— Tu le saurais si tu étais venue.

— Comment l'aurais-je pu ? J'ai l'air d'une baleine ! protesta Emerson, enceinte de neuf mois. Et mes chevilles sont si enflées que je ne peux même pas me chausser !

— Je ne lui ai rien dit, déclara Wren à Cricket, un grand sourire aux lèvres. Je voulais qu'elle apprenne la nouvelle de ta bouche.

— J'ai gagné Jackson au poker, annonça Cricket. Loyalement. Et maintenant, il devra travailler dans mon ranch.

Elle jubilait. Son plan fonctionnait à merveille. Elle avait l'entière maîtrise de la situation.

— Et j'ai aussi gagné un poney, ajouta Cricket, triomphante. Quoi ? Pourquoi me regardes-tu ainsi ?

— Parce que Jackson Cooper est un homme retors, déclara Emerson.

— Creed Cooper aussi, mais cela n'a pas empêché Wren de l'épouser !

Cricket avait encore du mal à se remettre du choc que lui avaient causé la liaison tumultueuse et le mariage de

Wren avec Creed. Mais elle préférait garder son opinion pour elle, comme pour tout ce qui avait trait aux Cooper.

— Soit dit en passant, ton mari est aussi un homme retors, déclara-t-elle à Emerson. Même si c'est un bon mari. Et puis, je ne vais pas me marier avec Jackson. Il travaillera pour moi gratuitement. C'est tout.

Elle était habituée à faire semblant de penser le plus grand mal de Jackson. Mais cette conversation entraînait ses pensées dans une étrange direction. Une direction qu'elle cherchait à esquiver depuis des mois, maintenant.

— Bon. Je l'admets, tu as fait fort ! déclara Emerson.

— Et moi, je suis contente que tu t'intéresses sérieusement à quelque chose, dit Wren. Ce ranch est peut-être une bonne idée. Nous nous faisions du souci pour toi.

— Depuis plus d'un an, je sais. Mais vous n'osiez pas m'en parler.

Ses sœurs ne savaient pas comment s'y prendre avec elle. Elle en avait conscience. De son côté, elle ne savait pas trop comment leur parler. Sans doute à cause de leur différence d'âge.

— Nous avions toujours peur de te dire quelque chose de blessant et que tu te renfermes dans ta coquille, remarqua Emerson. Et je le regrette. Bien sûr, tu n'es plus une petite fille, mais c'était sans doute plus facile pour nous de te considérer comme un bébé.

— Je suis heureuse que vous me preniez enfin au sérieux.

— Je l'avoue, j'étais très dubitative quand tu nous as annoncé que tu voulais récupérer le ranch.

— Il est rentable. Bien sûr, sa remise en état nécessitera beaucoup de travail, mais cela aurait été dommage de le laisser à l'abandon. Et puis, j'ai toujours eu envie d'avoir un endroit à moi. Le vignoble ne m'a jamais intéressée. Je vous choque sûrement en disant cela, mais c'est ainsi.

— Non, ce n'est pas une grande surprise, dit Emerson.

— Je ne suis simplement pas comme vous.

Franchement, elle et ses sœurs n'auraient pas été plus différentes si elles l'avaient voulu. Emerson était splendide avec ses courbes sensuelles – même accentuées par sa grossesse. Et Wren avait une beauté raffinée. Cricket s'était toujours sentie très mal à l'aise lors des réceptions données par ses parents, alors que ses sœurs évoluaient avec grâce parmi les invités, visiblement dans leur élément. Elles savaient aussi mettre en valeur leur beauté naturelle alors que Cricket ne s'était jamais vraiment souciée de son apparence. D'où son sentiment récurrent d'être le vilain petit canard de la couvée.

Autre différence, ses sœurs avaient désespérément cherché à plaire à leur père, à le rendre fier d'elles. Pour sa part, Cricket n'avait jamais trouvé grâce à ses yeux et avait préféré se faire oublier.

Elle gardait le souvenir amer d'une discussion avec son père, quatre ans plus tôt, alors qu'elle lui exprimait son souhait d'aller à l'université :

« – Tu ne t'es jamais beaucoup appliquée au lycée, n'est-ce pas ?

— Je…

— Que veux-tu faire comme métier ?

— Je ne sais pas, avait-elle répondu, prise de court. Il faut que j'aille à l'université pour trouver ma voie…

— Emerson et Wren contribuent à la prospérité du domaine grâce à leurs diplômes. Est-ce ce que tu souhaites ? »

Cricket n'avait pas eu l'autorisation d'aller à l'université.

Pourtant, son père avait les moyens de l'inscrire. Ce

n'était pas l'argent qui avait motivé sa décision, mais l'intérêt qu'il aurait eu à lui faire faire des études supérieures. Comme si elle n'avait aucune valeur à ses yeux.

Ses parents s'étaient toujours montrés tellement distants avec elle. Ce n'était que tout récemment qu'elle avait commencé à comprendre la raison de leur attitude. À soupçonner qu'elle n'était pas la fille de James Maxfield...

Partant de là, elle avait pris conscience que ses différences avaient du sens. Qu'elle n'était pas anormale. Bien sûr, l'idée d'être une enfant adultérine la blessait d'une certaine façon, mais elle se ferait une raison. Elle n'avait pas le choix.

— Je suis heureuse d'avoir cette conversation avec vous deux, dit-elle.

— Quoi que tu penses de nos maris, intervint Emerson, ce sont des cow-boys expérimentés et ils seront ravis de t'aider à exploiter ton ranch.

— Je sais. Peut-être ferai-je appel à eux quand Jackson aura terminé de travailler gratuitement pour moi. Mais, pour l'instant, j'ai résolu mon problème.

— Bien joué, Cricket, dit Emerson.

Puis elle soupira, l'air un peu abattu.

— Je ne vois même pas mes pieds.

— C'est normal puisque tu es dans ton neuvième mois.

Le bébé de Wren était âgé de trois mois, et la jeune maman avait déjà retrouvé sa taille de guêpe. Mais elle aussi, quoique plus menue qu'Emerson, s'était désolée de la proéminence de son ventre au même stade de sa grossesse.

Cricket n'en revenait pas de voir ses sœurs si bien installées dans la vie de famille. Pourtant, elles ne lui avaient pas vraiment donné l'impression d'être des femmes d'intérieur. Elles avaient eu des ambitions professionnelles. Mais elles étaient tombées amoureuses, et cela les avait changées. En bien. Elles semblaient plus heureuses. Plus épanouies et plus sûres d'elles. Mais Cricket n'était pas pressée de les imiter.

Elle voulait simplement être… libre. Vivre sa vie comme elle l'entendait. Ne plus ressentir l'énorme pression qui pesait sur elle afin qu'elle s'intègre dans un moule qui ne lui convenait pas. Ne plus être le vilain petit canard de la couvée. La sœur gauche et disgracieuse qui ne se souciait pas du tout de son apparence.

Elle était grande et svelte, plutôt filiforme. Mais alors que cette minceur était élégante et raffinée chez Wren, elle seyait moins à Cricket car, lui semblait-il, elle faisait ressortir sa charpente un peu anguleuse. Qui plus est, elle avait des taches de rousseur, des pommettes trop prononcées à son goût, la lèvre supérieure un peu plus charnue que la lèvre inférieure. Et, bien que l'appareil orthodontique eût redressé ses dents, il demeurait un léger écart entre ses deux incisives.

Bref, elle ne ferait pas carrière dans le mannequinat, songeait-elle avec son sens de l'autodérision. Qu'importait son apparence physique. L'essentiel était de savoir quels étaient ses atouts. Sportive. Endurante. Excellente cavalière. Rebelle. Comme ses cheveux… Ils lui donnaient l'impression d'être toujours en mouvement, d'être active. Et cela lui plaisait.

N'ayant pas le raffinement de sa mère et de ses sœurs, elle s'identifiait davantage aux Cooper qu'aux Maxfield. Ils avaient des racines et une sensibilité terriennes. C'était quelque chose qu'elle comprenait et qu'elle appréciait.

Elle aussi voulait avoir ce genre de lien viscéral à la terre. Elle l'avait déjà, elle en était sûre.

— J'ai l'intention de faire un bon usage de Jackson Cooper, déclara Cricket d'un ton triomphant.

Elle se le représentait avec ses larges épaules et ses grandes mains. La personne idéale pour l'aider à remettre son ranch en état. Et aussi pour aborder le sujet ô combien délicat de l'éventuel lien de parenté entre eux.

— Oui, vraiment, dit-elle pour elle-même.

Wren et Emerson échangèrent un regard.

— Sois prudente, Cricket.

— Pourquoi ?

— Les Cooper sont des hommes dangereux, répondit Wren.

Cricket fixa sa sœur, confuse.

— Je ne comprends pas ce que tu essaies de me dire.

— Quand tu déclares vouloir faire un bon usage de Jackson Cooper, cela peut prêter à confusion.

Cricket ne voyait toujours pas où sa sœur voulait en venir.

— On pourrait penser que tu parles de sexe, précisa Wren.

Horrifiée et embarrassée, Cricket se récria :

— Non, pas du tout ! Comment peux-tu penser à une chose pareille, Wren ? Avant de me décider à avoir un homme dans ma vie, je dois savoir où j'en suis, établir mes priorités. Et puis… Jackson est vieux !

Entre autres choses.

Wren éclata de rire.

— Tu exagères. Il n'a que deux ans de plus que mon mari.

Cricket eut une moue dubitative.

— Mais je suis beaucoup plus jeune que toi !

Wren pinça les lèvres, visiblement vexée.

Décidément, la diplomatie n'était pas son fort, songea Cricket un peu honteuse.

— Il s'agit d'un arrangement concernant le travail et rien d'autre.

En disant cela, elle ressentit une étrange palpitation dans sa poitrine, signe qu'elle mentait.

— Si tu le dis.

— Absolument.

— S'il y a une chose dont je sois sûre à ton sujet, Cricket, c'est que, quand tu as quelque chose en tête, tu mets tout en œuvre pour arriver à tes fins.

En l'occurrence, ce qu'elle avait en tête, c'était de savoir si oui ou non elle était une Maxfield.

Et engager Jackson Cooper était le meilleur moyen de le découvrir.

- 2 -

L'endroit était dans un état de délabrement incroyable, songeait Jackson. Le qualifier de ranch était exagéré. Quant à la maison, elle ne valait guère mieux, avec son porche de guingois. Mais ce n'était pas la maison qui l'intéressait. Seulement le terrain, idéalement situé à côté du sien.

Cette propriété était le seul et unique moyen d'agrandir son ranch. Et il en avait besoin. Il n'envisageait pas de passer sa vie à entretenir le domaine familial, Cowboy Wines.

Soudain, la porte moustiquaire s'ouvrit, et Cricket apparut sur le seuil. Une étrange vision. On aurait dit la reine des pirates sur un bateau en perdition.

Elle portait un chapeau sur ses boucles blondes, un top blanc ajusté, un short en denim et des bottes. Elle était l'image même de la cow-girl sexy, même si, il le savait, ce n'était pas l'image qu'elle cherchait à donner d'elle, du moins pour le côté sexy.

Elle avait des jambes longues, interminables. Une silhouette mince et élancée, avec des courbes graciles mais sensuelles. Elle ne s'était pas maquillée, et c'était une bonne chose car sa beauté naturelle ne nécessitait pas d'apprêt. Il aimait son visage si original, avec ses pommettes saillantes et ses lèvres charnues. Curieusement, depuis quelque temps, il lui trouvait de plus en plus de charme, mais il préférait ne pas approfondir la question.

D'ailleurs, il n'était pas ici pour lui conter fleurette mais pour lui enseigner le métier d'éleveur. En mettant l'accent sur sa pénibilité afin qu'elle se rende compte que ce métier n'était pas fait pour elle.

— Me voilà, comme convenu, dit-il.

— Parfait, répondit-elle avec un large sourire.

— Qu'as-tu décidé ? Parce que l'endroit nécessite beaucoup plus qu'un mois de travail.

Elle parut aussitôt déconfite, et il se demanda si elle allait lui faciliter la tâche.

— Pourquoi dis-tu cela ? Qu'est-ce qui ne va pas ?

— Pour commencer, tu risques de passer à travers le plancher de ton porche si quelqu'un ne le consolide pas. Est-ce que tu vis dans cette maison ?

— Oui. Mais tout va bien. J'évite simplement quelques planches branlantes.

— Un de ces jours, tu vas te casser quelque chose !

— Non, ça ne m'arrivera pas.

— Il est vrai que tu es un poids plume, mais une personne de mon gabarit n'aura pas cette chance.

— Disons que mon plancher branlant est un gage de sécurité pour moi. Par exemple, si un cow-boy un peu trop entreprenant veut forcer ma porte, il passera à travers le plancher, et ce sera bien fait pour lui.

— Tu as quelque chose contre les cow-boys ? Parce qu'il t'en faudra un pour remettre ton ranch en état.

Il regarda alentour et s'efforça d'afficher un air accablé devant l'énormité de la tâche.

Même si le travail ne l'avait jamais impressionné.

— Il t'en faudra même plus d'un si j'en juge par la vétusté des lieux, ajouta-t-il pour faire bonne mesure.

— Je n'ai rien contre les cow-boys en général. Simplement, ils n'ont rien à faire dans ma maison.

— C'est à voir. Il y a sûrement des réparations à effectuer à l'intérieur.

Elle affichait un air têtu, mais il devinait qu'elle était sur ses gardes, et il ne comprenait pas pourquoi. Il ne lui avait jamais donné la moindre raison de se défier de lui.

— Bon, il y a peut-être quelques bricoles à réparer, admit-elle. Mais je peux faire appel à quelqu'un d'autre.

— Pourquoi ? Je suis là.

Elle le contempla, dubitative.

— Tu t'y connais en plomberie ou en électricité ?

— Bien sûr.

— Dans ce cas… Je t'autorise à entrer pour jeter un coup d'œil.

— Indique-moi les planches branlantes.

Il franchit le porche sans encombre et pénétra dans la minuscule entrée.

Cricket lui désigna l'intérieur en souriant.

— Qu'est-ce que tu en penses ? Non, je plaisante. Je disais ça comme ça.

Il pivota sur lui-même, examinant les lieux.

— Cette maison a un certain charme, Cricket.

De fait, cette petite ferme n'était pas en si mauvais état. Bien sûr, elle portait la marque des années, mais elle pouvait être restaurée sans trop de difficultés.

En revanche, il avait beaucoup de mal à comprendre pourquoi une femme comme Cricket – qui avait grandi dans une immense demeure bâtie à la manière des villas toscanes – souhaitait s'installer dans une maison aussi petite et vétuste.

— Je suis de ton avis. Je me plais beaucoup ici. C'est

le genre de vie qui m'attire, alors que le vignoble ne m'a jamais intéressée.

— Oui, j'ai remarqué que tu ne participais pas de gaieté de cœur aux réceptions données par tes parents.

Mais il y avait une grande différence entre se désintéresser du vignoble et vouloir exploiter un ranch. Elle ne le savait peut-être pas encore, mais lui, si.

Pendant des années, il avait entretenu le ranch de Cowboy Wines, suant sang et eau pour mettre en valeur l'héritage de son père, Cash. Jusqu'à ce qu'il découvre la vérité à son sujet. Le premier choc passé…

Il avait décidé d'acquérir son propre ranch.

Malgré tout, il continuait de travailler dans le domaine familial car il ne voulait pas couper les ponts avec son père. Sa mère ne l'aurait pas souhaité. Pendant des années, elle s'était efforcée de maintenir l'unité familiale aux dépens de son propre bonheur, et il n'était pas prêt à détruire tout ce qu'elle avait patiemment construit. Mais il n'était pas obligé de reproduire le même schéma que son père.

— C'est vrai, dit-elle. J'ai toujours rêvé d'avoir un ranch.

— Pourquoi ?

Elle hésita, mal à l'aise, avant de répondre :

— C'est difficile à dire. J'ai l'impression que c'est inscrit dans mes gènes. Ce qui est étrange puisque ma famille ne possède pas de ranch. Est-ce que tu ressens la même chose ? Est-ce que tu as le métier d'éleveur dans le sang ?

Il haussa les épaules, un peu dérouté par sa question.

— Je n'en sais rien. Je fais ce métier parce que je ne me vois pas faire autre chose.

Le visage de Cricket s'éclaira.

— Oui. C'est exactement cela. Sauf que ce n'était pas aussi évident pour moi. J'ai mis du temps à comprendre pourquoi je rêvais d'avoir ma propre maison dans la campagne, comme ici. Et d'avoir des chevaux.

— Comment comptes-tu gagner ta vie ? En élevant des chevaux ?

— Eh bien…

— Ou du bétail ?

Il poursuivit sans attendre sa réponse.

— Des vaches de race laitière ou à viande ? As-tu pensé à la question de l'abattage ? Aux soins vétérinaires ? Aux normes sanitaires ? Aux coûts d'installation et d'entretien ?

— Je…

— Si tu décides d'avoir un haras, choisiras-tu des reproducteurs ou opteras-tu pour l'insémination artificielle ?

— Eh bien…

— Te lanceras-tu dans la production maraîchère ? As-tu pensé au cannabidiol ? L'exploitation du chanvre à usage thérapeutique est une culture prometteuse.

— Il se trouve que je n'ai encore rien décidé, s'empressa-t-elle de déclarer. Je ne sais pas exactement quelle activité j'exercerai sur ce domaine. J'aurais sans doute les idées plus claires une fois qu'il sera remis en état.

— Je l'espère pour toi, dit-il, dubitatif.

Manifestement, elle ignorait où elle mettait les pieds. Elle courait tout droit à la catastrophe. Et il en était quitte pour une mission de sauvetage.

Allons, ne sois pas stupide. Tu te laisses attendrir et tu en oublies ton objectif : lui racheter sa propriété.

Le problème avec Cricket, c'est qu'elle était victime d'un excès de confiance en soi dû à sa jeunesse et à son inexpérience. Elle était persuadée de tout savoir mieux que tout le monde.

— Je ne suis pas sûre d'avoir le courage de me lancer dans l'élevage bovin, dit-elle. D'un autre côté, l'élevage de chevaux est une activité très onéreuse.

— Oui. Surtout si tu veux sélectionner les meilleurs. Mais peut-être cette activité correspond-elle mieux à ce que tu recherches.

— Tu as sans doute raison.

Il n'en revenait pas qu'elle tienne compte de ce qu'il lui disait.

— Je vais y réfléchir. Me renseigner. Consulter de la documentation. Finalement, j'ai tout mon temps. Le ranch est payé intégralement. Et j'ai de l'argent de côté.

— Grâce à la succession de ton père ?

— Oui. Et aussi grâce à la vente de ma participation dans le vignoble. Cette activité ne m'intéressait pas, et j'ai préféré me retirer de l'affaire afin de suivre ma propre voie.

— Et tu m'utilises comme esclave.

— L'occasion était trop belle pour la laisser passer. C'est vrai, pourquoi payer quelqu'un quand on peut l'avoir gratuitement ?

— Commençons par la maison, dit-il, quittant le petit salon pour passer dans la cuisine.

Il remarqua les toiles d'araignées dans les coins.

— As-tu nettoyé la pièce ?

— Un peu.

Il ne dit rien et continua son inspection, remarquant la poussière et la peinture écaillée.

Cricket fit la moue, penaude.

— Bon, je l'admets, je ne suis pas habituée à faire du ménage. À la maison, nous avons des employés qui s'en chargent. Je veux bien m'y mettre, seulement… comme c'est nouveau pour moi, je ne pense pas à tout. Et je m'en veux, car je n'ai pas le sentiment d'être une petite fille riche et gâtée. Même si je le suis dans une certaine mesure. Comprends-moi bien, je suis prête à faire du ménage et ce genre de choses, mais je ne sais pas comment m'y prendre. C'est bon signe, non ?

Il était bien embarrassé. Son objectif était de lui dire la vérité sur l'état de son domaine ; lui donner des conseils censés la décourager et l'inciter à lui vendre sa propriété. Mais elle le regardait soudain comme s'il était en mesure de lui dévoiler les mystères de l'univers. Cette confiance qu'elle plaçait en lui le mettait en porte-à-faux, et il n'aimait pas cela.

— Tout ce que je sais, dit-il, c'est qu'il n'est jamais trop tard pour apprendre à se débrouiller par soi-même. Alors, prends un balai et enlève les toiles d'araignées. Entre-temps, je continue à faire l'état des lieux.

Il fit le tour de la pièce, notant les taches d'humidité à côté de l'évier, évocatrices d'un dégât des eaux. Ce n'était pas surprenant. La maison était vieille et n'avait pas été entretenue, à en juger par la vétusté des lieux.

Il fut étonné de voir que Cricket s'empressait de récupérer un balai dans le placard et de chasser les araignées tapies dans les recoins.

— Par chance, je suis capable de m'occuper de ces bestioles.

— J'aurais cru que les araignées étaient tes ennemies naturelles.

— Pourquoi ?

— Ne mangent-elles pas les criquets ?

Elle leva les yeux au ciel.

— Très drôle !

Curieusement, ce prénom gai et amusant ne cadrait pas avec les Maxfield, dépourvus d'humour, selon lui.

— Pourquoi tes parents t'ont-ils prénommée Cricket ?

— Pourquoi tes parents ont-ils prénommé ta sœur Honey ?

— Facile. C'est ma mère qui a choisi ce prénom, et mon père l'a accepté parce qu'il était ravi d'avoir enfin une fille. Il disait qu'elle serait un gage de douceur auprès de ses deux frères turbulents.

— Il a l'air gentil.

C'était le problème. Cash Cooper était gentil. Un bon père de famille. Les choses auraient été plus faciles s'il avait été un parfait salaud. Or, il ne l'était pas. Cela n'empêchait pas Jackson d'avoir des griefs contre lui au sujet de sa conduite envers son épouse. Mais Honey l'adorait. Quant à Creed, il avait été tellement obnubilé par ses propres problèmes qu'il n'avait jamais été très proche de leur mère, contrairement à Jackson, et n'avait donc jamais recueilli ses confidences. Jackson était le seul à savoir.

— Avec l'âge, il devient bourru et lunatique.

— Malgré tout, tu as de la chance. James Maxfield est bien pire.

Le père de Cricket s'était révélé être un prédateur sexuel endurci. Il avait mis une jeune fille enceinte et l'avait abandonnée ; elle était devenue l'ombre d'elle-même à la suite d'une dépression nerveuse. Il avait aussi menacé plusieurs de ses employées qui voulaient dénoncer ses harcèlements sexuels. En somme, un tricheur, un menteur et une ordure de la pire espèce.

Cash avait ses défauts, mais il n'était rien de tout cela.

— Je suis désolé.

Devant son air perdu, il avait sincèrement de la peine pour elle.

Il se souvenait du profond chagrin qu'il avait ressenti à la mort de sa mère. Sa perte avait été affreuse. Tous les membres de la famille avaient fait de leur mieux pour demeurer forts et soudés dans cette épreuve. Mais cela n'avait pas apaisé pour autant sa détresse et ce sentiment de vide en lui. En voyant la mine défaite de Cricket, il en venait à se demander si le comportement de son père l'avait autant surprise que ses sœurs. Pour sa part, il n'avait pas été étonné outre mesure. La haine que son père avait toujours vouée à James Maxfield devait forcément être justifiée. Son père n'était pas du genre à haïr quelqu'un sans raison valable.

— Je vais bien. Pour en revenir à ton père, comment s'est-il intéressé au vin ? Au départ, il était cow-boy. Ce sont deux métiers différents.

Tout en l'écoutant, Jackson regarda sous l'évier et fronça les sourcils quand il aperçut de l'eau. Puis il ouvrit le robinet pour déterminer l'origine de la fuite.

— Il n'aimait pas ton père. Et il voulait prouver qu'il pouvait faire du vin, comme lui, mais de façon plus responsable et de meilleure qualité que le sien.

— Il devait vraiment le détester pour en arriver à cette extrémité. Cela dit, je comprends et je respecte l'idée de se prouver quelque chose à soi-même. D'aller au bout de son projet. C'est quelque chose qui me plaît.

— Ne serais-tu pas un peu vindicative ?

Elle haussa les épaules avec désinvolture.

— Peut-être. Quand j'étais en sixième, Billy O'Connor s'est moqué de mes dents en avant. Puis, j'ai porté un appareil orthodontique et, deux ans plus tard, je lui ai fait croire que je voulais aller à l'école de danse avec lui et quand il a accepté, tout content, je lui ai dit que je ne voulais plus de lui.

— Tu lui as joué un sale tour.

— Il n'avait qu'à pas se moquer de mes dents. Avais-tu des dents en avant, toi aussi ?

— Non.

— Et Honey ?

— Non plus, pour autant que je m'en souvienne.

— Dans ma famille, je suis la seule à avoir eu ce problème. C'est étrange, non ?

— Chaque membre de la famille est différent.

— Bien sûr. C'est simplement que... Parfois, j'essaie de trouver des points communs entre mes sœurs et moi, et je n'en trouve aucun. Mais bon. Quand je suis ici, dans ma maison, je ne pense plus à ce genre de choses.

— Tant mieux.

Il s'agenouilla pour examiner le tuyau.

— J'ai du ruban adhésif dans mon pick-up. Mais je vais devoir aller en ville pour acheter une pièce manquante afin de réparer cette fuite d'eau.

— Puis-je t'accompagner ?

— Bien sûr, dit-il.

— Oh ! à propos, il faudrait que je te montre le dortoir.

— Tu veux vraiment m'obliger à dormir là-bas ?

S'il avait été mauvais perdant, tous les soirs, il se serait faufilé en douce hors du dortoir et serait rentré chez lui. Mais c'était un homme d'honneur et il respecterait les termes du pari.

— Absolument. Cela fait partie du contrat. Tu es mon ouvrier agricole.

Elle ne se donna pas la peine de lui expliquer pourquoi elle avait tant besoin de lui dans son ranch. On aurait dit que cela l'amusait de le mener par le bout du nez.

Cricket était une petite peste aux griffes acérées. Mais, curieusement, il ne lui en tenait pas rigueur.

Elle s'engagea sur un chemin tracé dans les hautes herbes d'une prairie, et il lui emboîta le pas. En apercevant un bâtiment vétuste et très délabré, il protesta :

— Tu n'envisages pas de me faire dormir dans ce taudis !

— Bien sûr que si. Pourquoi ?

— Si l'extérieur tombe en ruines, qu'en sera-t-il de l'intérieur ?

Elle ouvrit la porte d'un geste décidé. Oh ! Seigneur ! Comme il le pressentait, l'intérieur était encore plus détérioré que la façade. Il y avait des couchettes, mais elles paraissaient moisies. L'endroit devait grouiller de vermine.

— Cricket ! protesta-t-il, outré.

Il avait déjà dormi à la dure, mais pas pendant un mois.

— Bon. J'ai une meilleure idée. Je t'autorise à dormir à la maison.

Il lui lança un regard empreint de scepticisme, mais Cricket s'en moquait. Elle aimait discuter avec lui, savoir ce qu'il pensait, ce qu'il connaissait. Pour voir s'ils se ressemblaient.

Et quand il avait parlé de son père, Cash…

Elle avait ressenti un élan de jalousie. Parce que son propre père ne s'était jamais soucié d'elle. Quelle aurait été sa vie si elle avait grandi dans le ranch des Cooper ? Au sein d'une famille aimante où elle se serait sentie à sa place. Cette question tournait en boucle dans sa tête, nourrissant son fantasme favori : James Maxfield ne serait pas son père, ce qui expliquerait pourquoi elle était si différente de ses sœurs.

— À la maison ?

— Oui, il y a une deuxième chambre.

— Entendu.

Ils rebroussèrent chemin.

— Il y a un édredon, dit Cricket en avisant le sac de couchage de Jackson.

— Plein de poussière ?

— Ne sois pas stupide ! J'ai secoué la literie dehors. Je me suis renseignée sur Internet. Voilà au moins une chose que je sais faire.

— Très bien.

— L'endroit est resté occupé jusqu'à récemment. La vieille dame qui habitait ici est décédée. Mon père ne lui faisait pas payer un loyer très élevé, ce qui ne lui ressemble pas. J'ignore pourquoi il possédait ce ranch. Peut-être est-ce un de ses responsables financiers qui l'a acheté pour son compte en guise de placement. Il n'a pas dû s'en souvenir. À moins qu'il ne l'ait jamais su. Il ne prêtait guère attention aux gens.

Elle avait du mal à dire « mon père » pour parler de James Maxfield. Elle soupçonnait qu'il ne l'était pas depuis qu'elle avait découvert, six mois auparavant, que les Cooper et les Maxfield étaient à couteaux tirés parce que sa mère avait jadis été amoureuse de Cash Cooper.

À l'époque, sa mère avait refusé d'épouser Cash parce qu'il était sans le sou. Elle lui avait préféré James Maxfield et s'était engagée dans une union remplie de désillusions. Cricket se doutait depuis longtemps déjà que si ses parents l'avaient conçue tardivement ce n'était pas parce que la flamme de l'amour s'était soudain ranimée entre eux, dix ans après la naissance de leurs deux aînées.

Aujourd'hui, il lui paraissait plus logique de penser que sa mère avait renoué avec Cash, et qu'elle était le fruit de cette relation hors mariage.

Toutefois, elle devait se montrer prudente dans sa recherche de la vérité car l'épouse de Cash était décédée depuis cinq ans seulement, et Creed, Jackson ou Honey accepteraient sans doute très mal que leur père ait eu une liaison extraconjugale.

De son point de vue, cette idylle était très romantique. James Maxfield n'avait rien d'un héros alors que Cash lui paraissait plus sympathique. Malgré tout, elle n'aimait pas l'idée que Cash ait fait souffrir son épouse. Elle s'était montrée gentille envers Cricket les rares fois où elles s'étaient rencontrées, et ses enfants l'aimaient beaucoup.

Elle devait donc faire preuve de tact. Hélas, elle n'était pas diplomate pour deux sous.

Le problème avec ses théories, c'était Jackson, les sentiments qu'il lui inspirait depuis qu'elle était préadolescente et la façon dont ils avaient tendance à évoluer depuis quelque temps…

Finalement, ce serait un soulagement de savoir qu'elle était la fille de Cash. Oui, vraiment. Elle avait toujours détesté ce pouvoir d'attraction que Jackson exerçait sur elle ainsi que les sensations qu'il faisait naître en elle. Comme si son cœur était trop grand pour sa poitrine et son souffle trop puissant pour ses poumons. Elle avait eu conscience de ce lien invisible qui la reliait à lui à l'instant même où elle avait posé les yeux sur lui, et elle avait détesté cette emprise. Surtout à mesure qu'elle grandissait et qu'elle se rendait compte à quel point un mariage pouvait rendre une femme malheureuse. Celui de ses parents était toxique. Elle ne voulait surtout pas vivre le même calvaire que sa mère. Sauf que son cœur avait jeté son dévolu sur Jackson.

Par chance, six mois auparavant, ce lien avait soudain pris un tout autre sens, étrange et grisant à la fois, quand elle avait pris conscience que Jackson était peut-être son demi-frère.

C'était tellement plus logique.

Car elle ne pouvait pas être amoureuse de lui.

On ne tombait pas amoureuse au premier regard, surtout quand on n'était qu'une gamine !

Cricket n'aimait pas l'ambiguïté. Or, pendant des années, l'intensité des émotions que Jackson Cooper avait suscitées en elle l'avait plongée dans les affres de l'incertitude.

Elle était donc heureuse d'avoir une solution en vue.

Elle grimpa les marches du porche et entendit Jackson jurer dans son dos. Elle se retourna juste à temps pour voir que son pied droit était passé à travers la deuxième marche.

— Je n'ai jamais eu de problème avec les marches du porche, dit-elle.

— Évidemment, tu es un poids plume !

— Qu'est-ce que j'y peux ?

Alors qu'elle atteignait la porte d'entrée, elle remarqua qu'il la suivait d'un pas lourd, sans prendre de précaution particulière sur les planches branlantes. Tant pis pour lui. S'il se retrouvait avec un tendon déchiré, il l'aurait bien cherché.

— Je n'arrive pas à croire que tu aies voulu me faire dormir dans ce fichu dortoir sans même avoir vérifié son état.

Elle haussa les épaules avec désinvolture.

— Je pensais que tu étais un dur à cuire et que tu t'y ferais.

— Si tu préfères, je peux y dormir quand même.

— Non. Ici, ce sera plus confortable, dit-elle. C'est la chambre au bout du couloir.

Elle ne voulait pas se le mettre à dos, mais elle ne voulait pas non plus se montrer trop gentille avec lui au risque d'éveiller sa méfiance. Elle devait trouver un juste équilibre afin de créer un climat de confiance entre eux. Pour qu'elle puisse lui parler de sa théorie concernant son vrai père. Peut-être devrait-elle s'inspirer des méthodes de dressage utilisées pour les chiens. Elle n'avait certes aucune expérience des hommes, mais elle connaissait bien les animaux. Elle avait eu plusieurs chiens dans sa vie, notamment son actuel compagnon à quatre pattes, Pete, un vieux chien de berger. Peut-être Jackson serait-il comme Pete.

Si seulement elle avait su cuisiner. Elle aurait pu le nourrir. Les chiens considéraient la nourriture comme une récompense. Les hommes aussi, peut-être. Ne disait-on pas que le chemin pour toucher le cœur d'un homme passait par son estomac ? Même si elle ne souhaitait pas conquérir le cœur de Jackson.

Elle voulait simplement qu'il ressente quelque chose pour elle. Qu'il lui témoigne un peu d'empathie afin qu'elle puisse lui exposer sa théorie. Sinon, il penserait qu'elle était folle à lier ou qu'elle essayait de nuire aux Cooper. Or, ce n'était pas du tout le cas. Elle n'avait aucune intention malveillante à leur égard.

Elle ouvrit la porte de la petite chambre. Le lit minuscule casé dans un coin était doté de barreaux en laiton encadrant un matelas si mince qu'on l'aurait cru rembourré avec des feuilles de maïs. Un édredon élimé complétait la literie.

— Il est simple, mais il devrait te suffire, dit-elle.

Il posa son sac de couchage.

— Je m'en accommoderai.

Jackson semblait trop grand et trop large pour ce lit à une place. Ses pieds toucheraient les barreaux. Et les rideaux en dentelle ornant la fenêtre derrière lui paraissaient ridicules.

La lumière du soleil qui pénétrait à flots dans la pièce éclairait son visage, soulignant l'ombre de barbe sur sa mâchoire, ses cheveux bruns et ses yeux d'un bleu éclatant, de la même couleur que les lupins sur le tissu de l'édredon. Cricket, elle, avait des yeux marron tacheté de vert et des cheveux d'un blond plus foncé que celui de ses sœurs. Elle était grande pour une femme, environ trois centimètres au-dessus de la moyenne, mais Jackson était immense et tellement… imposant, avec ses grandes mains, ses épaules musclées et son torse puissant. Il avait le physique d'un homme exerçant un métier manuel pénible. Elle ressentit un trouble étrange, une sorte de dilatation dans la poitrine.

Puis il se détourna et regarda par la fenêtre, plissant les yeux pour se protéger du soleil, et une sensation de chaleur se répandit dans son ventre. Il était tellement beau !

Elle se sentit soudain prise de panique. Le sentiment qu'il faisait naître en elle ne pouvait pas être autre chose que… de l'orgueil. Oui, voilà. Elle était fière de lui.

Elle en avait pris conscience alors qu'elle avait douze ans. Les filles de sa classe s'étaient toutes entichées de Ryan Anderson, avec sa chevelure blonde indisciplinée, alors qu'elle n'avait d'yeux que pour Jackson Cooper.

Elle en avait eu un peu honte et n'avait osé en parler à personne. Elle était une préadolescente et lui, un homme. Il ne pouvait donc rien y avoir entre eux…

Elle n'avait jamais été suffisamment sotte ou courageuse pour tenir un journal intime et écrire sur lui. Mais elle avait pensé à lui toutes les nuits, s'inventant des histoires dans lesquelles ils vivaient heureux ensemble dans un ranch, au rythme de longues promenades équestres.

Il y avait un souffle de liberté et de transgression dans ses fantasmes et dans l'idée que sa place légitime était aux côtés de cet homme inaccessible, dont la famille était haïe par son père.

Elle n'avait jamais révélé à quel point elle avait été ulcérée que ce soit Wren qui crée la surprise en épousant Creed Cooper. Après tout, c'était Cricket qui avait éprouvé des désirs interdits pour un Cooper pendant des années.

Wren avait fait en sorte qu'une relation entre un Cooper et une Maxfield devienne un événement banal, ne tirant pas à conséquence. Même si ces conséquences existaient bel et bien, Cricket en avait conscience.

Aujourd'hui, c'était donc de la fierté qu'elle ressentait pour lui. Et rien d'autre.

Non, vraiment. Absolument rien d'autre.

Allons, ressaisis-toi, Cricket !

— Bon.

— As-tu toujours l'intention de m'accompagner à la quincaillerie ? demanda-t-il.

— Je pensais plutôt préparer le dîner en t'attendant.

— Tu sais cuisiner ?

— Bien sûr, rétorqua-t-elle avec aplomb.

Ces derniers temps, elle se rendait en ville pour dîner

d'un burger ou d'une pizza. Mais il n'avait pas besoin de le savoir.

— Entendu. Alors, à tout à l'heure.

— À tout à l'heure, acquiesça-t-elle d'un ton résolu.

Il s'en alla, et soudain elle respira plus facilement, comme si un étau se desserrait dans sa poitrine.

Elle se précipita dans la cuisine et ouvrit la porte du réfrigérateur. Wren lui avait acheté des produits d'épicerie qu'elle avait royalement ignorés. Mais maintenant, en contemplant les légumes verts et les steaks emballés sous vide, elle se dit qu'ils pourraient lui être utiles. Elle s'empara du téléphone pour appeler sa sœur.

— Comment t'y prends-tu pour cuisiner ?

— Vaste question, répondit Wren.

— Tu m'as donné toute cette nourriture dont je ne sais pas quoi faire. Or, je viens de dire à Jackson que je préparerai à dîner.

— Tu vas cuisiner pour Jackson ? Franchement, Cricket, tu es sûre que tu n'as pas le béguin pour lui ?

Si sa sœur lui avait posé la question six mois plus tôt, elle aurait été horrifiée.

Aujourd'hui, elle la mettait sur des charbons ardents.

— Sûre et certaine ! dit-elle farouchement, ignorant le nœud dans son estomac. Ta supposition est… ridicule.

— Soit, n'en parlons plus. Qu'as-tu l'intention de préparer ? Je te guiderai pas à pas.

— Des steaks.

— Excellente idée. Quels légumes te reste-t-il ?

— Voyons voir… Des haricots verts.

— Dans ce cas, tu vas faire tout simplement des steaks grillés à la poêle accompagnés de haricots verts. As-tu des pommes de terre ? Il me semble t'en avoir acheté.

— Steaks, pommes de terre et haricots verts. Parfait.

Finalement, guidée par Wren, elle réussit sans trop de peine à cuisiner un plat qui sentait délicieusement bon.

— Merci, dit-elle à sa sœur.

— Dis-moi, Cricket, tout va bien ? Parce que j'ai l'impression que nous ne nous sommes jamais parlé aussi longtemps.

— Oui, je vais bien. Quant à savoir pourquoi nous nous sommes peu parlé, c'est difficile à dire. Sauf que j'ai passé toute mon enfance et mon adolescence à me cacher, à me rendre aussi invisible que possible. Je détestais cette maison et je la déteste encore. Je ne m'y suis jamais sentie à ma place tellement j'étais différente de vous tous. Je ne dis pas cela méchamment, mais les révélations abjectes sur James ne m'ont pas vraiment surprise.

Elle ne parvenait toujours pas à l'appeler « papa ».

— Il n'a jamais fait preuve de cruauté envers moi, mais il m'ignorait totalement, comme s'il rejetait tout ce que j'étais. J'avais l'impression d'être transparente aux yeux de vous tous, mais je ne t'en veux pas, ni à Emerson. J'étais une gamine alors que vous étiez des adolescentes avec d'autres aspirations. Puis vous êtes allées à l'université, et pas moi.

— Tu aurais pu y aller.

— Peut-être, admit Cricket. Mais je ne savais pas ce que je voulais faire. C'était le problème. J'ai toujours eu l'impression d'être une étrangère parmi vous. J'ai longtemps cherché où était ma place, et je pense l'avoir trouvée.

Peut-être avait-elle aussi trouvé une famille.

— Maintenant que je me sens mieux dans ma peau, j'éprouve davantage le besoin de vous parler.

Parce que, si Cash Cooper s'avérait être son vrai père,

sa mère resterait toujours sa mère, et Wren et Emerson ses demi-sœurs. Et elle pourrait enfin renier cette partie d'elle-même qu'elle n'avait jamais acceptée. Oui, tout cela était d'une logique imparable.

— Je te comprends. Je me suis toujours sentie coincée dans une vie qui ne me satisfaisait pas pleinement. Je l'ai acceptée, et je continue à m'occuper du vignoble. Je ne me plains pas, ce travail me plaît. Mais j'ai décidé de reprendre des études pour devenir ingénieur architecte parce que c'est un métier qui m'a toujours attirée. Papa n'aurait jamais accepté que je suive cette voie car elle ne lui aurait été d'aucune utilité. Il ne voyait que son intérêt.

— Oh ! oui. Être dans sa ligne de mire n'était pas forcément mieux qu'être ignorée, déclara Cricket.

— Exactement. Nous vivions dans une belle maison et ne manquions de rien sur le plan matériel, mais nous n'étions pas plus heureuses et épanouies que d'autres personnes moins bien loties.

— Je pense que je vais être plus heureuse maintenant.

— Je le suis, dit Wren. À la réflexion, je pense qu'Emerson et moi n'étions pas si différentes de toi. Nous menons désormais nos propres vies. Même si nous conservons nos participations dans le vignoble, nous avons d'autres centres d'intérêt, d'autres aspirations. Le vignoble ne t'a jamais attirée, et je suis contente que tu aies trouvé une activité qui te plaise.

Cricket approuva, puis, après avoir remercié sa sœur, elle raccrocha. Juste à temps pour le retour de Jackson, chargé d'un grand sac de fournitures. Il avait gardé son chapeau de cow-boy et sa veste en cuir. Oh ! oui, il était magnifique. Mais si elle l'admirait, c'était parce qu'il symbolisait la vie qu'elle désirait et qu'elle espérait trouver.

Parce qu'il représentait quelque chose qui était en adéquation avec ses aspirations. Il ne pouvait pas y avoir d'autres raisons. Elle devait s'en persuader. Malgré les battements effrénés de son cœur et les papillons dans son ventre.

Elle n'avait pas le choix.

— Hum, ça sent bon, dit-il.

Un sentiment de fierté s'empara d'elle.

— Vraiment ?

Elle s'éclaircit la gorge avant d'ajouter précipitamment :

— Je veux dire bien sûr. Il est impossible de rater un steak.

Pourtant, elle avait le sentiment que c'était tout à fait possible et que, si elle n'avait pas été guidée pas à pas par Wren, elle se serait discréditée aux yeux de Jackson.

— Je ne m'attendais pas à être payé de mes efforts par un bon repas.

— J'espère qu'il te conviendra. Commençons par manger. Tu t'occuperas de la plomberie plus tard.

Elle garnit les assiettes, puis prit place en face de lui. Il régnait une atmosphère incroyablement… intime dans cette cuisine minuscule. À l'opposé de l'atmosphère impersonnelle qui caractérisait la grande demeure des Maxfield. Une table de banquet était dressée chaque soir dans l'immense salle à manger, présidée par son père, à bonne distance du reste de la famille. En revanche, cette petite table carrée avec sa peinture rouge écaillée était très conviviale. Et Jackson se trouvait suffisamment près d'elle pour qu'elle puisse humer sa senteur de savon et de cuir. Une fragrance à la fois simple et rustique, qui correspondait tout à fait à l'idée qu'elle se faisait de la vie dans un ranch.

À une époque, elle avait imaginé ce genre de scène

intime : assise à une table avec Jackson, lui demandant comment s'était passée sa journée et lui racontant la sienne.

Ses fantasmes au sujet de Jackson avaient évolué au fil des ans, mais ils aboutissaient toujours à la même conclusion : la seule place possible pour elle était à ses côtés.

Avant d'apprendre que sa mère avait eu une relation amoureuse avec Cash Cooper, cette conclusion l'avait terrifiée parce qu'en grandissant elle avait compris quelle était la nature de ses sentiments pour Jackson. Cette prise de conscience l'avait tellement désespérée qu'elle se serait volontiers fait exorciser. Parce qu'elle ne voulait pas se marier et être malheureuse comme sa mère.

Puis elle avait été immensément soulagée de pouvoir donner une autre signification à ses sentiments.

— Comment se passaient tes repas quand tu étais enfant ? demanda-t-elle.

Elle brûlait d'envie de mieux le connaître, ainsi que sa famille. De savoir quelle avait été sa vie, et ce que la sienne aurait été si elle avait été la fille de Cash.

— Un peu comme maintenant. Au début, nous avions une maison semblable à celle-ci. Puis, mes parents l'ont agrandie au fil des années grâce aux revenus du vignoble.

— Et cela a changé vos vies ?

— Oui. Je suis sans doute le seul qui se souvienne vraiment du changement que l'aisance financière a apporté dans nos existences. Creed doit s'en souvenir un peu, mais pas Honey.

Les choses n'auraient donc pas été différentes pour elle puisqu'elle avait sensiblement le même âge que Honey, songeait Cricket. Elle n'aurait pas connu la simplicité des repas familiaux autour d'une petite table. Bien sûr, elle savait qu'appartenir à une famille riche était un privilège et qu'il était facile d'idéaliser les choses que l'on n'avait pas. Elle n'était pas naïve à ce point.

Étant souvent seule, elle avait eu beaucoup de temps pour réfléchir. Elle s'intéressait à la façon dont les autres vivaient, notamment grâce aux sitcoms. Certes, les familles qui y étaient représentées connaissaient toutes sortes de difficultés dans leurs vies quotidiennes qui lui étaient étrangères, mais elle avait conscience qu'une partie des bonnes choses qu'elles montraient étaient réelles.

— Vous avez donc acheté une table plus grande, dit-elle.

— Je ne vois pas ce que la taille de la table vient faire là, remarqua-t-il, perplexe.

— Eh bien, dans les sitcoms, tout le monde s'assoit gaiement autour d'une petite table. Comme celle-ci. Il y a toujours une cocotte au contenu appétissant qui trône au milieu. Et chacun pioche dedans tout en discutant. Mais, dans la réalité, je ne connais personne qui ait vécu ce genre d'expérience.

— Moi non plus.

— À la maison, nous mangions autour d'une immense table de banquet, comme si nous attendions cinquante convives alors que nous n'étions que cinq. Mon père s'asseyait toujours à une extrémité, maintenant une distance tant physique que morale entre lui et nous. Chacun demeurait plongé dans ses pensées sans se préoccuper des autres. Nous avions un chef et, en début de semaine, nous lui commandions le menu que nous voulions. Nous avions beau être ensemble dans la même pièce, nous étions plus séparés que jamais. Et je me disais que, si nous avions une petite table, nous nous rapprocherions les uns des autres, nous parlerions entre nous, et nos problèmes seraient résolus.

— Nous avions effectivement une plus grande table, mais nous prenions place autour, tous ensemble.

— Oh ! dit-elle, soudain nostalgique. Vous vous aimiez vraiment, n'est-ce pas ?

— Tu aimes tes sœurs, dit-il, éludant sa question.

— Bien sûr.

Elle leva les yeux vers lui, cherchant à capter son regard.

— Mes sœurs sont les personnes les plus importantes dans ma vie.

Il lui sourit, et une étrange langueur s'empara d'elle. Elle s'en voulut aussitôt d'éprouver une sensation aussi inappropriée.

— Si je te raconte tout cela, c'est parce que je suis curieuse de savoir comment les autres personnes ont grandi.

— Allais-tu chez des copines quand tu étais enfant ?

— Non. Mes sœurs étaient inscrites dans une école privée. Elles étaient rarement à la maison. Mes parents m'ont envoyée dans un pensionnat pendant quelque temps, et j'ai détesté cette vie. Je rêvais d'avoir une vraie famille, d'être choyée, au lieu de me retrouver dans une école avec des inconnus, dormir dans un dortoir, prendre mes repas dans un réfectoire impersonnel et me promener toute seule dans le parc. Finalement, mes parents m'ont retirée de ce pensionnat et inscrite dans une école à Gold Valley. Mais ils ne voulaient pas que je fréquente les enfants des familles locales. J'avais des amies, mais je les voyais uniquement à l'école. Elles ne pouvaient pas venir à la maison, et je n'étais pas autorisée à aller chez elles. Le comble, c'est que mon père se désintéressait tellement de moi qu'il n'aurait jamais su quelles activités je pratiquais ou quelles personnes je voyais si je ne lui avais pas demandé la permission ! J'ai beau appartenir à une famille privilégiée, je n'ai pas eu une enfance très gaie.

Bon. Elle forçait un petit peu le trait, mais c'était pour la bonne cause. Elle espérait ainsi mettre Jackson en confiance et l'encourager à parler de lui et de sa famille.

— Maintenant, ajouta-t-elle, j'essaie de rattraper le temps perdu. De faire ce dont j'ai envie. D'avoir des choses que je n'ai jamais eues.

— Comme une petite table de cuisine.

— Oui. Et tu es la première personne à y prendre place avec moi.

Il s'éclaircit la gorge, visiblement mal à l'aise. Et elle mit quelques secondes avant de comprendre que ses paroles pouvaient prêter à confusion.

— Oh ! je ne voulais pas…

Il dut se rendre compte de son affolement, car il reprit contenance et soutint son regard.

— Pas de panique.

— D'accord.

Elle se sentit aussitôt apaisée, sans trop savoir pourquoi. Il avait une autorité naturelle qui inspirait le respect à son entourage. Alors que James Maxfield ne cessait de tempêter et de lancer des ordres à tout-va, Jackson n'avait qu'à entrer dans une pièce pour capter l'attention de tous. À plusieurs reprises, elle l'avait vu apporter son concours à la préparation de manifestations locales. Il était, selon Cricket, un exemple à suivre. Un homme admirable.

Et elle l'admirait beaucoup.

Elle était fière de lui.

— Je vais t'aider à faire la vaisselle, dit-il.

— Tu n'y es pas obligé.

— Tu as dit toi-même que tu ne connaissais rien à l'entretien d'une maison. Et tu n'as pas de lave-vaisselle.

S'emparant de l'assiette vide de Cricket, il se dirigea vers l'évier et fit couler l'eau. Elle demeura assise là, comme hypnotisée, à contempler son large dos et ses gestes compétents. Comme s'il accomplissait un exploit herculéen alors qu'il nettoyait simplement quelques assiettes et une poêle.

Dans un sursaut de bon sens, elle se releva d'un bond et jeta un regard alentour. Il n'y avait plus grand-chose à faire maintenant que les toiles d'araignées avaient disparu. Histoire de s'occuper, elle saisit à nouveau le balai et entreprit de balayer le sol, même s'il n'y avait plus de poussière.

C'était toujours mieux que de rester plantée à côté de l'évier, les bras ballants.

— Cricket, dit-il. Tu ferais mieux d'essuyer la vaisselle.

Bon. Apparemment, elle allait devoir se tenir à côté de lui.

Elle s'avança vers l'évier, et il lui tendit un torchon. Au moment où elle l'attrapait, ses doigts frôlèrent les siens. Elle frissonna au contact de ses mains rugueuses.

Elle ne l'avait jamais touché auparavant.

Mais elle en avait rêvé.

Ses mains exerçaient un pouvoir de fascination sur elle. Elle ne pensait pas qu'elles seraient aussi rêches.

L'étrange sensation persistait en elle, et elle fit de son mieux pour l'ignorer. Hélas, elle ressentait aussi la chaleur irradiant de son grand corps alors qu'elle se tenait à quelques centimètres de lui et essuyait les plats qu'il posait à côté de l'évier.

Elle leva les yeux vers lui, et il tourna la tête dans sa direction. Elle reporta aussitôt son attention sur le plat qu'elle tenait à la main. Elle se comportait de façon bizarre. Et il devait s'en rendre compte, se demander ce qui lui prenait.

Elle-même était désorientée, car sa réaction n'était pas celle qu'une femme aurait dû avoir vis-à-vis de son demi-frère.

Une vague de désespoir la submergea.

Elle était censée parler à Jackson. Tirer cette histoire de parenté au clair.

Non. Il était encore trop tôt pour lui faire part de ses soupçons. Elle risquait de tout gâcher.

Aussi se contenta-t-elle de ranger la vaisselle propre dans le placard.

— Bon. Je vais me coucher, dit-il, pivotant vers elle et agrippant le rebord du comptoir.

Les muscles de ses avant-bras se bandèrent, et elle entreprit d'examiner attentivement la peinture rouge de la table et tous les endroits où elle s'écaillait et gondolait.

— Il est encore tôt, dit-elle.

— Non, pas vraiment. Bonsoir.

Puis il passa à côté d'elle et la laissa seule dans la cuisine. La pièce parut soudain plus grande sans lui. Elle se retrouva à nouveau désemparée, avec une foule de questions qu'elle peinait à formuler. Et, même si elle l'avait pu, elle n'était pas certaine d'avoir envie de connaître les réponses.

- 3 -

C'était le moment préféré de Jackson. Quand le soleil n'était pas encore levé et qu'il préparait le café, le plus corsé possible. Quand tout était silencieux et immobile dehors. Quand la journée à venir était riche de promesses.

Il fut un temps où il partageait ce moment avec sa mère, à la table de la cuisine. Même s'il était éleveur, son père peinait à s'arracher du lit le matin. Il franchissait toujours le seuil de la maison, les yeux embrumés de sommeil, une tasse de café à la main, quand les premiers rayons du soleil commençaient à filtrer au-dessus des montagnes.

Pas Jackson. Ni sa mère. Aussi loin que remontaient ses souvenirs, il se réveillait à 4 heures du matin. Pour prendre une longueur d'avance sur sa journée. Pour préparer son emploi du temps en toute tranquillité, sans être dérangé par les uns et les autres. Qu'ils continuent donc à dormir !

Ces moments étaient devenus encore plus précieux quand sa mère était tombée malade.

À cette époque, il vivait dans sa propre maison, mais il travaillait encore dans le ranch familial. Une fois levé, il se rendait chez ses parents, s'asseyait auprès de sa mère et buvait son café avec elle.

Par la suite, il s'était peu à peu consacré à son propre ranch, estimant que son père avait suffisamment de main-d'œuvre pour entretenir la propriété familiale sans son aide. De toute façon, une fois sa mère partie, il n'avait plus vraiment eu de raison de revenir dans la maison de son enfance, plus personne n'étant là pour boire le café avec lui.

Il longea le couloir, s'efforçant d'éviter les planches grinçantes, et se rendit dans la cuisine pour mettre la cafetière en route. Ce n'était pas le genre d'appareil programmable auquel il était habitué. Mais, tel MacGyver, il était capable de préparer du café avec une simple boîte en fer-blanc, une étamine et un feu de camp. Cette cafetière rudimentaire ferait donc l'affaire.

Par chance, Cricket avait du café. Il se sentit revigoré quand l'eau commença à chauffer et que l'arôme du café fraîchement moulu embauma la pièce.

Oh ! oui, il aimait beaucoup les petits matins.

Il doutait que ce soit le cas de Cricket car elle n'était pas levée. Mais la solitude lui convenait très bien.

Malgré une première journée passée avec Cricket, il ne savait toujours pas ce qu'elle avait en tête.

Pour une femme pressée d'exploiter un ranch, elle ne semblait pas avoir la moindre idée du travail que cela représentait. Et puis, il y avait eu la façon dont elle s'était comportée la veille au soir.

Comme si tu ne savais pas de quoi il retournait !

Bon sang, il ferait mieux de ne pas trop y penser. Il avait été tellement sûr qu'une fois qu'elle se serait débarrassée de cette fameuse robe rouge affriolante, une fois qu'elle serait redevenue la Cricket qu'il connaissait depuis qu'elle était une gamine gauche avec les dents en avant – car oui, il s'en souvenait –, le désir charnel puissant qu'elle avait fait naître en lui lors du tournoi de poker disparaîtrait une bonne fois pour toutes.

Sauf qu'il savait désormais à quel point Cricket pouvait être sexy. Et il n'aimait pas du tout cela.

Il n'était pas du genre à s'engager sur du long terme avec une femme. Il concluait des arrangements satisfaisants avec des femmes de son âge, adeptes elles aussi de relations éphémères. Des divorcées, des mères célibataires, des femmes visitant la région avec des amies ou participant à un enterrement de vie de jeune fille. Des citadines à la recherche d'une aventure avec un cow-boy. Oui, il était partant pour ce genre de liaisons sans lendemain.

Mais pas avec une jeune femme à la mine grave, appartenant à une famille enracinée dans cette vallée, qui avait déjà été blessée par le comportement de son père et qui cherchait visiblement à donner un sens à sa vie. Sans compter qu'il avait une bonne dizaine d'années de plus qu'elle.

Qu'est-ce tout cela révélait de lui ?

Simplement, qu'il était un homme sans complication, bien dans sa peau, appréciant le sexe et les relations éphémères. À ce propos, cela faisait un moment qu'il en était privé.

Il avait dû passer beaucoup plus de temps dans la propriété familiale. Le moral de son père s'était nettement détérioré depuis la mort de son épouse, cinq ans auparavant. Il s'était replié sur lui-même et n'avait plus goût à rien, se déchargeant de la gestion du domaine viticole et du ranch sur ses enfants, notamment sur Honey, au grand dam de Jackson.

Le comportement de son père l'agaçait d'autant plus qu'il ne comprenait pas pourquoi il se laissait aller ainsi. Il ne savait pas comment aborder la question avec lui, car il ne s'était jamais vraiment remis de la mort de sa mère, et il éprouvait toujours de la colère envers son père après les confidences qu'elle lui avait faites.

Elle avait été la personne la plus importante dans sa vie. Une femme courageuse, qui avait tout sacrifié pour Jackson. Tout. Il n'avait pris la mesure de ce sacrifice que quelques années auparavant. Et il n'avait jamais eu l'occasion de la remercier comme elle le méritait. Il en avait eu l'intention, mais le temps lui avait fait défaut.

Le chagrin et les regrets n'étaient jamais loin. Mais ici, dans le silence de l'aube, il se souvenait de sa mère avec une étonnante précision. Et il se sentait un peu plus proche d'elle.

Il but sa première gorgée de café et esquissa un sourire de gratitude. Dehors tout était calme. Il y avait encore des étoiles dans le ciel. Puis, quand la caféine commença à faire son effet, il décida qu'il était temps de passer à l'action. Il longea le couloir sans chercher à amortir le bruit de ses pas et ouvrit à la volée la porte de la chambre de Cricket.

— Debout, princesse ! Il y a du travail qui t'attend.

Un grognement lui répondit.

— Allons, plus vite que ça !

La silhouette indignée remua dans le lit, puis s'assit. Il faisait sombre, mais il pouvait voir qu'elle portait un T-shirt blanc en guise de pyjama. Et il se demanda si elle était nue sous ce T-shirt. Soudain gêné, il s'efforça de chasser cette pensée incongrue.

— Va-t'en !

— Il est temps de se mettre au travail.

— Tu plaisantes ?

Elle tourna la tête vers la fenêtre.

— Il est minuit !

— 4 h 30.

— C'est du pareil au même.

— Pas pour moi. Ni pour toi si tu veux devenir éleveuse. Je croyais que tu avais ce métier dans le sang.

Il ne pouvait pas voir son visage à cause de l'obscurité. Et elle avait de la chance. Parce que, s'il avait été de méchante humeur, il aurait allumé la lumière. Mais, s'il aimait la taquiner, il ne voulait pas la mettre mal à l'aise.

— À cette heure-ci, c'est le besoin de sommeil que j'ai dans le sang.

— Dommage. Si tu as des animaux, tu devras te lever de bonne heure pour t'occuper d'eux.

— Je…

— Désolé, mais c'est la règle de base du métier.

— C'est indécent !

— Au risque de te scandaliser un peu plus, j'adore me lever tôt le matin.

— Va-t'en ! Je me méfie comme de la peste des gens matinaux.

— J'ai fait du café.

Elle émit un autre grognement.

— Je retourne dans la cuisine et je te verse une tasse de café. Ne m'oblige pas à revenir et à te secouer pour te réveiller.

Pivotant sur ses talons, il rebroussa chemin. Il n'avait pas besoin de la voir sortir du lit. Ni de savoir si elle portait ou non quelque chose sous son T-shirt.

Il n'appréciait pas du tout cette attirance soudaine et déplacée envers Cricket. Certes, ils étaient adultes, même s'il était un peu plus âgé qu'elle. Mais il n'avait rien à lui offrir. Elle cherchait encore sa voie et voulait réussir par ses propres moyens. La dernière chose qu'il souhaitait, c'était aggraver son mal-être.

À quoi bon s'appesantir sur ce sujet ? Il était adulte

et responsable. Et trouver une femme jolie ne signifiait pas entreprendre de la séduire.

Il le ferait d'autant moins qu'il était ici pour la dissuader de garder son ranch.

Il sortit une tasse ébréchée du placard et la remplit de café. À cet instant, Cricket apparut, arborant, lui semblait-il, le même T-shirt, un jean et des bottes, ses cheveux blonds ramassés au sommet de sa tête en un chignon improvisé.

— Bonjour, marmonna-t-elle.

— Tu m'as dit que tu voulais devenir cow-girl.

Il lui tendit sa tasse.

— Je ne pensais pas qu'être ma propre patronne m'obligerait à me lever à une heure déterminée. En l'occurrence, je suis ta patronne !

— Je sais. Mais la terre n'attend personne, Cricket. C'est la leçon numéro un pour devenir une éleveuse authentique.

— Je n'aime pas du tout cette idée.

— Alors, qu'est-ce qui te pousse à devenir éleveuse ?

— Je ne sais pas, dit-elle.

— Ce n'est pas une réponse.

— C'est difficile à expliquer. La plupart du temps, je me sens en inadéquation avec mon entourage, mon milieu social, tout ce qui touche au vignoble… En revanche, je me sens à l'aise dans les activités de plein air. J'étais meilleure cavalière que mes sœurs. Elles détestaient se salir, elles avaient peur des insectes, et je me moquais d'elles. Peut-être est-ce de l'orgueil de ma part d'aimer les activités dans lesquelles j'étais meilleure que mes sœurs, alors qu'elles me surpassaient dans les domaines de la scolarité et de la beauté.

— Tu te trouves moins belle qu'elles ?

— C'est évident ! Wren et Emerson ont une élégance naturelle. Elles sont parfaites à tous points de vue.

— Elles sont parfaites dans leur genre de beauté. Ainsi, chacun de nous a tendance à préférer telle ou telle fleur. Il n'empêche qu'elles sont toutes belles.

— Non. Pas toutes.

— Tu gâches ma métaphore.

— Il est trop tôt pour les métaphores.

— Il n'est jamais trop tôt. Bois ton café.

Il n'aurait su dire pourquoi il éprouvait le besoin d'être gentil avec elle. Peut-être parce qu'elle paraissait… complètement perdue. Il comprenait ce sentiment. D'une certaine façon, la perte de lien avec son père – même s'il avait été ténu, selon ses dires – ressemblait à une mort.

Et il savait ce que c'était de perdre un parent. La mort de sa mère avait été une épreuve douloureuse à laquelle il n'avait pas été préparé. Mais personne ne l'était vraiment. Il avait été complètement dépassé par l'intensité de son chagrin. Par toutes ces choses qu'il n'avait pas eu le temps de lui dire ou de faire pour elle. Par tous ces regrets qu'il avait éprouvés à son égard.

Elle s'était sentie enfermée dans un mariage sans amour, même si elle adorait ses enfants et la famille qu'ils formaient. Et il se sentait parfois responsable de sa souffrance.

Son père était anéanti par le chagrin comme si elle avait été l'amour de sa vie. Mais, selon Jackson, il savait qu'ils n'avaient jamais été amoureux l'un de l'autre et qu'ils s'étaient piégés eux-mêmes. Et cela le minait. Pourtant, dans ses souvenirs d'enfance, ils avaient été tellement heureux tous ensemble…

Quoi qu'il en soit, il y avait quelque chose chez

Cricket qu'il reconnaissait. Peu importait qu'elle soit très différente de lui. Il savait ce qu'elle ressentait. Il avait beau détester se retrouver dans la position d'un ouvrier agricole, l'honneur l'empêchait de se dédire. Il ferait de son mieux pour l'aider durant les trente jours du pari.

Elle s'assit, les coudes sur la table, la tête enfoncée dans les épaules, et but son café un peu trop lentement à son goût. Quand on aimait prendre son temps le matin, il fallait se lever un peu plus tôt. Certes, ils n'avaient pas de travaux spécifiques à faire, mais c'était une autre leçon qu'elle devait assimiler. Si elle voulait vraiment exploiter un ranch, elle devait prendre de bonnes habitudes dès le départ.

Toutefois, il ne pensait pas qu'elle irait au bout de son projet. En fait, il avait le sentiment qu'il arriverait à ses fins plus tôt qu'il ne le pensait.

— Il est temps d'y aller, petite Cricket, dit-il dès qu'elle eut avalé la dernière goutte de son café.

— Je ne suis pas petite.

— Tu l'es pour moi.

— Évidemment, tout le monde est grand dans ta famille, maugréa-t-elle.

— Honey est petite.

— Mais toi et Creed êtes très grands.

— En effet.

Elle semblait soudain revigorée, et c'était une bonne chose. Il ouvrit la porte d'entrée et s'effaça pour la laisser passer.

— Qu'allons-nous faire, aujourd'hui ? demanda-t-elle.

— Nous pourrions commencer par jeter un coup d'œil à tes pâturages et à tes clôtures. Puis, nous irons voir dans quel état est la grange.

— Excellente idée.

— C'est pour cette raison que tu m'as engagé. Ou plutôt, gagné au poker.

— Oui, je suppose que c'est toi l'expert.

— Redis-le-moi !

— C'est toi l'expert, maugréa-t-elle, furieuse.

— Tâche de t'en souvenir.

Il ouvrit la portière de son pick-up.

— Que fais-tu ?

— Il est préférable d'y aller en voiture.

Elle prit place sur le siège passager en bougonnant. Ils empruntèrent une route d'accès menant à l'extrémité de sa propriété. Ils entameraient là leur inspection et la poursuivraient en rebroussant chemin. Le ciel commençait à s'éclairer et prenait une teinte gris bleu. On aurait dit que de l'encre s'écoulait le long des flancs de la montagne et se répandait dans les prés. Cricket avait une propriété magnifique. Si elle n'en voulait pas, il serait ravi de l'acquérir.

— Tu conviendras que nous n'avions aucune raison de nous lever si tôt puisque je n'ai pas d'animaux, dit-elle.

— C'est pour t'apprendre le métier. Et aussi pour t'inculquer une petite dose de réalité.

— Parce que tu penses que j'en ai besoin ?

— Oui. Avant de te lancer dans l'élevage de chevaux, tu dois savoir dans quoi tu t'engages.

— Ton attitude envers moi est tyrannique.

— Tu m'as choisi pour être ton consultant.

— Mon ouvrier agricole, rectifia-t-elle.

— Et qui commande, de nous deux ?

Elle grommela mais, à cet instant, il stoppa son pick-up et mit pied à terre, consterné.

— Oh ! Seigneur ! s'exclama-t-il en s'avançant vers une clôture.

Maintenant que le soleil était levé, ils y voyaient suffisamment pour faire l'état des lieux.

— Cette clôture bat de l'aile. La restaurer demandera beaucoup de travail.

— J'engagerai du personnel.

— Auparavant, tu devras établir un budget.

— Cesse de me parler comme à une enfant ! J'ai beau venir d'un milieu privilégié et n'avoir jamais eu à me débrouiller par mes propres moyens, je sais qu'il faut beaucoup d'argent pour exploiter un ranch. Mais, comme je te l'ai dit, j'ai cédé ma participation dans le vignoble. J'ai donc de quoi voir venir.

— Tant mieux. Car l'entretien d'un ranch coûte cher.

— Je suis sûre que tu as une idée de la valeur d'un domaine viticole comme Maxfield Vineyards.

— Oui.

Cricket était sans doute une femme très riche, même si sa participation ne représentait qu'un quart de la valeur du domaine.

— Il n'empêche que tu as besoin d'avoir une formation pratique. Tu pourrais être confrontée à une urgence et ne pas obtenir d'aide à temps. Que feras-tu si une partie de ta clôture cède et que tes chevaux s'échappent ? Tu dois être capable de résoudre toi-même quelques-uns de tes problèmes. Quant à cette clôture, elle est sûrement en mauvais état sur toute sa longueur. Et, oui, il nous faudra de la main-d'œuvre pour la réparer. Mais nous pouvons commencer dès maintenant puisque j'ai eu la bonne idée d'apporter des outils.

— Je ne suis pas sûre d'apprécier ce genre d'initiative.

— Que tu le veuilles ou non, mon chou, ce travail fait partie des attributions d'un éleveur.

Il lui tendit un marteau et une pince coupante.

— Voici l'occasion de réaliser ton rêve.

En fin de matinée, Cricket était fourbue et courbaturée. Par chance, Jackson avait aussi apporté des bières et des sandwichs, et elle s'installa sur le hayon de son pick-up pour manger pendant qu'il continuait à travailler. Cet homme était infatigable !

— Bon. Allons voir la grange, dit-il au bout d'un moment.

— Nous n'en avons pas fini pour aujourd'hui ?

— Non. Ça, c'est le travail que tu effectues dans un ranch avant d'avoir des animaux. Encore une fois, je t'explique tout cela pour que tu saches ce qui t'attend.

— J'ai plutôt l'impression que tu cherches à me décourager.

Il haussa les épaules avec indifférence.

— Si mes conseils te découragent, c'est peut-être que tu n'es pas taillée pour ce métier. La vie d'éleveur est difficile et souvent peu rentable. Si tu ne prends aucun plaisir à effectuer toutes ces tâches, tu devrais envisager une autre activité.

— Pourquoi me parles-tu ainsi ?

— Parce que c'est le genre de choses que tu dois savoir pour décider de ton avenir en connaissance de cause, Cricket. Si le travail ne te rebute pas, alors, poursuis dans cette voie. Mais tu pourrais aussi bien vivre dans ta maison sans être éleveuse et louer tes champs. Ou vendre ta propriété et t'acheter une fermette avec quelques poules.

— Je ne veux pas de cette solution, dit-elle d'un ton résolu. Je veux conserver ma terre et mener la vie que je souhaite.

Cette mise au point s'avérait nécessaire, autant pour Jackson que pour elle-même.

Parce que, franchement, entre le lever à 4 h 30 et le travail éreintant qu'il lui avait confié, elle avait commencé à remettre en cause sa décision de devenir éleveuse. Jusqu'à présent, elle avait mené une existence protégée et oisive. Et elle s'était forgé une vision idyllique de la vie dans un ranch, assimilant ses nombreuses randonnées champêtres à l'existence qu'elle mènerait si elle était éleveuse. Mais, bien sûr, la réalité était tout autre.

Si seulement elle avait pu avoir ne serait-ce que la moitié de la force, de l'habileté et de la précision de Jackson dans le travail ! Son corps était une machine bien huilée. Chaque muscle, chaque mouvement contribuait à la parfaite exécution de la tâche à accomplir. À côté de lui, elle se sentait très maladroite. Elle devait donner cinq coups de marteau pour obtenir un résultat alors que Jackson y arrivait du premier coup. C'était terriblement frustrant.

D'un autre côté, le regarder travailler était tellement… instructif. Elle sentit un afflux de sang colorer ses joues et s'efforça de ne pas y attacher trop d'importance. Elle grimpa dans le pick-up à côté de Jackson, et ils se dirigèrent vers la grange.

Il s'arrêta devant le bâtiment aussi décrépit que le dortoir, et ils descendirent du véhicule. Il la précéda et poussa la porte récalcitrante, les muscles bandés. De nouveau, elle se surprit à demeurer plantée là, les yeux rivés sur le dos musclé de Jackson. Se ressaisissant, elle se faufila à l'intérieur du bâtiment dès que l'espace libéré le lui permit.

Il entra à son tour, et elle sentit sa présence derrière elle. Il se produisit alors un phénomène étrange. Comme le crépitement d'une énergie entre eux. Il ne s'agissait pas simplement de la chaleur qui émanait du corps de Jackson ; c'était autre chose.

Elle se retourna et se retrouva face à lui, le regard aussitôt attiré par sa mâchoire carrée, son menton couvert de barbe et ses lèvres. Des lèvres fascinantes aux commissures légèrement tombantes, ce qui lui donnait un petit air maussade. Une intensité ténébreuse. C'était une particularité qui l'avait toujours fascinée chez lui. Cette force tranquille et taciturne. Tout le contraire d'elle. Elle n'était ni sereine ni maussade. Elle choisissait la dérobade.

Elle s'écarta de lui et s'avança dans la grange.

— Bien, dit-elle, regardant alentour.

Il eut un petit rire amusé.

— Tu trouves que l'endroit est bien ?

— Non. Je veux dire qu'il peut être rénové.

Elle lui décocha un regard courroucé.

— Et je suis consciente que cela coûtera beaucoup d'argent.

— Ravi de constater que mes leçons commencent à porter leurs fruits.

Il passa à côté d'elle, et elle remarqua à nouveau qu'il avait une senteur bien à lui. L'odeur de sa peau, du savon qu'il utilisait et de la nature. Celle des pommes de pin et de la terre. Un mélange captivant.

— Une fois remis en état, ce bâtiment pourrait convenir. Ne te méprends pas. Je n'essaie pas de te décourager. C'est promis.

— Tant mieux, dit-elle.

— En revanche, il y a du foin moisi qu'il faut sortir. Attrape une pelle.

— Encore une corvée ?

— Oui. Mais qualifier ce travail de corvée est contre-productif. Il fait partie du job. De la vie. Tu dois prendre soin de tout ce qui compte à tes yeux, que ce soit ta maison ou ton terrain. Si les Maxfield confient à un contremaître l'entretien de leur domaine, les Cooper exploitent eux-mêmes le leur.

— En ce moment, c'est toi qui t'occupes de ton ranch ?

— Non. J'ai du personnel. Et c'est une bonne chose parce que, si je n'en avais pas, je ne serais pas ici. Prends une pelle au lieu de dire des bêtises.

Et c'est ainsi qu'elle se retrouva, furieuse et en nage, à transporter des pelletées de foin moisi dans la benne de son pick-up.

— Ce foin fera du bon compost, mais je suppose que tu n'en veux pas, dit-il.

— Il sent mauvais.

— Dans un ranch, il y a beaucoup de mauvaises odeurs.

— Elles ne m'incommodent pas, dit-elle résolument.

— Si tu le dis.

— Oui, vraiment. Je faisais une simple constatation à propos de ce foin.

Il haussa un sourcil, et ses lèvres s'incurvèrent en un sourire.

— Tu poses beaucoup de questions pour quelqu'un qui sait tout et qui s'accommode de tout.

Elle se sentit rougir, sans trop savoir pourquoi.

— Oh ! ça va, maugréa-t-elle, prenant rageusement une autre pelletée du fichu foin moisi.

— Oui, tu sembles tout à fait dans ton élément.

— J'ai tellement de choses à apprendre. C'est pourquoi je tenais tant…

À ta présence ici. Mais les mots demeurèrent coincés dans sa gorge.

Son regard accrocha celui de Jackson et le soutint. Elle était comme hypnotisée, incapable de détourner les yeux. Et lui non plus ne les détournait pas. Il était près d'elle.

Plus près que l'instant d'avant. À moins que l'espace autour d'eux ne se soit rétréci. Sauf que c'était impossible. Pourtant, la proximité de Jackson avait quelque chose d'impossible en elle-même. Comme si Cricket se retrouvait brusquement sur une planète étrangère, dans un corps étranger.

Mais elle n'avait pas de guide pour l'aider à comprendre et à gérer l'étrange situation dans laquelle elle se trouvait : cohabiter avec cet homme qui la fascinait depuis la préadolescence. Si différent des personnes qu'elle fréquentait. Qu'elle ne connaissait pas très bien, mais qui pourrait malgré tout l'aider à trouver la réponse aux questions qui la taraudaient depuis six mois.

Encore fallait-il qu'elle maîtrise cette attirance irrésistible qu'il exerçait sur elle et qu'elle la transforme en un sentiment différent, plus approprié, plus… fraternel, sinon elle risquait de tout gâcher. Et elle ne le supporterait pas. Elle ne supporterait pas que sa vie demeure la même. De se sentir toujours aussi inadaptée.

Le regard de Jackson s'attarda plus bas, et elle se rendit compte qu'il fixait sa bouche. Aussitôt, un trouble étrange s'empara d'elle.

Et, soudain, elle eut l'impression que sa bouche était en feu. Cette sensation était tellement intense qu'elle n'avait jamais été aussi consciente d'avoir des lèvres. Mais elle l'était maintenant.

Parce qu'il les fixait. Parce qu'il se tenait là, si près d'elle. Parce qu'ils partageaient le même espace, le même air. Parce qu'il la fascinait irrésistiblement. Parce qu'il avait les réponses.

Elle sentit son cœur s'affoler dans sa poitrine.

Non !

Elle ne s'était jamais trouvée aussi près de lui. Hier soir, ses mains avaient frôlé les siennes, et maintenant il se tenait là, à quelques centimètres d'elle. Elle savait qu'elle devait le considérer différemment désormais ; ne plus voir en lui un homme séduisant, comme elle l'avait toujours fait. Mais elle ne pouvait pas s'y résoudre. Elle n'arrivait pas à forcer son corps à admettre ce que son cerveau soupçonnait au sujet de leur lien de parenté.

Il se tenait là. Et elle le désirait.

Non, ce n'était pas possible.

Puis, une lueur s'alluma dans le regard de Jackson et, malgré son inexpérience, elle reconnut cette expression car elle avait dîné avec lui, la veille au soir.

La faim.

Et elle aussi la ressentait. Intense. Dévorante.

Il bougea, et elle ne sut pas s'il avançait vers elle ou s'il reculait, car elle lâcha la pelle et sortit en courant de la grange.

Elle fuyait comme si elle avait eu le diable à ses trousses. Sans regarder en arrière. Dépassant le pick-up de Jackson. Franchissant la clôture jusqu'à ce qu'elle se retrouve au milieu du champ. Elle s'arrêta, pantelante, le front moite de sueur, pliée en deux, les mains sur les genoux, pour tâcher de reprendre sa respiration. Et ce fut seulement à cet instant qu'elle prit conscience de ce qu'elle venait de faire. Elle avait fui Jackson.

Il devait penser qu'elle était folle. De fait, son comportement était insensé.

Pourquoi ?

Ce cri du cœur exprimait la profonde tristesse qui l'accablait à cet instant. C'était tellement injuste ! Pourquoi fallait-il que ce soit précisément cet homme qui lui inspire des sentiments aussi forts ?

Elle en était malade. À coup sûr, quelque chose clochait chez elle. Elle l'avait toujours su. Mais comment aurait-elle pu imaginer une situation aussi cauchemardesque ?

Elle poussa un cri de détresse. Strident. Sans se soucier de savoir si l'écho se propageait jusqu'à la grange.

Soudain, elle se retourna, paniquée, pour vérifier s'il l'avait suivie. Par chance, il n'y avait personne à la ronde.

Pourquoi fallait-il que ce genre de situation lui arrive ? Elle avait cru pouvoir enfin trouver sa place et s'épanouir. Elle s'efforçait de gagner la confiance de Jackson, d'apprendre à le connaître afin d'aborder avec lui le sujet délicat de leur éventuel lien de parenté… Que ce serait-il passé s'il s'était approché d'elle ? S'il avait essayé de l'embrasser ? Il aurait tout gâché. Absolument tout.

Cricket n'était pas du genre à pleurer sur son sort. Mais, à cet instant, elle avait envie de s'abandonner au désespoir. Parce qu'elle avait cru avoir trouvé la solution miracle. Celle qui lui permettrait de changer sa vie. Mais elle s'était trompée. Elle resterait toujours la même : bizarre, gauche, se sentant à sa place nulle part. Cette situation était une abomination.

Soit. Mais tu n'es plus un bébé. Tu dois te ressaisir, affronter Jackson et t'excuser auprès de lui.

Bien sûr, mais elle n'avait pas le courage de lui faire face dans l'immédiat. Aussi s'accorda-t-elle une heure de répit, faisant les cent pas dans le champ et évitant de penser au fait qu'elle serait tôt ou tard obligée de le rejoindre. Et, quand elle se décida enfin à retourner à la grange, son pick-up n'était plus là. Et lui non plus.

Elle en vint à se demander si elle n'avait pas imaginé toute la scène.

- 4 -

Voyant que Cricket ne revenait pas, Jackson décida d'aller faire quelques courses en ville, puis de s'assurer que tout se passait bien dans son propre ranch. Il avait besoin de se retrouver seul pour réfléchir à ce qui venait de se passer et faire son mea culpa. À l'évidence, il avait effrayé Cricket quand il avait fait un pas dans sa direction. Il aurait pu prétendre qu'il n'avait pas été sur le point de l'embrasser, mais il se serait menti à lui-même. Le matin, il s'était promis de ne pas la séduire, mais là, dans cette grange, l'espace d'une minute, il avait eu l'impression qu'elle le désirait, et il avait perdu tout sens commun.

Lors de la fameuse partie de poker, il n'avait eu aucun scrupule à accepter le pari qu'elle lui avait lancé, sachant qu'il le perdrait et qu'il aurait ainsi tout loisir de la convaincre de lui vendre son ranch.

Mais, maintenant, sa mauvaise conscience le rattrapait. Car il ne voulait surtout pas avoir une relation intime avec Cricket alors qu'il avait des vues sur sa propriété. C'était un pas qu'il n'était pas prêt à franchir. Il avait eu l'intention de s'élancer à sa poursuite pour s'excuser, mais il avait craint de l'effrayer un peu plus. Après tout, elle n'avait pas fui sans raison.

En tout cas, c'était la première fois qu'une femme réagissait à ses avances en s'enfuyant à toutes jambes dans la direction opposée ! Bien sûr, parfois la femme qu'il abordait lui opposait une fin de non-recevoir, et dans ce cas il suffisait qu'elle lui dise : « Non, merci. » Il ne se montrait jamais insistant. D'ailleurs, il n'en avait pas besoin.

Mais Cricket avait fui comme s'il était capable de la forcer. Et il en venait à s'interroger à son sujet. Chose qu'il n'avait aucune envie de faire. Elle l'avait suffisamment déstabilisé comme cela.

Puisqu'il passait à proximité du domaine familial, il décida d'aller prendre des nouvelles de son père. Honey vivait encore au ranch et assumait beaucoup de responsabilités. Sans doute plus qu'elle n'aurait dû. Mais il était soulagé de la savoir relativement protégée.

Cette idée raviva son sentiment de culpabilité envers Cricket. Elle et Honey avaient à peu près le même âge. Et si un homme de l'âge de Jackson se montrait un peu trop entreprenant envers Honey, ce ne serait pas elle qui s'enfuirait à toutes jambes mais l'homme en question, avec Jackson à ses trousses.

Il s'engagea dans l'allée menant à la salle de dégustation du chai. L'endroit lui paraissait toujours aussi imposant que quand il était gamin. Et il garderait toujours dans son cœur l'image de sa mère accueillant les visiteurs avec un sourire.

C'était désormais Honey qui la remplaçait.

— Quel bon vent t'amène ? demanda sa sœur. Je croyais qu'en ce moment tu étais l'homme à tout faire de Cricket Maxfield.

— C'est vrai.

— Franchement, je suis soulagée que tu aies perdu ce pari. Je m'imaginais mal travaillant avec elle dans la salle de dégustation.

— Que lui reproches-tu ?

Honey haussa les épaules.

— Je la connais mal, mais je ne la trouve pas particulièrement sympathique.

Il fronça les sourcils, perplexe.

— Elle ne s'est jamais montrée inamicale envers toi, que je sache.

— Non, mais elle est bizarre, tu ne trouves pas ?

Il pensa à toutes les choses que Cricket lui avait dites, notamment son sentiment d'inadéquation. Et la remarque de sa sœur le chiffonna. Il ressentit un élan de compassion envers elle.

— Ce n'est pas très gentil de ta part.

— Depuis quand t'intéresses-tu à Cricket ?

— Ce n'est pas le cas.

— Avoue qu'elle t'intéresse un peu, quand même.

Il haussa les épaules, mal à l'aise.

— Je la trouve agréable. Et je ne peux pas m'empêcher de la plaindre, ainsi que sa mère et ses sœurs.

— Un de ces jours, il faudra que je leur rende visite. Je n'arrive toujours pas à croire que Creed ait épousé Wren !

— Pourtant, tu apprécies Wren.

— Je sais, mais… Je trouve étrange cette alliance entre nos deux familles rivales.

— C'était James qui posait problème.

— J'ai l'impression que cette rivalité est plus profonde. Selon papa…

— Il n'est pas parfait, intervint Jackson. Et nous ne devons pas prendre tout ce qu'il dit pour argent comptant.

— Je sais.

La pauvre Honey n'était qu'une adolescente quand leur mère était morte. Et Jackson avait le sentiment qu'elle s'était beaucoup plus rapprochée de leur père qu'elle ne l'aurait fait si leur mère avait été là. La relation de Honey avec leur père était fusionnelle, alors que celle que Jackson entretenait avec lui était tout en nuances.

— À propos, papa est-il ici ? demanda-t-il.

— Oui. Dans le bureau.

La pièce où se traitaient les affaires relatives au vignoble se situait derrière la salle de dégustation.

— As-tu des groupes, aujourd'hui ?

— Oui, deux. Tu devrais rester, l'un d'eux est un enterrement de vie de jeune fille.

Contre toute attente, il n'en avait pas envie. Peut-être sa réaction avait-elle quelque chose à voir avec une jeune femme fuyant loin de lui, peu de temps auparavant.

À moins qu'elle ait un rapport avec l'énigme que constituait cette même jeune femme, avec son regard scrutateur et sa bouche pulpeuse. Quel casse-tête !

Il fit un signe de la main à sa sœur en guise d'au revoir et se dirigea vers le bureau dans un bruit de bottes qui résonnait sur le parquet. Il frappa une fois, puis ouvrit la porte sans attendre la réponse de son père.

— Le fils prodigue est de retour, dit Cash.

— Je viens prendre de tes nouvelles, marmonna Jackson.

— Jericho est passé hier, et d'après lui tu es très occupé avec ta nouvelle patronne.

— Il ferait mieux de se mêler de ses affaires !

Jericho était comme un autre frère pour Jackson. Ils étaient amis depuis l'enfance et avaient acquis leurs propres ranchs à la même époque. Mais Jericho pouvait aussi s'avérer exaspérant au possible.

— Quelle est la vraie raison de ta visite ?

— M'assurer que tu vas bien. Je n'aime pas m'absenter aussi longtemps.

— À t'entendre, cette visite est une contrainte pour toi.

— Que se passe-t-il, papa ? Écoute, je ne t'ai jamais critiqué, et je ne me permettrai pas de le faire devant Creed ou Honey. Encore moins devant Jericho. Bien que tu ne sois pas son père, il t'admire et te respecte. Toujours est-il que tu te laisses aller. Je vois bien que tu souffres, mais je ne comprends pas la raison de ton chagrin. Parce que j'étais très proche de maman et, pour autant que je sache, elle n'était pas l'amour de ta vie.

— Jackson !

— Vous ne vous entendiez pas toujours bien tous les deux.

— J'aimais ta mère.

Jackson marqua une pause, les nerfs à fleur de peau. Il répugnait à discuter des sentiments qu'éprouvait ou non son père, mais il devait crever l'abcès qui le rongeait.

— Je n'en doute pas. Mais l'aimais-tu au point d'être incapable de remonter la pente au bout de cinq ans ?

Son père soupira.

— Ce n'est pas simple.

— Bien sûr.

— Tu n'as jamais aimé une femme de toute ta vie, Jackson. Encore moins deux. Alors, comment pourrais-tu savoir ce que je traverse ?

La curiosité de Jackson fut éveillée.

— Deux femmes ?

— Je n'ai pas l'intention d'en discuter avec toi. La seule chose que je peux te dire, c'est que tout va de travers dans ma vie depuis la mort de ta mère. Il y a à cela plusieurs raisons. Peut-être les choses sont-elles simples de ton point de vue mais, pour moi, elles sont compliquées. Peut-être estimes-tu que je ne mérite pas d'avoir du chagrin et des regrets, mais j'éprouve les deux. Sais-tu ce qui est pire que pleurer l'amour de sa vie ? C'est pleurer une personne que tu as traitée injustement.

— Que veux-tu dire…

— Je n'ai pas envie d'en parler. Tu ferais mieux de retourner travailler sur la propriété des Maxfield. Je croyais d'ailleurs que tu les détestais.

— C'est toi qui les détestes.

Son père s'éclaircit la gorge, visiblement embarrassé.

— Oui. Je les ai détestés.

— Mais plus maintenant ?

— C'était James, le problème.

— Je l'avais compris.

— Il était un problème pour tout le monde.

— Cela ne me surprend pas.

Curieusement, Jackson en vint à se demander si les problèmes de James Maxfield n'avaient pas davantage surpris, voire traumatisé, Cricket qu'elle ne voulait l'admettre, et s'ils ne pouvaient pas expliquer en partie son mal-être.

Qu'est-ce qui lui prenait de décortiquer chaque propos ou chaque réaction de Cricket ? Il n'était pas du genre à ressasser chaque chose dans sa tête. C'était un homme d'action. Quand il avait un problème, il faisait en sorte de le résoudre. Mais peut-être réagissait-il de la même façon avec Cricket. Son attitude l'intriguait. Il n'arrivait pas à comprendre pourquoi elle tenait tant à ce qu'il travaille dans son ranch. Bien sûr, elle avait besoin de conseils, mais elle s'agaçait souvent de ses recommandations et semblait s'intéresser davantage à lui en tant que personne qu'à son savoir-faire en tant qu'éleveur.

Si elle ne s'était pas enfuie quand il avait failli

l'embrasser, il aurait volontiers pensé qu'elle avait le béguin pour lui.

Quoi qu'il en soit, il préférait affronter Cricket plutôt que d'essayer de faire entendre raison à son père.

— Bon. Je repasserai dès que je pourrai. Pourquoi n'irais-tu pas dîner en ville, ce soir ? Honey ne devrait pas être obligée de te préparer à manger tous les soirs de la semaine.

— Rien ne l'y oblige. Je pourrais très bien commander une pizza ou autre.

— Elle n'accepterait pas. Elle veut que tu prennes soin de toi. Comme tu ne le fais pas, elle se sent obligée de rester ici.

— Tu ne t'es pas senti obligé de rester.

— Non, en effet. Contrairement à elle, je ne me sens pas responsable d'un vieil homme têtu.

Puis il remit son chapeau sur sa tête et sortit, furieux, du bureau de son père. De retour dans la salle de dégustation, il retrouva Honey en train de discuter avec Jericho.

— Tu n'as rien de mieux à faire que traîner ici ? demanda-t-il à son ami.

Jericho afficha un grand sourire faussement innocent.

— Je venais m'assurer que tout le monde allait bien. Puis j'ai vu ton pick-up et je me suis demandé comment tu t'en sortais maintenant que tu travailles comme simple ouvrier agricole.

— Je ne vois pas ce que tu trouves de si amusant à cela.

— Depuis que je te connais, tu as toujours été ton propre patron. Or, j'apprends que tu as une patronne.

— Pas exactement.

— Et que tu dors dans un dortoir, précisa Honey. Si je me souviens bien des termes du pari.

— Il se trouve que le dortoir est inhabitable. Alors, je dors dans la maison.

Jericho et Honey le contemplèrent, interloqués.

— Vraiment ? demanda Jericho.

— Oui, répondit-il, impassible.

Jericho fronça les sourcils.

— Je ne pensais pas que tu les aimais aussi jeunes.

— Ce n'est pas ce que tu crois.

Il s'efforça de chasser son malaise qui persistait au souvenir de la fuite de Cricket.

— Et moi, je ne te prenais pas pour un fouineur, ajouta-t-il.

— Ce n'est pas tous les jours que mon meilleur ami est ravalé au rang de valet de ferme. Je mentirais si je disais que je ne trouve pas ce renversement de situation très réjouissant.

— Et tu prétends être mon meilleur ami !

— Je n'ai jamais prétendu être un ami parfait. Simplement, le meilleur que tu aies.

— Ou plutôt, le plus exaspérant ! intervint Honey. De toute façon, j'ai du travail à faire, contrairement à deux cow-boys paresseux de ma connaissance.

— C'est vrai, les clients se bousculent autour de nous, ironisa Jericho, jetant un regard à la salle vide.

— J'organise un enterrement de vie de jeune fille dans vingt minutes. Et, non, il est hors de question que vous restiez pour faire les jolis cœurs auprès de ces dames. Ce serait trop facile.

— Je ne déteste pas la difficulté, déclara Jericho. Les fruits les plus inaccessibles sont souvent les meilleurs.

— Va donc faire ta cueillette ailleurs, cow-boy, dit-elle, le chassant d'un geste de la main. Ces dames méritent de s'amuser en paix.

Jackson et Jericho obtempérèrent et sortirent du bâtiment.

— Quelle est la vraie raison de ta présence ici ? demanda Jackson.

— J'ai rendez-vous avec ton père. Au sujet de votre domaine viticole.

— Vraiment ?

— Oui. Toi et Creed participez pour moitié au capital du domaine en tant que commanditaires. Mais la gestion du vignoble, qui reste la prérogative de ton père, ne l'intéresse plus autant qu'avant et il souhaite passer la main.

— Tu as l'intention de lui racheter sa participation ?

— Nous sommes en discussion.

Pour une raison qui lui échappait, cette perspective déplaisait à Jackson.

— Il ne t'est pas venu à l'idée de m'en parler ?

— C'est une proposition commerciale, Jackson. Je n'ai pas à discuter de mes affaires avec toi.

Son ami était éleveur comme lui, mais il diversifiait aussi ses sources de revenus grâce à de fructueux investissements.

— En effet. Mais tu es mon ami.

— Oui. Et je t'en parle maintenant, mais j'aurais préféré en discuter d'abord avec ton père. Nous n'avons encore rien conclu.

— Quels sont les termes du marché ?

— Je propose d'entrer pour moitié au capital du domaine et de m'occuper de la gestion quotidienne du vignoble.

— Cela signifie que tu rachètes la quote-part qui revient à Honey.

— Du point de vue légal, elle n'est pas encore en âge d'en disposer. Mais, oui, c'est ce que cela signifie.

— Elle va être…

— Libérée de cette contrainte, tu ne crois pas ?

— Et maintenant, tu vas me dire que c'est uniquement dans l'intérêt de ma sœur que tu veux conclure cette affaire !

Jericho secoua la tête.

— Non, mais cela ne m'empêche pas de me soucier d'elle. J'ai longuement réfléchi avant de prendre cette décision.

— Elle va être furieuse après toi.

— Peut-être. Comme je te l'ai dit, il n'y a rien de personnel. Il s'agit d'affaires et de rien d'autre.

— Que tu le veuilles ou non, c'est personnel puisque cela affecte notre relation.

— Si c'était personnel, je rachèterais la participation de ton père au plus juste prix, alors que je lui propose un montant supérieur au prix du marché.

— C'est déjà ça.

Son père s'était bien gardé de lui en parler ! En fin de compte, que son père l'admette ou non, un fossé s'était creusé entre ses parents, et Jackson s'était retrouvé malgré lui dans le camp de sa mère. Toutefois, ils avaient ressoudé leurs liens dans l'adversité. Ainsi, son père était resté au chevet de son épouse durant toute sa maladie. Sa conduite avait été irréprochable. D'une certaine façon, Jackson le regrettait. Car si son père avait fait défaut à sa mère, il aurait eu toutes les raisons de le renier. De l'exclure de sa vie.

Hélas, les choses n'étaient pas aussi simples ni aussi tranchées., Pour ce que Jackson en savait, son père avait été un mauvais mari. Mais ce n'était pas quelqu'un de mauvais et il avait été présent pour son épouse quand elle avait eu besoin de lui.

— Écoute, Jericho, il faut que je retourne travailler. Je te verrai plus tard.

Il grimpa dans son pick-up, plantant là Jericho et laissant ses sentiments contradictoires chez Cowboy Wines, parce que c'était plus facile que de rester et de les affronter. Il préférait cent fois avoir affaire à Cricket, malgré ses états d'âme compliqués et ses réactions à fleur de peau. C'était tout dire !

- 5 -

Cricket était déterminée à faire comme s'il ne s'était rien passé quelques heures plus tôt. Mais, en voyant arriver Jackson, elle fut prise de court. Elle espérait avoir un petit répit. Après tout, puisqu'elle s'était enfuie comme une folle, il aurait pu s'estimer quitte de tout engagement envers elle. Mais non. Il était de retour.

Elle ouvrit la porte d'entrée et se tint là pour l'accueillir, un grand sourire plaqué sur son visage. Un sourire qui le mettait au défi de faire le moindre commentaire.

Il récupéra deux sacs en papier dans son pick-up et demeura immobile, le regard rivé sur elle, attendant visiblement d'être fixé sur son sort.

— Contente que tu sois de retour, dit-elle.

— J'ai tout ce qu'il faut pour réparer l'évier.

— Tant mieux.

— J'ai dit que je le ferai.

Il referma la portière de son pick-up et s'avança vers la maison. Elle recula dans l'entrée, mais sans lâcher la poignée de la porte. Elle ne voulait pas avoir l'air de fuir encore une fois. Elle devait à tout prix se ressaisir. Cesser de se comporter comme une idiote.

— J'apprécie vraiment ton aide.

— Merci.

Il passa devant elle, et elle retint son souffle parce qu'elle ne voulait pas respirer son odeur. Elle suscitait d'étranges sensations au creux de son ventre, et elle n'aimait pas du tout cela. Elles lui faisaient perdre ses moyens. Or, elle avait besoin de se concentrer pour prétendre que tout allait bien. Comme si ce qui s'était passé tout à l'heure était un non-événement.

Il posa les sacs sur la table, et elle demeura sur le seuil de la cuisine, l'observant pendant qu'il sortait des tuyaux, le fameux ruban adhésif et divers outils.

— Es-tu disposée à apprendre quelque chose ?

— Je suis l'élève et toi l'enseignant.

— Bonne réponse.

Par chance, ils avaient réussi à retrouver leur ton léger d'avant.

— Sais-tu où se trouve le robinet d'arrêt d'eau ? demanda-t-il.

— Non, je l'ignore.

Il secoua la tête, visiblement déçu.

— Il faut couper l'eau, sinon nous allons provoquer une inondation.

— Oh. Dans ce cas, je vais regarder dans l'un des placards.

— Parce que, selon toi, c'est là que se trouve le robinet d'arrêt d'eau.

— Non, mais j'ai découvert des documents concernant la maison. Ils indiquent peut-être l'emplacement de ce fameux robinet.

Elle passa à côté de lui et ouvrit la porte du placard. Elle n'avait pas jugé utile de déplacer la liasse de papiers car elle possédait peu de plats ou d'ustensiles de cuisine. Elle sortit les documents, les étala sur la table et commença à les feuilleter. Mais Jackson était déjà sorti de la pièce. Elle entendit la porte d'entrée se refermer. Quelques instants plus tard, il était de retour.

— J'ai trouvé.

— Comment ?

— La logique. L'expérience. Nous allons pouvoir commencer.

— Il vaudrait mieux que je sache où se trouve ce robinet, dit-elle, un peu dépitée.

— Je te le montrerai tout à l'heure.

Il s'agenouilla sous l'évier, des outils à la main, et commença à démonter des pièces.

— Veux-tu que je te passe des outils ?

— Bonne idée.

Ils organisèrent une sorte de chaîne de montage. Elle lui tendait les objets qu'il réclamait, puis récupérait ceux dont il n'avait plus besoin et les reposait sur la table.

Elle se sentait moins stressée et moins obnubilée par sa mésaventure de l'après-midi.

— Viens à côté de moi, dit-il.

Elle sursauta, prise au dépourvu.

— Quoi ?

— Je veux te montrer quelque chose.

Elle s'avança prudemment vers lui. Ce n'était pas de lui qu'elle avait peur mais d'elle-même. Il ignorait pourquoi elle avait tant paniqué. Si ça se trouvait, il n'avait peut-être jamais eu l'intention de l'embrasser. Elle n'était pas restée suffisamment longtemps pour le savoir. Elle s'était fait des idées. Voilà tout. Elle s'agenouilla donc à côté de lui, s'efforçant de ne pas respirer le même air que lui pour éviter de se trouver à nouveau dans une situation embarrassante.

— Que veux-tu me montrer ?

— C'est toi qui vas fixer le tuyau.

— Oh… D'accord.

Il lui tendit une clé.

— Penche-toi et serre ici.

Elle se pencha et ne put s'empêcher de respirer.

Aussitôt, elle se sentit submergée par son odeur virile.

Pourquoi fallait-il qu'il sente aussi bon ? Qu'il soit aussi séduisant ? Elle contempla la ligne carrée de sa mâchoire, l'arête droite de son nez. L'intensité de son regard. Ses yeux d'un bleu éclatant qui l'avaient toujours subjuguée.

Elle avait eu le béguin pour lui, mais maintenant ce n'était plus possible.

Plus possible.

Elle baissa les yeux, mais elle sentait son regard posé sur elle, et elle ne put s'empêcher de lever à nouveau les yeux vers lui.

Il était si près d'elle. Il la fixait avec une telle intensité. Tout à l'heure, elle avait fui. Et elle avait eu raison de mettre de la distance entre eux.

Elle devait en faire autant, maintenant. S'écarter de lui. Fuir à nouveau. Parce que ce qu'elle ressentait pour lui était totalement inapproprié. Dément. Oui, elle était folle.

Mais, pour une raison qui lui échappait – colère ou rébellion contre ce qu'elle ressentait –, elle ne s'enfuit pas. Au contraire, elle se pencha en avant, comblant la distance entre eux.

Elle allait se prouver à elle-même, une bonne fois pour toutes, qu'elle ne le désirait pas. Qu'un baiser la dégoûterait. Qu'il réduirait à néant ses sentiments inavouables.

Pour la première fois de sa vie, les lèvres de Cricket touchèrent celles d'une autre personne. Parce qu'elle était certaine d'être dégoûtée une fois qu'elle aurait percé le mystère d'un baiser avec Jackson. Elle avait forcément raison, non ? La nature viendrait sûrement à son secours, et elle s'écarterait, saisie d'horreur, quand leurs bouches s'uniraient.

Mais, contre toute attente, dès que ses lèvres se posèrent sur celles de Jackson, elle prit conscience de son erreur.

C'était comme si une bombe incendiaire avait éclaté dans son ventre.

Et elle s'enflamma aussitôt.

Il se rapprocha d'elle, ses grandes mains rugueuses enserrant son visage et la maintenant solidement en place tandis qu'il l'embrassait ardemment. Sa barbe la piquait délicieusement, sa bouche était chaude, et il sentait divinement bon.

Elle tremblait. La culpabilité cédait du terrain face au désir qui la consumait. Le vide se faisait dans son esprit. Oubliées ses bonnes résolutions. Oubliés ses soupçons. Il ne restait plus rien, hormis la sensation intense et exquise d'être touchée par lui, embrassée par lui.

Comment un tel revirement avait-il pu se produire ?

Comment en était-elle arrivée à le désirer à ce point ?

Bien sûr, elle avait toujours été intriguée et fascinée par Jackson, mais elle n'avait jamais cherché à mettre des mots sur les sentiments qu'il lui inspirait. Elle évoquait tout au plus un béguin d'adolescente.

Puis il y avait eu le divorce de ses parents. Et, quand elle avait découvert que sa mère avait eu jadis une relation amoureuse avec Cash Cooper, elle avait échafaudé une hypothèse qui, si elle se révélait exacte, donnait un sens plus conforme aux sentiments qu'elle éprouvait pour Jackson.

Encore fallait-il qu'elle vérifie cette hypothèse.

Elle s'était installée dans ce ranch, convaincue qu'elle

découvrirait la vérité. Et qu'elle aurait enfin la vie à laquelle elle aspirait. Au lieu de quoi, elle était en train de perdre tout sens commun, submergée par un désir inapproprié. En train de faire un immense gâchis.

Tu embrasses Jackson Cooper. Et il est peut-être ton demi-frère !

Elle se recula brusquement, horrifiée.

— Non !

— Cricket, tout va bien, dit-il. Ne t'enfuis pas.

— Je ne peux pas…

— Tu n'as pas à avoir peur de moi.

— Ce n'est pas de toi que j'ai peur. Mais de moi.

Et, à sa grande honte, des larmes perlèrent à ses yeux et se mirent à couler sans qu'elle puisse les retenir. Elle pleurait comme une enfant inconsolable devant Jackson. Il devait penser qu'elle était folle. À coup sûr, elle l'était.

— Que se passe-t-il, Cricket ?

— C'est à cause de nous deux, dit-elle. Il se peut que tu sois mon frère.

- 6 -

Sous le coup de la stupeur, Jackson se releva d'un bond et recula au milieu de la pièce.

Il ne savait pas où Cricket était allée chercher cette idée, mais elle se trompait.

Il le savait au plus profond de son être.

Il avait une sœur. Les sentiments qu'il éprouvait à son égard étaient tendres et fraternels. Or, ce qu'il ressentait pour Cricket n'avait absolument aucune connotation fraternelle ou familiale. Pendant des années, il l'avait considérée comme une petite peste irritante au possible avant qu'elle se métamorphose en une jeune femme toujours aussi irritante et beaucoup trop séduisante pour sa santé mentale.

Puis elle l'avait embrassé. Et maintenant, elle lui annonçait qu'il était peut-être son frère !

— Tu ferais mieux de t'expliquer, et vite.

— Je… j'ai découvert quelque chose à propos de nos parents. Ma mère et ton père… T'es-tu déjà demandé pourquoi ton père détestait autant le mien ? Je veux dire, en dehors du fait que James est une ordure. Il y avait forcément une autre raison. Eh bien, après son divorce, ma mère s'est confiée à mes sœurs et à moi. Elle nous a raconté qu'avant son mariage elle avait eu une relation amoureuse avec ton père. Mais il était pauvre, et elle a choisi d'épouser James. Soudain, j'avais enfin des réponses logiques à toutes les questions que je me posais. Pourquoi suis-je beaucoup plus jeune que mes sœurs et très différente d'elles ? Pourquoi ai-je le sentiment d'être décalée par rapport à ma famille alors que je me sens proche de toi ?

— Cricket, tu n'es pas ma sœur.

— Si. Il est très probable que je le sois.

— Non, c'est absolument impossible !

— Pourquoi ? Cette hypothèse me paraît tout à fait raisonnable.

— Elle ne rime à rien !

— Au contraire, elle explique le fait que je ne me sois jamais sentie à ma place au sein de ma famille.

— Si tu es tellement persuadée d'être ma sœur, pourquoi diable m'as-tu embrassé ?

— Pour me prouver que je trouverais cela répugnant !

Jackson n'avait ressenti aucun dégoût au contact des lèvres de Cricket, bien au contraire. Il en voulait pour preuve l'embrasement de son sang dans ses veines.

Mais il se garderait bien de le lui dire.

— Eh ! *Tu* as failli m'embrasser dans la grange, dit-elle, d'un ton accusateur. Pourquoi crois-tu que je me suis enfuie ? Parce que nous aurions commis une énorme erreur. Et maintenant, j'ai tout gâché !

— Monte dans mon pick-up.

— Quoi ?

— Monte dans mon pick-up. Nous allons voir une personne en mesure de régler la question.

— Nous pourrions faire un test ADN…

— Nous allons parler à mon père.

— Oh…

— Je l'obligerai à te dire une bonne fois pour toutes que tu n'es pas sa fille.

— Je…

— En as-tu parlé à ta mère ?

— Euh, non. Je ne lui ai pas posé la question. Ce n'est que tout récemment qu'elle nous a parlé de sa vie. De sa relation avec ton père. En fait, nous ne sommes pas très proches l'une de l'autre. Même si je lui pose la question, je ne croirai pas ce qu'elle me dira.

— Si tu lui expliques que tu envisages d'avoir une relation intime avec moi, je suis sûr qu'elle te dira la vérité.

— Comment peux-tu dire une chose pareille ! Je n'ai jamais eu l'intention de… d'avoir… Je t'ai simplement embrassé !

— Tu n'es plus une gamine, Cricket. Tu sais très bien qu'un baiser n'est pas une fin en soi.

Voyant qu'elle ne disait rien, il s'en voulut de se montrer aussi brutal envers elle, mais il était déboussolé et furieux.

Bon sang ! Son père aurait trompé son épouse… Serait-ce une si grande surprise ?

Il ne pensait pas que Cricket soit sa sœur. Il avait suffisamment l'expérience des femmes et de l'alchimie sexuelle pour croire une seule seconde à une telle hypothèse. Il pouvait se fier à sa libido.

Mais pouvait-il se fier à son père ? C'était moins sûr. Tout en sachant que Cricket faisait fausse route, il redoutait qu'il y ait une part de vérité dans ses dires concernant son père.

— Encore une fois, monte dans le pick-up.

Ils sortirent de la maison, et il lui tint la portière du passager pour qu'elle prenne place.

— Merci, dit-elle doucement.

— De rien.

Il mit le moteur en marche et démarra sur les chapeaux de roues.

— Pourquoi ne m'as-tu pas dit tout de suite que tu avais des soupçons ?

— Parce que… c'était délicat. L'idée que ma mère ait pu tromper mon père ne me gênait pas. Elle a aimé le tien et a fait une terrible erreur en refusant de l'épouser. Et je peux comprendre que, quand on aime profondément quelqu'un, on ait du mal à l'oublier.

— Vraiment ?

— Oui, assura-t-elle. Je ne juge pas ma mère. Sauf… si elle a fait du tort à la tienne. Je sais que tu l'aimais beaucoup. Je garde d'elle le souvenir d'une femme charmante. Mais je ne te connaissais pas suffisamment pour aborder de but en blanc ce sujet délicat avec toi. J'avais besoin de me faire une meilleure idée de la situation.

— Pourquoi n'as-tu pas posé la question à Creed ?

— Je ne suis pas non plus très proche de Wren et d'Emerson. J'aimerais l'être davantage, mais… c'est comme ça. Nous n'avons jamais été une famille normale. Elles sont complices en raison de leur faible écart d'âge et de leurs éducations similaires. Je suis différente. Je l'ai toujours été. Alors, non, je ne suis pas devenue subitement proche de Creed parce qu'il a épousé ma sœur.

— Et tu pensais devenir subitement proche de moi en m'employant sur ton ranch ?

Elle se mit à bredouiller :

— Je… J'ai toujours été… Non, rien.

Il se remémora la façon dont elle le suivait, tel un chiot perdu, quand elle était gamine. Pensait-elle déjà qu'il était son frère ? Non, elle lui avait dit qu'elle avait eu ce soupçon récemment. Quelle histoire ! Désormais, son projet de lui racheter son ranch était relégué au second plan.

Sa priorité était d'établir la vérité sur cette prétendue parenté.

Il se gara devant le chai et aperçut de la lumière dans la salle de dégustation. Avec un peu de chance, son père était encore là.

— Descends.

— D'accord, dit-elle, visiblement nerveuse.

Il l'agrippa par le bras et la poussa vers le chai.

— Ne me touche pas ! protesta-t-elle en se dégageant.

Elle semblait aussi dégoûtée que lui par cette situation. Sauf que… Son corps n'était pas du tout dégoûté. Ce baiser avait embrasé son sang dans ses veines. Et, bien que le choc provoqué par la révélation de Cricket ait jeté un froid sur son désir, il ne l'avait pas éteint pour autant. Il couvait, prêt à se ranimer à la moindre étincelle.

Mais chaque chose en son temps.

Il voulait que Cricket soit sûre et certaine que ses soupçons étaient infondés. Il avait plus d'expérience qu'elle en matière de sexe. Peut-être était-elle suffisamment naïve pour imaginer qu'ils puissent être frère et sœur, mais il ne confondait pas les liens de parenté avec l'alchimie et l'attirance sexuelles. Et ce qu'il y avait entre Cricket et lui ne relevait en aucun cas du domaine familial.

Il entra sans frapper dans la salle de dégustation et aperçut son père au fond de la pièce, occupé à vérifier le stock.

— Papa, nous devons te parler.

Son père se retourna, l'air stupéfait à la vue de Cricket.

— Que puis-je faire pour vous ?

— Hum…

Cricket passait nerveusement d'un pied sur l'autre.

— J'ai une question à vous poser.

— Je vous écoute, jeune demoiselle.

— Eh bien, j'aimerais savoir si… je suis votre fille.

Voilà. C'était fait.

Elle se tenait en face de Cash Cooper et lui demandait si elle était sa fille. Sauf que, maintenant, elle espérait que ce ne serait pas le cas.

Parce qu'elle avait Jackson dans le sang. Et elle le désirait de tout son être. Elle avait cru qu'elle parviendrait à maîtriser ses sentiments, mais elle avait échoué. Pourtant, ce n'était pas faute d'avoir essayé. Et elle avait fini par l'embrasser sur le plancher de la cuisine.

Elle avait tout gâché. Absolument tout. Mais il ne pouvait pas en être autrement car, selon elle, il n'y avait que deux scénarios possibles. Dans le premier, elle était irrésistiblement attirée par Jackson Cooper, lequel était inaccessible. Il ne voudrait jamais d'elle dans sa vie, même s'il prenait plaisir à l'embrasser. Et elle aurait toujours ce même sentiment de décalage par rapport à sa famille et d'inaccomplissement sur le plan personnel.

Dans le deuxième, elle était irrésistiblement attirée par son demi-frère. Un sentiment inexcusable.

Dans les deux cas, elle était perdante.

— Qu'est-ce qui vous fait penser cela ? demanda Cash.

Il se montrait tellement gentil qu'elle était émue aux larmes. Quelle différence avec James, qui ne lui avait jamais témoigné la moindre marque d'attention ! Elle avait envie d'avoir Cash pour père, mais elle ne voulait pas que Jackson soit son frère…

Deux vœux contradictoires.

— Ma mère m'a dit qu'elle était amoureuse de vous. Qu'elle avait fait le mauvais choix en épousant James Maxfield. Or, je me suis toujours sentie comme une étrangère au sein de ma famille. Je me faisais l'effet du vilain petit canard. Et, quand ma mère m'a raconté son histoire, j'ai pris conscience que je n'étais peut-être pas une Maxfield. Que ma place était peut-être ici. Parce que je veux devenir éleveuse, passer ma vie au grand air, et non rester enfermée dans une salle de dégustation. Parce que je suis tellement différente de mes sœurs, tant physiquement que sur le plan psychologique. Voilà pourquoi je vous pose cette question.

— Cricket.

La voix de Cash était si douce et si compatissante qu'elle était sur le point de craquer.

— Je ne suis pas votre père.

Elle avait envie de pleurer. De désespoir. De soulagement.

Jackson n'était pas son frère.

C'était donc le premier scénario qu'elle avait envisagé…

Elle entendit Jackson pousser un gros soupir de soulagement. Cash dut l'entendre aussi car il jeta un regard sceptique à son fils avant de reporter son attention sur elle.

— C'est vrai, j'aimais votre mère.

Puis il se tourna vers Jackson.

— C'était le problème, lui dit-il. J'aimais Lucinda, et je n'ai jamais vraiment cessé de l'aimer. Tu sais que ta mère et moi nous sommes mariés parce qu'elle t'attendait. Je me suis conduit de façon inconsidérée avec elle parce que j'avais le cœur brisé. Ta mère et moi en avons payé le prix pendant des années. Nous avons essayé de faire de notre mieux. Nous vous aimions infiniment, toi, Creed et Honey. Et j'avais beaucoup de tendresse et d'affection pour ta mère. Mais sais-tu ce qui me désole le plus ? C'est de n'avoir jamais été le mari dont elle avait besoin. C'est qu'elle soit morte en ayant vécu aux côtés d'un homme qui a toujours aimé une autre femme. Voilà ce qui me tue à petits feux.

Cricket se sentait coupable d'assister à ce qui était clairement une conversation privée, qui plus est, provoquée par elle.

Parce qu'elle avait cherché désespérément un remède à son mal-être.

Quelque chose clochait chez elle. Depuis toujours. Et sa présence ici en était une preuve supplémentaire. Une larme roula sur sa joue, et elle se sentit honteuse de montrer son émotion devant Jackson, et surtout Cash, cet homme qui n'était pas son père et qui n'avait aucune raison de se montrer gentil envers elle.

— Vous ressemblez à votre mère, dit-il doucement.

Sa remarque la prit au dépourvu. Elle lui fit l'effet d'une flèche en plein cœur.

— Oh ! non, vous vous trompez. Ma mère est belle et élégante. Et ses cheveux ne sont pas rebelles comme les miens, dit-elle, désignant ses boucles.

— Quand je l'ai connue, elle était comme vous, Cricket. Elle a été mon premier amour. Comme j'ai été le sien. Mais l'amour ne lui suffisait pas. La vie est ainsi faite.

— Elle a fait le mauvais choix et a été malheureuse durant ses années de mariage. J'espère que vous n'avez pas été malheureux.

— Non, je ne l'ai pas été, dit-il. Mais il se peut que j'aie rendu ma femme malheureuse, et j'en éprouve beaucoup de regrets.

— Mon père n'en a qu'un seul, celui d'avoir perdu tout son patrimoine. Le reste l'indiffère.

Une vague de tristesse l'assaillit. Parce qu'elle avait espéré de tout son cœur que cet homme gentil était son père.

— As-tu trompé maman ? demanda soudain Jackson d'une voix dure.

Cash reporta son attention sur son fils.

— Non, jamais. Je le jure.

— Dans ce cas, je suppose que Cricket a les réponses aux questions qu'elle se posait.

— Je ne sais pas si je dois m'excuser ou non, dit Cash en se tournant vers elle.

Elle secoua la tête, confuse.

— Non. C'est à moi de vous présenter des excuses. J'ai imaginé des choses à votre sujet qui étaient injustes. Et je l'ai fait parce que… je me sens malheureuse au sein de ma famille. Je ne m'y sens pas à ma place. Mais c'est ainsi. Je dois me faire une raison.

Puis elle pivota sur ses talons et s'enfuit de la salle de dégustation, en direction du pick-up. Elle s'adossa à la portière, le souffle court.

Décidément, elle courait beaucoup aujourd'hui.

Et elle avait honte du terrible gâchis qu'elle avait fait avec ses suppositions ridicules. Elle avait mis Cash dans une situation impossible et avait révélé à Jackson qu'elle était attirée par lui… Elle avait cru qu'elle serait en mesure de maîtriser la situation, mais elle lui avait échappé.

Jackson apparut quelques instants plus tard, le regard orageux. Les révélations de son père avaient dû le blesser, car elle le savait proche de sa mère. Elle se sentait plus que jamais stupide. Mesquine. Inexcusable.

— Je peux rentrer à pied si tu préfères.

— Non. Monte dans le pick-up.

Elle obtempéra, trop honteuse pour discuter, et ils firent le trajet de retour sans échanger une parole.

Elle allait le dispenser de respecter les termes du pari et le renvoyer chez lui parce que sa présence ne lui était plus d'aucune utilité. Elle ne deviendrait jamais éleveuse. Elle n'avait pas ce métier dans le sang. Et Jackson ne voudrait jamais d'elle, surtout après ce qui venait de se passer. Elle avait tout perdu. Elle était au comble du désespoir.

Quand ils furent arrivés à la maison, elle sortit du véhicule, le cœur meurtri et les jambes flageolantes.

— Jackson…

Il contourna l'avant de son pick-up et se dirigea vers elle, le regard incandescent.

— Procédons par ordre, dit-il.

Sans lui laisser le temps de réagir ou de dire quelque chose, il plaqua ses lèvres sur les siennes et l'embrassa à nouveau. Un baiser profond, dur, plus long que la première fois. Il y avait de la rage dans ce baiser. Une intensité qu'elle n'aurait jamais crue possible.

Inadaptée. Mesquine. Laide.

Tous ces qualificatifs qu'elle avait coutume d'utiliser pour se décrire commencèrent lentement à s'effacer, comme si chaque passage de la bouche de Jackson sur la sienne l'obligeait à les ravaler. Et des émotions nouvelles fleurirent en elle, devenant de plus en plus impérieuses : besoin, désir, espoir.

C'était l'espoir qui la sidérait le plus. Il remplissait de lumière cet espace béant et caverneux dans sa poitrine. Il la soulevait sur la pointe des pieds et la propulsait en avant dans les bras de Jackson.

Il inclina la tête, s'ouvrant un passage entre ses lèvres et mêlant sa langue à la sienne.

Elle se sentait si bien dans ses bras ! Comme si sa place était là, de toute éternité. Comme si elle lui était destinée.

C'était ce sentiment qu'elle avait éprouvé quand elle avait été en âge de comprendre les rapports amoureux régissant les hommes et les femmes. Elle avait immédiatement su que Jackson Cooper serait l'homme de sa vie.

Et, maintenant, il l'embrassait avec une passion identique à la sienne. S'il l'embrassait ainsi, c'est qu'elle trouvait grâce à ses yeux. Elle n'était donc pas aussi inadaptée, mesquine ou laide qu'elle le croyait.

Si elle s'était raconté toutes ces histoires, c'est parce qu'elle avait été une enfant mal aimée et qu'elle avait eu besoin de rendre sa vie plus supportable. Et elle avait adapté ses histoires à la situation du moment.

Ainsi, il avait été plus facile pour elle de penser que son père ne l'aimait pas parce qu'il n'était pas son père biologique.

Que sa mère se montrait distante envers elle parce qu'elle lui rappelait ses péchés.

Qu'elle était très différente de ses sœurs parce qu'elles n'étaient que ses demi-sœurs.

Que Jackson comptait pour elle non pas parce qu'elle était amoureuse de lui, mais parce qu'il était son demi-frère.

Qu'elle voulait devenir éleveuse pour perpétuer une tradition familiale, et non parce que ce métier l'attirait.

Ce baiser était la preuve qu'elle avait ses propres rêves et sa propre personnalité, avec ses qualités et ses défauts, ses forces et ses faiblesses. Pour le meilleur et pour le pire.

Il était aussi la preuve qu'elle désirait Jackson peut-être parce qu'il était inaccessible, comme le métier d'éleveur.

Au fond, peut-être était-elle une pionnière. Une personne qui avait conscience de ce qui était possible et qui aspirait à obtenir un petit supplément de bonheur.

Décidément, ce baiser était une révélation à tous points de vue !

Puis, aussi soudainement qu'il l'avait embrassée, Jackson s'écarta d'elle.

— Cela devait arriver, dit-il, le souffle court. Je ne pouvais pas me contenter de ce simple baiser dans la cuisine. Pas après ce que tu m'avais dit.

En guise de réponse, Cricket se jeta dans ses bras. Parce qu'elle ne voulait être nulle part ailleurs. Parce qu'elle voulait savourer pleinement toutes ces sensations et ces émotions que lui seul était capable de faire naître en elle.

Voilà. Elle avait osé franchir le pas. C'était l'intérêt de s'être déjà ridiculisée. Désormais, elle ne pouvait plus revenir en arrière. Plus rien ne la protégeait. Hélas, James Maxfield était probablement son père biologique. Mais le plus important à ses yeux était de savoir que Jackson n'était pas son frère.

Il avait dû deviner qu'elle était amoureuse de lui. Son comportement irresponsable tout au long de l'après-midi l'avait trahie. Mais c'était aussi bien ainsi. Elle pouvait donner libre cours aux sentiments qu'elle avait refoulés durant toutes ces années. Assouvir ce désir ardent qui embrasait ses sens.

Et c'est ce qu'elle fit. Elle l'embrassa avec avidité, comme si la bouche de Jackson était une fontaine de jouvence. Sa barbe picotait ses paumes tandis qu'elle enserrait son visage, dressée sur la pointe des pieds.

— Que veux-tu exactement, petit criquet ? demanda-t-il, l'agrippant par les hanches pour la remettre d'aplomb. Parce que tu joues avec le feu. Et je ne veux pas que tu te brûles.

— Je n'ai pas peur du feu.

— Vraiment ?

Elle releva le menton d'un air de défi.

— Je n'ai peur de rien.

— Pourtant, tu trembles.

— Oui, cela arrive parfois quand une femme éprouve du désir pour un homme. Tu ne le savais pas ?

Elle parlait avec une assurance qu'elle était loin de ressentir.

— Tu pourrais combler mes lacunes en la matière.

— Pourquoi pas ? Tu sais, j'avais très peur de te désirer alors même que je soupçonnais un éventuel lien de parenté entre nous. J'avais aussi très peur de me ridiculiser. Et ça n'a pas manqué. Alors, que peut-il m'arriver de pire ? Je pourrais craindre pour ma sécurité physique, mais ce n'est pas le cas. Pas quand tu me tiens dans tes bras. Toute ma vie, j'ai désiré des choses que je ne pouvais pas avoir. L'amour de mes parents. Me sentir bien dans ma peau. Appartenir à une famille autre que la mienne.

Un reste d'orgueil l'empêcha de mentionner qu'elle avait toujours été subjuguée par lui mais que, jusqu'à ce jour, il n'avait jamais daigné lui accorder la moindre attention.

— Aujourd'hui, j'en ai assez de me sentir frustrée. Je n'ai pas peur de toi. Ni de mon désir pour toi. Mais je redoute l'absence de changement dans ma vie.

— Avant d'aller plus loin, il faut que tu saches que je ne suis pas fait pour le mariage. Ni pour la romance.

— T'ai-je demandé quoi que ce soit, cow-boy ?

— Je veux simplement que les choses soient claires entre nous, Cricket. Je ne peux pas ignorer le fait que tu as eu une rude journée et, avant cela, quelques semaines difficiles. Par ailleurs, tu es plus jeune que moi. Voilà pourquoi je veux être certain que nous sommes sur la même longueur d'onde.

— Nous le sommes. Je te désire de tout mon être, Jackson, et j'en ai assez de ne pas obtenir ce que je veux.

— Si tu es sûre de toi…

En fait, ce qu'elle ressentait pour lui allait bien au-delà du désir, mais il n'avait pas besoin de le savoir. Jackson lui faisait l'effet d'une montagne qu'elle devait gravir si elle voulait découvrir l'autre versant de sa personnalité. La clé du mystère que cet homme constituait pour elle. Car il était au centre de sa vie depuis qu'elle le connaissait, et aussi au centre des histoires qu'elle se racontait pour rendre son existence plus supportable.

Certes, le lien mystique et magique qu'elle avait imaginé avec la famille Cooper n'existait pas, mais il restait cette part de mystère avec Jackson. Et elle devait l'élucider avant de devenir la nouvelle Cricket, décidée à s'assumer telle qu'elle était et à s'émanciper de sa famille pour suivre sa propre voie.

Elle frissonnait d'impatience à la perspective de vivre une expérience inédite avec cet homme qui la fascinait. En revanche, elle n'était pas sûre qu'il y trouve son compte ou qu'il comprenne l'importance que ce moment représenterait pour elle. Tant pis. Ce qui comptait, c'était ce qu'*elle* voulait.

Peu importait ce que Jackson pensait d'elle. Elle avait atteint le summum de l'humiliation en accusant à tort Cash Cooper d'avoir trompé sa femme et en lui demandant s'il était son père. Désormais, plus rien ne pouvait l'atteindre puisqu'il ne restait plus rien à protéger ou à détruire en elle.

Elle était une Cricket exsangue. Et elle voulait se reconstruire.

— Oui, je suis sûre de moi. Assez parlé maintenant.

Parler n'était pas son fort. Elle avait vécu tellement d'années livrée à elle-même, imaginant la vie qu'elle aimerait avoir plus tard. Elle avait davantage parlé avec Jackson en l'espace d'une semaine qu'avec toute autre personne. Maintenant, elle voulait agir.

— Comme tu veux.

Sans plus attendre, il la souleva de terre, une main glissée sous ses fesses, l'autre autour de son dos, et il l'embrassa avec une passion qui l'électrisa. Elle sentait son corps dur et insistant contre elle, preuve de son excitation. C'était si bon de savoir que, en dépit de toutes les folies qu'elle avait commises aujourd'hui, son désir pour elle ne s'était pas émoussé. Bien au contraire.

Son baiser devenait incandescent, sauvage, dépassant de loin tout ce qu'elle avait imaginé. Elle avait beaucoup fantasmé sur Jackson Cooper, mais ses désirs étaient demeurés pudiques, flous, sensuels plutôt que sexuels. Elle n'avait jamais connu la chaleur du corps d'un homme pressé contre elle, le frottement de sa barbe contre sa joue, la fermeté de sa bouche, la friction de sa langue contre la sienne. Leurs souffles mêlés, leurs cœurs battant à l'unisson. Ces mains rugueuses s'insinuant sous son T-shirt, contre sa peau nue. Les frissons d'excitation qui la parcouraient tout entière.

Rien ne l'avait préparée à cette avalanche de sensations. À leur intensité. À leur réalité. À leur beauté. Elles la métamorphosaient en une autre femme – une créature sauvage, ce qu'elle avait toujours été de bien des façons, mais animée d'un objectif précis.

Se donner corps et âme à Jackson. Lui rendre son baiser avec une frénésie identique à la sienne.

Elle n'éprouvait aucune gêne. Aucune nervosité.

Riche de cette nouvelle assurance, elle mordit la lèvre inférieure de Jackson et exulta en percevant son grognement rauque contre sa bouche. Elle ne savait pas pourquoi elle avait eu cette réaction, mais elle lui avait paru naturelle. Elle ne s'interrogeait pas sur son bien-fondé. Ni sur le bien-fondé de leur baiser, car il était dans l'ordre logique des choses. Elle était à sa place dans les bras de Jackson. La douceur de son corps était faite pour la robustesse du sien. Elle ne s'était jamais sentie aussi bien. Aussi vivante. Aussi accomplie. Elle avait désormais la certitude que ses différences étaient une richesse et non un handicap.

Toute sa vie, elle avait eu le sentiment d'être le vilain petit canard de la couvée, mais plus maintenant. Car elle avait enfin trouvé sa place.

Il l'emporta vers la maison, trébuchant légèrement sur une marche du porche, puis il la plaqua contre la porte d'entrée, et elle haleta en sentant son érection pressée fermement entre ses cuisses, à l'endroit précis où elle se languissait de lui.

Il se plaqua contre elle dans un grognement rauque et l'embrassa avec une ardeur renouvelée. Grisée par son baiser, elle rejeta la tête en arrière et s'arc-bouta contre lui, frottant ses seins contre son torse et savourant la sensation exquise que ce contact lui procurait. C'était si bon de ne plus avoir honte des pulsions de son corps, comme cela avait été son cas pendant longtemps !

Il ouvrit la porte d'entrée et se dirigea tout droit vers

la chambre qu'il occupait. Vers son lit à une place, identique au sien. Déjà qu'il devait s'y sentir à l'étroit tout seul, elle se demandait comment ils allaient tenir à deux. Mais cela ne semblait pas le préoccuper.

D'un geste compétent, il fit passer son top par-dessus sa tête et lui ôta son soutien-gorge dans la foulée.

Elle demeura immobile, la poitrine dénudée, hypnotisée par la faim dévorante qu'elle percevait dans son regard. À l'évidence, il la désirait, malgré ses courbes graciles et ses cheveux frisés. Comme c'était grisant de se sentir belle et séduisante !

Elle combla l'espace qui les séparait et glissa ses mains sous le T-shirt de Jackson, savourant le contact de ses muscles durs et du duvet qui recouvrait sa peau chaude. Elle n'avait jamais beaucoup réfléchi au sexe en général. Uniquement au sexe avec lui. Mais le plaisir de l'excitation qui faisait vibrer son corps dépassait de très loin toutes ses attentes, reléguant ses fantasmes à l'arrière-plan.

Tremblant d'impatience, elle lui ôta son T-shirt, dévoilant son corps d'athlète. Tellement plus beau, plus parfait qu'elle ne l'avait imaginé, avec son torse large, sa taille mince et ses épaules musclées. Tellement viril, se disait-elle, grisée à la perspective du plaisir qu'il lui donnerait.

Contre toute attente, une brusque envie de pleurer la saisit. Parce que Cricket Maxfield n'obtenait jamais ce qu'elle voulait. L'excellence et l'éclat n'étaient pas pour elle. Ses sœurs ayant hérité de la meilleure part du patrimoine génétique familial, elle n'était pas particulièrement belle, brillante ou ambitieuse.

Mais elle désirait Jackson Cooper depuis qu'elle savait ce que ce mot signifiait. Et, à cet instant, il était tout à elle. Ce qui se passerait ensuite n'avait pas vraiment d'importance, parce que ce moment était le plus parfait qu'elle ait jamais vécu.

— Pourquoi me regardes-tu ainsi ? demanda-t-il.

— Parce que je te trouve éblouissant.

Il rit, visiblement amusé. Puis elle se retrouva prisonnière de ses bras musclés, ses seins nus effleurant sa peau chaude et duveteuse.

— Ton compliment me flatte.

Sans plus attendre, il l'embrassa à nouveau tout en s'employant à la débarrasser du reste de ses vêtements.

Puis elle se retrouva allongée en travers du lit, le grand corps de Jackson recouvrant le sien. Elle, complètement nue, et lui, toujours vêtu de son jean. La rugosité du denim meurtrissait la peau délicate de ses cuisses. Et elle sentait son érection contre son intimité, tellement dure et insistante que c'en était presque douloureux.

Et il continuait de l'embrasser. Encore et encore. Elle le sentit bouger légèrement et glisser une main entre ses cuisses, là où elle se languissait de lui, chaque passage de ses doigts sur ce bouquet de nerfs hypersensibles faisant naître en elle une sensation de chaleur incandescente qui la laissait pantelante.

Elle n'avait jamais rien ressenti de tel auparavant. Bien sûr, elle s'était déjà caressée, mais sans obtenir le même résultat, tant s'en faut. Elle était à la merci de Jackson tandis que ses doigts rugueux poursuivaient leurs caresses expertes, alternant un rythme soutenu et un rythme plus langoureux. Quand il introduisit un doigt en elle avant de le retirer et de distiller sa moiteur sur la source de son désir, elle haleta. Il refit ce geste encore et encore, ajoutant un second doigt, jusqu'à ce qu'elle se sente chavirer à force de volupté. Jusqu'à ce qu'elle le supplie. De faire quoi ? Elle ne le savait même pas.

Elle glissa une main entre leurs deux corps pour tenter de déboutonner son jean.

Il rit. Un rire rauque et entendu.

— Pas encore, dit-il. Je n'en ai pas fini avec toi.

S'agenouillant près du lit, il la tira au bord du matelas et drapa ses cuisses sur ses épaules, directement en contact avec son intimité.

— Jackson, balbutia-t-elle.

Elle avait beau être vierge, elle n'était pas une oie blanche. Elle savait ce que les hommes et les femmes faisaient ensemble. Ses sœurs parlaient très librement de leur sexualité et de leurs désirs. Et elle ne s'était jamais autocensurée dans ses lectures ou dans les films qu'elle regardait.

Mais se retrouver entièrement nue, à la merci d'un homme, était très différent d'une simple connaissance théorique de la situation. Quand la bouche de Jackson se posa sur son intimité, elle sursauta et tenta de se dégager, mais les bras robustes de Jackson noués autour de ses cuisses la maintinrent fermement en place.

Elle se trémoussait en gémissant de plaisir tandis qu'il la léchait et la dégustait, comme si elle avait été un dessert succulent.

— Jackson, haleta-t-elle, en proie à l'étrange sensation de ne plus être maintenue sur le lit mais de planer quelque part au milieu des étoiles.

Son souffle s'accélérait. Elle peinait à respirer.

Le moment qu'elle vivait était fabuleux. Et Jackson était le magicien, avec ses mains expertes, sa force et sa bouche insatiable. Le plaisir prenait possession d'elle, l'enveloppait et lui procurait un sentiment de sécurité alors même que les sensations qui la submergeaient étaient d'une intensité inouïe.

Elle ondulait des hanches en rythme avec le mouvement imprimé par Jackson et, quand il introduisit à nouveau deux doigts en elle, elle eut l'impression d'imploser. Ses muscles internes se convulsèrent autour de ses doigts tandis qu'il poursuivait ses va-et-vient érotiques.

Ces caresses la laissaient pantelante, dans l'attente désespérée de la délivrance ultime qu'elle appelait de ses vœux.

— Le meilleur est à venir, dit-il. Patiente encore un peu.

Il se releva, et elle le contempla, fascinée, tandis qu'il abaissait lentement la fermeture zippée de son jean, dévoilant son érection.

Elle était… beaucoup plus imposante qu'elle n'avait imaginé. Non qu'elle ait eu une idée de la taille moyenne. Mais à l'instar de Jackson, son érection était aussi belle qu'intimidante. Chaque parcelle de son corps était magnifique. Un chef-d'œuvre de beauté virile. Presque un miracle.

Elle n'eut pas le temps de s'inquiéter car il se positionna à nouveau au bord du lit, enroulant ses bras autour des cuisses de Cricket et lui soulevant les hanches hors du matelas, avant d'unir leurs deux corps d'une seule poussée.

Une douleur fulgurante lui fouailla le ventre.

Elle hurla, cherchant désespérément à se raccrocher à lui, mais sans trouver la moindre prise. Pourtant, elle avait besoin de se cramponner à lui et d'enfoncer ses ongles dans sa chair pour s'empêcher de défaillir.

Jackson écarquilla les yeux et, pour la première fois, parut décontenancé. Il ajusta aussitôt leurs positions, faisant pivoter les jambes de Cricket afin qu'elle soit allongée, puis il se positionna au-dessus d'elle, toujours en elle. Ainsi, elle put s'agripper à ses épaules, les yeux clos.

— Cricket, gronda-t-il.

— Ne t'arrête pas, supplia-t-elle. Le mal est fait.

— Cricket…

— Je t'en prie, ne t'arrête pas.

Puis elle rouvrit les yeux, enserra son visage entre ses paumes et l'embrassa.

Ainsi encouragé, il se mit à bouger, lentement au début, et même délicatement, jusqu'à ce que la douleur commence à s'estomper et qu'elle soit remplacée par une réelle sensation de plaisir qui lui donnait à la fois envie de pleurer et de crier de désir.

Elle se mit à onduler des hanches pour accompagner ses va-et-vient, tandis qu'ils trouvaient un rythme qui leur convenait à tous deux. Tandis qu'ils se trouvaient.

Puis il prit le contrôle de la situation et accéléra le mouvement, sa peau frappant la sienne en cadence. Cette première expérience se passait tellement mieux qu'elle ne l'avait imaginé !

Le désir grandit en elle jusqu'à ce qu'elle tremble d'impatience, comme elle l'avait fait dehors, et comme elle l'avait fait après leur baiser. Il glissa une main entre leurs deux corps et promena ses doigts sur son intimité, à l'endroit où ils étaient unis, puis il la pinça gentiment tout en donnant un vigoureux coup de reins. Alors, un éclair lumineux éclata derrière ses pupilles, et la vague de la jouissance déferla sur elle.

C'était tellement différent de toutes les sensations qu'elle avait éprouvées à ce jour. Un plaisir d'une intensité inouïe, interminable, tandis que ses muscles internes pulsaient autour de lui. Il donna deux autres coups de reins avant d'atteindre à son tour l'orgasme dans un grognement guttural.

Elle était à la fois abasourdie et bouleversée par la révélation du plaisir charnel tandis que de petites répliques de ce plaisir continuaient de faire vibrer son corps, l'obligeant à se raccrocher aux épaules de Jackson.

— Cricket, dit-il. Tu aurais dû me prévenir.

— Au sujet de ma virginité ?

— Bien sûr !

— Je pensais que c'était évident.

— Pas suffisamment.

— Ce n'était pas ton problème.

— Bien sûr que si !

— Je ne voulais pas que c'en soit un pour toi. Je t'en prie, ne me gâche pas ce moment en me sermonnant ou en m'accablant de reproches, parce que je me moque de ton opinion.

Elle se laissa retomber sur le lit, la tête au creux de l'oreiller.

— J'ai beaucoup apprécié cette expérience, et c'est l'essentiel.

— Cricket… Je ne devrais pas rester.

— Pourquoi ?

Elle se redressa d'un bond, complètement nue. Elle ne savait pas pourquoi elle n'éprouvait aucune gêne en tenue d'Ève devant lui. Mais cela lui paraissait naturel. Elle se sentait enfin elle-même. Comme si cette expérience avec Jackson la révélait à elle-même et la débarrassait des complexes qui l'avaient jusque-là empêchée de s'épanouir. Elle s'estimait à sa place dans cette maison, dans ce lit, avec cet homme. Et elle n'avait aucune raison de se sentir timide, d'avoir des regrets ou de s'excuser auprès de Jackson pour lui avoir caché sa virginité.

— Parce que tu ignores la véritable raison qui m'a poussé à venir travailler ici.

— Tu as perdu un pari, cow-boy. C'est aussi simple que cela. Mais ce pari n'a rien à voir avec ce qui vient de se passer entre nous. Alors, encore une fois, n'essaie pas de me gâcher ce moment.

— Ce n'est pas mon intention, dit-il, la regardant droit dans les yeux. Cricket, pourquoi crois-tu que j'aie accepté les termes du pari que tu m'as lancé ?

— Parce que tu étais sûr de gagner.

— Non. Je savais que j'allais perdre. Tu avais une telle confiance en toi, une telle arrogance, que tu ne pouvais qu'avoir la meilleure main.

— Comment... est-ce possible ? balbutia-t-elle, interloquée.

— C'était écrit sur ton visage que tu allais gagner. Et j'ai accepté les termes que tu as fixés parce que cela m'arrangeait. Parce que je voulais... te prouver que tu n'avais pas les compétences requises pour devenir éleveuse.

— Mais pourquoi ?

— Je voulais te décourager afin de racheter ta propriété.

Elle le contempla, effarée.

— Tu voulais m'escroquer ?

— En quelque sorte. Mais je ne t'ai jamais menti sur l'ampleur de la tâche que tu aurais à accomplir pour exploiter ta propriété. Tout ce que je t'ai dit était l'exacte vérité. Le réveil à l'aube, le travail harassant, les dépenses d'entretien et de personnel, et les horaires élastiques. En revanche, je n'ai rien fait pour t'encourager. Parce que je voulais que tu jettes l'éponge et que tu me vendes ton ranch.

— Jackson...

— Maintenant, je me fais l'effet d'un salaud. Rien ne s'est passé comme je m'y attendais. J'ignorais que tu me prenais pour ton demi-frère. Et maintenant, nous…

— Avais-tu l'intention de me séduire pour m'extorquer mon ranch ?

— Non !

— Je t'en prie, Jackson, dis-moi que ce qui vient de se passer entre nous était dénué d'arrière-pensée. Que tu étais sincère.

— Oui, il n'y avait aucune arrière-pensée de ma part. Mais ce qui s'est passé ce soir ne doit pas se reproduire. Nous devons en rester là.

— Je ne vois pas pourquoi.

— Parce que je ne suis pas le genre d'homme capable de combler tes attentes. Tu as déjà été blessée par trop de personnes dans ta vie, et je ne veux pas te causer davantage de tort.

— C'est déjà fait. Ce que tu viens de me révéler m'a blessée.

— J'en suis désolé. Ce n'était pas mon intention.

— Non. Tu voulais simplement anéantir mes rêves en me persuadant que je n'étais pas à leur hauteur, puis me priver de mon bien le plus précieux. Jackson, tu as bel et bien voulu me faire du mal. Et tu t'en moquais parce que tu ne me connaissais pas. Si tu te sens coupable maintenant, c'est uniquement parce que tu te rends compte à quel point je suis pathétique. Et j'étais vierge, par-dessus le marché.

— Je n'ai pas pitié de toi.

— Dans ce cas, de quoi s'agit-il ?

— Maintenant que je t'ai vue nue et que j'ai couché avec toi, je ne peux pas abuser de ta confiance. Bien sûr, je pourrais justifier mes actes, t'assurer que je ne t'ai pas menti et faire comme si tout allait bien. Mais ce serait malhonnête de ma part. Si j'ai réussi à faire taire mes scrupules jusque-là, c'est parce que je ne me sentais pas personnellement concerné par ce qui t'arrivait mais, après ce qui s'est passé ce soir – la visite à mon père et notre rapport sexuel –, je suis forcé d'admettre qu'un lien personnel s'est créé entre nous.

— Alors, comment peux-tu dire que nous devons en rester là puisque tu admets l'existence de ce lien ?

— Parce que j'ai tout gâché.

— Non, ton argument ne tient pas. C'est une experte en matière de gâchis qui te parle !

Elle poussa un soupir exaspéré.

— Sais-tu que je suis amoureuse de toi depuis des années ? Alors, quand j'ai découvert que tu étais peut-être mon frère, j'ai cru devenir folle tellement l'idée était horrible. Je suis désolée, mais il fallait que je sache la vérité. Et, quand je l'ai su, j'ai éprouvé le besoin d'être avec toi. C'était une expérience nécessaire pour me permettre de laisser derrière moi toutes ces années de solitude et de tourments intérieurs. Pour commencer à me sentir plus… normale. Et voilà qu'après ce rapport sexuel fabuleux je découvre que tu as tenté de me voler mon ranch ! Je ne t'aurais jamais cru capable d'un acte aussi vil.

— Cricket, j'ignorais que tu étais amoureuse de moi. Mais je crains que tu ne m'aies idéalisé. Je n'ai rien d'exceptionnel. Je ne suis pas un méchant homme, mais je ne suis pas non quelqu'un d'admirable.

— Pourquoi mon ranch t'intéresse-t-il autant ?

— Parce qu'il jouxte le mien. Si je veux me développer…

— Pourquoi voudrais-tu te développer ?

— C'est ce que font les gens.

— Je voulais dire, dans quel but ? Pour gagner plus d'argent ?

— Non. Pour agrandir mon patrimoine. Je suis un homme de la terre.

— Oh ! c'est un argument que je comprends. Avoir quelque chose à soi. Mais, en l'occurrence, ce ranch m'appartient, et tu ne l'auras pas. Peu m'importe que ce soit difficile de le remettre en état et de le rentabiliser. Je suis prête à relever ce défi. Tu as sous-estimé ma force de caractère. J'ai vécu un enfer durant les six derniers mois, alors ce ne sont pas quelques difficultés qui me feront renoncer à mon rêve de devenir éleveuse.

— Je retourne chez moi ce soir. Nous avons besoin de prendre du recul.

— Je n'en ai pas besoin.

— Moi, si.

Elle le foudroya du regard.

— Nous avions un accord. Et il n'est pas devenu caduc à cause de ce qui s'est passé ce soir. Es-tu le genre d'homme à revenir sur ses engagements ?

— La situation a…

— Changé pour toi. Parce que tu m'as menti. Alors que j'ai toujours été honnête avec toi, et…

— Sauf que tu pensais que j'étais ton frère et que tu avais besoin de… quoi, au juste ?

— De devenir suffisamment proche de toi pour te demander : « Penses-tu que ton père ait pu tromper ta mère avec la mienne et qu'il puisse être mon père biologique ? »

Il demeura impassible, à l'exception d'un muscle qui se contracta sur sa joue.

— Oui, dit-elle. C'est affreux. Et il n'y a pas de bonne

façon d'aborder la question. Du moins, je n'en ai pas trouvé. Pourtant, Dieu sait si j'ai cherché. Alors, oui, j'admets avoir eu, moi aussi, des arrière-pensées. Mais mon seul objectif est d'exploiter mon ranch. Pour cela, j'ai besoin de ton aide. Et tu t'es engagé à demeurer ici et à travailler gratuitement pour moi pendant trente jours.

— Tu es dans mon lit.

— Je te propose trois options. Tu me rejoins dans ton lit. Tu vas dormir dans le dortoir en compagnie des araignées. Tu vas dans mon lit, où j'irai te rejoindre.

Il exhala un profond soupir et se rassit sur le matelas.

— Tu ne te rends pas compte du jeu dangereux que tu joues, petit criquet.

— Il n'y a qu'une seule façon pour moi de le découvrir. Continuer de jouer.

Elle prit une profonde inspiration, se concentrant sur le sentiment de tendresse qui s'épanouissait dans sa poitrine.

— Franchement, Jackson, j'en ai assez de me sentir tout le temps mal dans ma peau. Comme un poisson hors de l'eau. Or, ici, dans ce ranch, avec toi, je me sens bien. Alors, pourquoi ne pas continuer ce que nous avons commencé ?

— Je t'ai menti, dit-il.

— Oui. Et alors ? Je veux dire, nous ne sommes pas amis. Ni parents. Nous ne sommes… rien l'un pour l'autre. Tu as perdu un pari. Fin de l'histoire. Par ailleurs, ton plan n'aurait fonctionné que si tu m'avais persuadée de renoncer à mon rêve. Si tu avais réussi, je n'aurais d'ailleurs eu que ce que je méritais.

— Le penses-tu vraiment ?

— Oui. Sais-tu ce qui est encore plus difficile que d'apprendre à exploiter un ranch ? Grandir dans un mausolée dédié à son père, alors qu'on n'éprouve ni amour ni respect pour lui. Être obligée de s'intégrer dans un cadre de vie qui n'est pas fait pour vous. Je ne le supportais plus et j'ai décidé de me prendre en main. De changer de vie. Alors, ce ne sont pas les réveils matinaux, les courbatures et autres bobos qui vont me rebuter.

— Décidément, tu n'arrêtes pas de me surprendre.

Il s'allongea près d'elle et l'attira contre lui. Elle posa sa main sur son torse puissant, traçant des motifs sur ses pectoraux.

— Tu es mon mentor dans les travaux des champs et les ébats amoureux, et j'espère te surprendre encore par mon zèle à me perfectionner dans ces deux matières, dit-elle, mutine.

— Que les choses soient claires. S'agissant de sexe, il n'y aura aucun engagement de part et d'autre. Rien que de l'amusement.

— Cela me convient. Je suis dans une période charnière de ma vie. J'essaie de trouver ma voie. De savoir qui je suis… D'accepter l'idée que James est sans doute mon père.

— As-tu l'intention de poser la question à ta mère ?

— Oui. J'ai besoin de connaître la vérité, tout en la redoutant.

— Parfois, on est confronté à des découvertes déplaisantes au sujet de ses parents. Mais je te l'accorde, ton père est bien pire que le mien.

— Ton père s'est montré gentil avec moi. Il aurait pu très mal prendre ce que je lui ai dit.

— Ce n'est pas un mauvais homme, mais… je n'aurais pas été surpris d'apprendre qu'il avait trompé ma mère.

— Je suis désolée.

— Ce n'est pas ta faute.

— Tout de même. Je vous ai mis dans une situation embarrassante, ce soir.

Il haussa les épaules.

— C'est le comportement de mon père qui l'a mis dans cette situation.

— Je peux bien te l'avouer, j'ai toujours envié la famille que vous formiez. J'aurais aimé en faire partie.

— Confidence pour confidence, je n'aurais pas aimé faire partie de la tienne.

— Forcément. La tienne est imparfaite et la mienne dysfonctionnelle. Une sacrée différence, tu peux me croire.

— Il se pourrait bien que tous deux nous frôlions la relation dysfonctionnelle, dit-il en plaisantant.

— Peut-être. Mais nous sommes en mesure de la gérer. Et nous sommes les seuls concernés.

— C'est vrai.

— Et j'ai la ferme intention de profiter de toi pendant les vingt et un jours de servitude que tu me dois.

Elle se retrouva soudain clouée sur le matelas par le corps imposant de Jackson.

— Et moi, j'ai la ferme intention d'user et d'abuser de ton corps pendant ces vingt et un jours, gronda-t-il.

Puis ils cessèrent de parler durant le reste de la nuit.

- 7 -

Jackson s'en voulait de ne pas être parti la veille au soir quand il en avait eu l'intention, mais Cricket l'avait regardé d'un air implorant, tel un chiot blessé, et il n'avait pas eu le courage de la décevoir. Pourtant, il n'avait aucune raison de rester. Sa seule excuse, c'était d'être un homme, tout simplement, avec ses qualités, ses défauts et ses faiblesses – celle de la chair, notamment. Et Cricket représentait une tentation à laquelle il n'avait pas su résister. Mais il ne pouvait pas se contenter de cette explication, car, s'il s'était retrouvé dans la même situation avec une autre femme, il n'aurait pas eu autant de scrupules à partir. En fait, c'était Cricket qui lui posait un problème. Et non des moindres.

Il réfléchissait à la question tout en quittant la quincaillerie de Gold Valley où il avait acheté diverses fournitures destinées au ranch de Cricket. Ce matin, elle s'était levée à l'aube sans se plaindre, et c'était lui qui avait eu un mal fou à sortir du lit. Alors qu'il retournait au ranch, il repéra le pick-up de son frère arrivant sur la voie d'en face. Creed lui fit signe de le rejoindre, et Jackson roula jusqu'au prochain rond-point pour faire demi-tour et suivre son frère. Ils s'arrêtèrent dès qu'ils trouvèrent à une place sur le bas-côté de la route. Ce n'était pas inhabituel que les deux frères se croisent aux abords de Gold Valley. Outre le fait que c'était une petite localité, tous deux étaient éleveurs et s'approvisionnaient dans les mêmes magasins.

— Cette rencontre tombe à pic, remarqua Creed. J'avais justement l'intention de te rendre visite aujourd'hui.

— Ah ?

— Oui. Ma femme a beaucoup insisté pour que j'aille m'assurer qu'il ne se passait rien de fâcheux entre toi et sa petite sœur.

Jackson demeura impassible.

— Vraiment ?

— Oui. Elle m'a dit que Cricket l'avait appelée un soir pour lui demander comment préparer un steak. Parce qu'elle cuisinait pour toi. Et ça l'a tracassée.

— Je ne vois pas ce que les sentiments de ta femme ont à voir avec moi.

— Figure-toi que j'ai vu papa ce matin, et il m'a raconté que toi et Cricket aviez déboulé dans le chai hier soir, et qu'elle avait voulu savoir s'il était son père.

— Oh.

— Et tu as dit à papa que vous aviez besoin de connaître la vérité.

— Parce que le soupçon de Cricket était fondé.

— Comment est-ce possible ? Papa aimait follement maman. Il ne l'aurait jamais trompée !

La frustration de Jackson était à son comble. Peut-être était-elle due aux suppositions fantaisistes de Cricket ou au fait que son frère ait occulté certaines informations concernant leurs parents alors que Jackson supportait le poids de ce secret depuis des années. Quelle que soit la raison, il était à bout de patience.

— Tu te fais des illusions, Creed. Papa n'aimait pas maman à la folie.

— Qu'est-ce que tu racontes ? Il est anéanti par le

chagrin depuis qu'elle est morte. Cela fait cinq ans qu'il ne va pas bien du tout. Alors, ne viens pas me dire que ce n'est pas l'attitude d'un homme fou amoureux de sa femme !

— C'est celle d'un homme accablé par la culpabilité.

Jackson exhala un profond soupir de frustration.

— J'étais plus proche de maman que toi.

— Et je m'en veux de ne pas avoir été davantage là pour elle. Mais, à l'époque, j'avais des soucis par-dessus la tête.

— Je sais. Ce n'était pas une critique. Mais tu peux me croire, les suppositions de Cricket n'étaient pas totalement infondées. T'es-tu demandé pourquoi papa détestait autant James Maxfield ? Ce n'était pas uniquement parce que cet homme était un salaud.

— Oui. Je me le suis demandé parfois, mais sans y attacher d'importance.

— Papa était amoureux de *sa* femme. Il l'a toujours été. Et ses sentiments pour maman, quelle qu'ait été leur nature, n'ont jamais réussi à éclipser l'amour qu'il portait à la femme de Maxfield. C'était injuste pour maman. Et papa en est conscient. C'est pourquoi il est miné par les regrets et la culpabilité. Et il y a de quoi.

Creed secoua la tête, atterré.

— Cela n'a aucun sens ! Pourquoi maman serait-elle restée avec lui ?

— À cause de nous, les enfants, bien sûr.

— Elle n'aurait jamais dû l'épouser, pour commencer. Pourquoi l'a-t-elle fait ?

Jackson dansa d'un pied sur l'autre, mal à l'aise.

— Parce qu'elle était enceinte. Je suis né peu après leur mariage. Tu n'as peut-être jamais fait le calcul, mais moi, si. Qui plus est, elle me l'a confié. Moi qui croyais que nous formions une famille heureuse ! Je suis tombé de haut. Ils se sont mariés contraints et forcés. Par la suite, ils ont essayé d'améliorer leur relation, et Honey est le fruit de cette tentative de rapprochement. Mais ces rabibochages fonctionnent rarement. C'est là qu'intervient Cricket. Étant née plusieurs années après ses sœurs, comme Honey, elle se disait qu'elle était peut-être une enfant adultérine. Parce que sa mère n'a jamais cessé d'aimer papa. Mais il assure qu'il n'a jamais trompé maman.

— Oh ! c'est très différent de ce que Wren redoutait.

Creed fixa un bosquet d'arbres, l'air désemparé.

— Je ne savais pas que papa et maman…

— Ils ne voulaient pas que nous soyons au courant.

— Alors, comment se fait-il que maman t'en ait parlé ?

Creed semblait blessé. Mais Jackson était trop perturbé pour le réconforter.

— Elle avait besoin d'en parler à quelqu'un. Elle se sentait seule, et…

— Papa a toujours été là pour elle. Et puisqu'il n'avait pas de liaison extraconjugale…

— Tu es marié, Creed. Ne me dis pas que tu ne ferais pas la différence entre être aimé d'amour par ta femme et savoir que tu passes en second après un autre homme.

— Tu as raison. Mais…

Creed eut un rire gêné.

— Wren et moi nous sommes mariés parce qu'elle était enceinte. Toutefois, ce n'est pas pour cette raison que nous restons ensemble. Nous nous aimons profondément.

— Tant mieux. Malheureusement, ce n'était pas le cas de nos parents.

— Tu sais, quand je t'ai fait signe de t'arrêter, j'étais

loin de penser que tu me raconterais une histoire aussi déprimante.

— J'essaie simplement de t'expliquer ce qui s'est passé ces dernières vingt-quatre heures. Pour moi aussi, elles ont été plutôt étranges.

— En tout cas, sois prudent avec Cricket. Wren se fait du souci pour elle.

Ce fut au tour de Jackson de fixer le bosquet d'arbres. Il sentait le regard de son frère rivé sur lui.

— Si tu couches avec ma belle-sœur, je serai obligé de venger l'honneur de ma belle-famille. Et ça m'ennuierait.

— Je serai prudent avec elle.

— Ce n'est pas une dénégation.

— En effet.

— Vraiment ? Vraiment ? Tu as couché avec Cricket ?

Jackson s'abstint de répondre et haussa les épaules, mal à l'aise.

— Elle pensait que tu étais son demi-frère, et finalement vous avez… Oh ! je préfère ne rien savoir.

Creed leva les mains en signe de reddition et recula d'un pas.

— Moins j'en saurai, mieux je me porterai. Parce que je vais devoir rendre des comptes à Wren. J'ai beau aimer ma femme de tout mon cœur, elle est du genre à tuer le porteur de mauvaises nouvelles. Et je préfère rester indemne.

— Moi aussi.

— Alors, arrange-toi pour que le mari d'Emerson ne soit pas au courant.

— Pourquoi ?

— Tu es mon frère, et j'aurai des scrupules à jouer les justiciers vengeurs à ton encontre. Mais Holden n'en aura aucun.

— Rien ne s'est passé ni ne se passera sans le consentement de Cricket.

— Je te fais confiance. Et j'espère qu'il en sera de même pour Wren.

— C'est une affaire qui ne concerne que nous.

— Je ne peux cacher aucun secret à ma femme, mais je peux détourner son attention, déclara Creed avec un large sourire.

— Parfait. Surtout, n'ébruite pas cette histoire. Ce qui se passe entre Cricket et moi est strictement personnel.

— À vrai dire, j'ai du mal à comprendre que tu sois attiré par elle. Elle est belle, bien sûr, mais…

Jackson ressentit un violent besoin de… la protéger ? Il avait du mal à définir sa réaction. À la fois primitive et pleine de colère. Il était incapable d'expliquer ce qui l'attirait chez Cricket. Elle était spéciale. Quand il cessait de la considérer comme une adversaire à abattre, il se rendait compte qu'elle était courageuse. Belle. Naïve par certains côtés. Et tellement différente de toutes les personnes qu'il connaissait.

Il la revoyait telle qu'elle lui était apparue la première fois qu'il s'était rendu chez elle. Une reine des pirates sur un bateau en perdition. Il aurait dû comprendre à ce moment-là quelle femme déterminée et intransigeante elle était. Mettant tout en œuvre pour obtenir ce qu'elle voulait, quelles que soient les difficultés. Maintenant qu'il se rendait compte à quel point elle était courageuse et vulnérable, il voulait la protéger et non plus l'exploiter.

— Ne te fais pas de souci pour moi. Ni pour Cricket. Elle est tout à fait capable de prendre soin d'elle.

Et il allait l'aider à réaliser son rêve.

Jackson avait prévu de s'absenter presque toute la journée, et c'était sans doute mieux ainsi, admettait Cricket à contrecœur. Elle aurait préféré qu'il reste au lit avec elle au lieu d'effectuer les travaux nécessaires à la remise en état de son ranch. Certes, ils étaient indispensables si elle voulait devenir éleveuse. Et c'était pour cette raison que Jackson était ici. Mais, maintenant qu'elle avait goûté aux plaisirs de la chair, elle avait du mal à y renoncer, ne serait-ce que temporairement. Un orgasme était tout de même plus tentant que la réparation des clôtures !

Pourtant, elle aussi avait quelque chose d'important à faire aujourd'hui : rendre visite à sa mère pour savoir avec certitude qui était son père.

Depuis qu'elle avait pris ses distances avec sa famille en s'installant au ranch, elle évitait le plus possible de se rendre au domaine Maxfield Vineyards car il lui rappelait trop de mauvais souvenirs. Mais curieusement, alors qu'elle roulait en direction de la demeure familiale, elle n'éprouvait plus ce sentiment d'angoisse qui lui pesait tant, cette impression d'être prise au piège. Elle était capable d'apprécier la beauté des lieux, avec les coteaux couverts de pieds de vigne bien entretenus, la grande demeure familiale de style toscan, et les pavillons élégants abritant le chai et les salles de dégustation. C'était un beau domaine, quand elle n'y était pas prisonnière.

Bon. Le terme « prisonnière » était un peu exagéré. Il n'empêche que c'était le sentiment qu'elle avait à l'époque où elle vivait là. Mais, maintenant qu'elle avait son chez-elle, maintenant qu'elle avait un homme dans son lit…

Était-ce possible qu'une nuit avec Jackson l'ait changée

à ce point ? Ce matin, elle s'était contemplée dans le miroir pour vérifier si le changement intervenu dans son corps était visible sur son visage, mais elle n'avait rien remarqué. Elle prit une profonde inspiration et gara sa voiture dans l'allée circulaire, juste devant l'entrée imposante de la demeure familiale. Un endroit où elle ne s'était jamais sentie chez elle. Mais, aujourd'hui, elle n'avait plus l'estomac noué par l'appréhension, comme à l'époque où James était le maître des lieux.

Elle frappa à la porte puisqu'elle ne vivait plus ici et, quand une employée lui ouvrit, elle fut accueillie aussi poliment que si elle avait été une invitée. Elle demeura dans l'entrée, attendant l'arrivée de sa mère.

Quand elle apparut, Cricket la contempla, admirative. Sa mère demeurait l'éternelle châtelaine du manoir, même si la situation dudit manoir avait changé du tout au tout.

— Cricket ! s'exclama Lucinda avec un sourire radieux. Quel bon vent t'amène ?

— Je voudrais te parler de…

Elle prit une profonde inspiration avant d'ajouter d'un trait :

— J'ai parlé à Cash Cooper, hier soir.

— Oh ! balbutia sa mère, l'air consterné.

— Je lui ai demandé s'il était mon père.

— Cricket…

— Je sais que vous vous aimiez et que tu n'as pas voulu l'épouser parce que tu as préféré l'argent à l'amour. Alors, j'ai pensé que peut-être…

— Il n'est pas ton père.

— C'est ce qu'il m'a dit.

— Comment a-t-il réagi ? demanda sa mère, visiblement gênée.

— Il m'a répondu gentiment. J'étais très embarrassée

de lui poser cette question, mais elle me taraudait, et il fallait que je sache ce qu'il en était. Parce que je me suis toujours sentie décalée par rapport à vous tous. Il me semblait avoir davantage d'affinités avec les Cooper. Puis, quand j'ai appris que tu étais amoureuse de lui...

— Je l'ai toujours été, et le serai toujours. J'ai sacrifié l'amour pour une vie qui, espérais-je, me rendrait heureuse. Mais je me suis trompée sur toute la ligne. Et il m'a fallu tout ce temps pour l'admettre. Tout ce temps pour être capable de comprendre à quel point j'avais tort. Je pensais que cette maison, l'argent et la position sociale remplaceraient avantageusement l'amour. Puis, Cash a gagné beaucoup d'argent et connu la réussite sociale à son tour, et j'ai pris peu à peu conscience de tout ce que je manquais. Je l'avoue, j'ai été tenté de renouer avec lui. Nous avons été tentés de réécrire l'histoire. Des occasions se sont présentées, et c'était très dur de résister. Parce que je me souvenais à quel point j'étais heureuse avec lui. Mais... je ne devrais pas te raconter tout cela. Mes histoires d'amour ne t'intéressent pas.

De fait, elles ne l'intéressaient pas vraiment, mais elle comprenait mieux sa mère maintenant qu'elle-même entretenait une relation avec Jackson. Serait-elle éternellement amoureuse de lui ? Saurait-elle le repérer d'instinct au milieu d'une foule, comme s'ils étaient reliés par un fil invisible ? S'il épousait une autre femme, se souviendrait-elle toujours de la sensation exquise de ses mains sur son corps ? Que se passerait-il si elle épousait un autre homme ?

Franchement, cette dernière hypothèse lui paraissait improbable. Elle n'avait jamais vraiment rêvé d'être une épouse et une mère. C'était Jackson qui avait toujours été au centre de ses rêves.

— Mais tu n'as pas succombé à la tentation.

— Non.

— Et… Avec un autre homme ?

— Non plus.

— Donc, James Maxfield est mon père.

Ce n'était pas une question, mais une affirmation douloureuse.

— Oui.

Cricket se détourna, le cœur gros. Elle n'avait pas osé poser plus tôt la question à sa mère de peur d'obtenir cette réponse. À présent, elle avait perdu le peu d'espoir qui lui restait. Rien n'était plus romantique qu'une famille cachée qui l'attendrait quelque part. Plus merveilleux que de savoir enfin pourquoi elle était ainsi faite. Mais la réalité était plus prosaïque.

Elle devait donc se faire une raison. Trouver le moyen de s'accepter telle qu'elle était.

— Cash m'a dit que je te ressemblais.

Elle se tourna de nouveau vers sa mère et contempla sa peau soyeuse, dépourvue de rides, et sa chevelure blonde et lisse.

— Pourtant, je ne trouve pas, ajouta-t-elle. Il a dit aussi que je le faisais penser à toi.

L'expression de sa mère s'adoucit et se teinta de mélancolie.

— Parce qu'à l'époque j'étais comme toi. Tu es sans doute celle de mes filles qui me ressemble le plus. J'étais rebelle et têtue. Je défiais sans cesse Cash. Je le poussais dans ses retranchements. J'aspirais à une vie meilleure que celle que je pouvais avoir à Gold Valley. Meilleure que celle qu'il était en mesure de m'offrir. Et je lui disais que s'il tenait vraiment à moi, s'il m'aimait vraiment, il devait faire en sorte de m'offrir toutes les choses que je voulais. Parce que, vois-tu, j'étais persuadée que l'homme qui me rendrait heureuse serait celui qui comblerait toutes mes attentes, mais je ne me souciais pas de savoir si je saurais combler les siennes. Et c'est ainsi que j'ai contracté un mariage déséquilibré, dans lequel je ne posais aucune question et me contentais de prendre tout ce qu'on me donnait. Je n'avais pas d'aspirations particulières en dehors de ce que je pouvais obtenir. Et quand je me suis rendu compte que j'étais liée à un homme qui ne m'aimait pas, et qui m'était infidèle, c'était trop tard. Je vous avais toutes les trois. J'avais trop peur de vous perdre pour entreprendre la moindre démarche. Il se servait de vous trois pour me menacer.

Elle ferma les yeux, le visage empreint de douleur.

— Pour être tout à fait honnête, la seule chose qui m'empêchait de renouer avec Cash Cooper, c'était la crainte que votre père découvre notre liaison et qu'il vous arrache à moi.

— Je suis désolée de ne m'être jamais rendu compte à quel point tu étais malheureuse ici, maman.

— J'ai causé mon propre malheur.

Sa mère balaya les lieux du regard.

— Cette maison était ma prison. J'en ai construit les murs et je me suis enfermée à l'intérieur, repliée sur ma souffrance, incapable de vous offrir la tendresse et le réconfort dont vous aviez besoin.

Cricket ne savait pas quoi dire à cela. En revanche, elle se souvenait de la question que Jackson lui avait posée le premier jour où il était arrivé au ranch.

— Pourquoi m'as-tu prénommée Cricket ?

Sa mère sourit.

— Parce que cela me rappelait ma jeunesse. Les chaudes nuits d'été, quand je m'asseyais dehors pour écouter les criquets, les grillons et autres cigales. Une époque heureuse, où tout était plus simple. Quand tu es née, je savais déjà que je ne trouverais jamais le bonheur dans cette maison. Mon seul bonheur, c'était vous trois. Mais je me suis laissé dominer par la peur et la culpabilité. Et cela a affecté mes rapports avec vous. Tu m'as accusée de m'être montrée distante envers toi et tes sœurs, et tu avais raison. Si tu savais comme je m'en veux de ne pas vous avoir témoigné davantage d'amour ! Mon divorce m'a permis de prendre conscience de la femme que je suis devenue. Et je n'aime pas ce que je vois dans mon miroir : mes défauts, mes échecs, mes insuffisances…

— James Maxfield est un salaud de la pire espèce.

— Il fut un temps où nous formions un couple assorti. Et je n'en éprouve aucune joie.

— Je ne veux pas t'accabler, maman, mais je ne comprends pas comment tu as pu l'épouser alors que tu aimais Cash.

— Quand je lui ai annoncé que j'allais épouser James, Cash n'a pas tenté de me dissuader. Jusqu'au jour du mariage, je croyais vraiment qu'il viendrait me chercher sur un cheval blanc, tel un prince charmant, pour m'emmener loin de Gold Valley. Mais il n'est pas venu à ma rescousse. À la place, il a rencontré une autre femme, et ils ont eu des enfants tout de suite. Beaucoup plus vite que ton père et moi. Alors, pour me consoler, je me suis lancée dans des dépenses inconsidérées. Si Cash ne s'était pas marié, mon mariage avec ton père n'aurait sans doute pas duré. Mais on ne réécrit pas l'histoire.

— Pourtant, maintenant, vous êtes disponibles, tous les deux.

Sa mère sourit tristement.

— Cash est un homme fier. Je ne pense pas qu'il voudrait de moi. Et je ne peux pas lui en vouloir.

— Tu ne sais pas comment il réagirait. À moins de tenter l'expérience. Ne penses-tu pas que nous méritons tous d'être heureux ? Quelles que soient les circonstances ?

— Pour moi, il est trop tard. Mais, toi, tu mérites tout le bonheur du monde, ma chérie.

Cricket quitta la maison de sa mère, songeuse. Elle avait le sentiment que sa mère avait entretenu une relation plutôt dysfonctionnelle avec Cash et qu'elle avait une grande part de responsabilité dans la tournure des événements. Mais elle ne comprenait pas pourquoi ils devraient se morfondre chacun de leur côté jusqu'à la fin de leurs vies. Il y avait beaucoup de non-dits entre eux, et ils auraient tout intérêt à mettre les choses au clair.

En tout cas, Cricket était sûre d'une chose : elle ne pourrait pas épouser un autre homme que Jackson ni avoir des enfants d'un autre que lui. Sa conversation avec sa mère avait renforcé sa conviction. Elle finirait donc probablement vieille fille dans son ranch. Au moins, elle aurait ses propres rêves.

Quand elle arriva chez elle, Jackson restaurait le plancher du porche. Ses coups de marteau étaient vigoureux et précis, chaque muscle et chaque tendon de son corps travaillant harmonieusement pour atteindre leur objectif. Il était beau comme un dieu. Et le porche était pour ainsi dire flambant neuf. En l'espace de quelques heures, il avait radicalement changé d'aspect. Il ne menaçait plus de s'effondrer. Il n'avait plus l'air délabré. C'était un petit miracle. Grâce à Jackson. Cet homme était incroyable.

Son cœur se dilatait de joie dans sa poitrine, et elle se sentait revigorée, d'une certaine façon. L'histoire de sa mère était tragique, mais elle lui rappelait qu'en aucun cas elle ne devait baisser les bras et accepter son sort.

Elle était la fille de James Maxfield. Ce n'était pas son choix. En revanche, elle déciderait de ce qu'elle voulait faire de sa vie. Elle n'appartenait pas à James. Il n'avait aucun droit sur elle. Elle était Cricket, prénommée ainsi parce qu'elle rappelait à sa mère les nuits d'été d'une époque heureuse. Son patrimoine génétique était composé aussi bien de ces éléments que de l'ADN de son père.

Elle se sentait plus que jamais enracinée dans cet endroit et certaine de la pertinence de ses décisions.

— Des chevaux, dit-elle, dès qu'elle fut sortie de son pick-up.

— Pardon ?

Jackson s'arrêta de travailler, et un trouble délicieux s'empara d'elle quand leurs regards se croisèrent.

— J'ai décidé d'élever des chevaux. Et j'ai l'intention de commencer tout de suite.

— Il te faudra des écuries.

— Nous établirons un budget et engagerons un entrepreneur. Je sais que cela demandera un peu de temps, mais je suis plus déterminée que jamais. Ma vie sera ce que je veux qu'elle soit. Qu'importe de qui je tiens mon ADN. Je viens de parler à ma mère. Elle m'a confirmé que James est bien mon père. Et elle m'a raconté aussi que, pendant des années, elle a mené une existence qu'elle n'aimait pas parce qu'elle se sentait piégée. Parce qu'elle pensait ne pas avoir le choix. Mais, moi, je refuse de penser que je n'ai pas le choix. Mon existence n'est pas déterminée par le fait que je suis la fille de James et non celle de Cash. Je serai ce que je déciderai d'être.

— Bravo.

Elle pointa son index dans sa direction.

— Et tu n'auras pas mon ranch.

— J'ai bien compris.

— Et tu devras respecter les termes du pari. Il est hors de question que tu t'en ailles avant le délai imparti sous prétexte que ton plan pour récupérer mon ranch a échoué. Me donnes-tu ta parole d'honneur de rester comme prévu ?

— Je te la donne.

— Je veux aussi continuer de dormir avec toi jusqu'à l'échéance des trente jours.

— Tu en es sûre ?

— Oui. Je suis en train de construire ma vie. D'affirmer ma personnalité. Désormais, je ne reste plus dans mon coin à me morfondre en me disant que l'homme qui me plaît est inaccessible. De même, je ne me contente plus de rêver de posséder un ranch et de devenir éleveuse. Je fais en sorte d'atteindre mon objectif.

— Que se passera-t-il au bout des trente jours ? demanda-t-il.

Elle ressentit un pincement au cœur. Mais sa résolution ne faiblit pas.

— Nous partirons chacun de notre côté.

Elle ne s'appesantirait pas sur ce que Jackson pourrait ou non lui apporter, mais elle se concentrerait sur tout ce qui l'aiderait à avancer dans la voie qu'elle s'était tracée.

Parce que, contrairement à sa mère, elle ne serait jamais une participante passive de sa propre vie. Non. Elle ferait en sorte que sa vie soit en adéquation avec ses aspirations. Elle aurait bientôt un ranch opérationnel.

Même si Jackson n'était dans sa vie que de façon temporaire, l'avenir s'annonçait prometteur.

Oh ! oui, elle avait hâte d'inaugurer cette nouvelle phase de son existence.

- 8 -

Une équipe d'ouvriers avait commencé à ériger les fondations de l'écurie de Cricket. C'était étrange, songeait Jackson, ce revirement qui s'était produit en lui. Désormais, il souhaitait sincèrement que le projet de Cricket réussisse. Et cela changeait tout pour lui. Ainsi, il lui apprenait les ficelles du métier au lieu de lui tenir des discours condescendants et de se réjouir de ses erreurs. Il l'emmenait pour effectuer des réparations et l'encourageait dans ses efforts, au lieu de la dissuader de poursuivre dans cette voie. À chaque restauration réalisée dans sa propriété, il voyait Cricket s'épanouir, prendre plus d'assurance, confortée dans sa décision de devenir éleveuse. Il en retirait une grande satisfaction, mais aussi un sentiment d'accomplissement qu'il peinait à s'expliquer. À moins que… Il s'était senti impuissant à chasser la tristesse infinie qu'il avait perçue chez sa mère, et le fait d'aider Cricket à se construire une vie meilleure contribuait d'une certaine façon à apaiser son sentiment d'échec.

Il ne pouvait pas s'empêcher de penser que, si la santé de sa mère s'était améliorée, il aurait pu l'aider à quitter son mari, lui offrir l'hospitalité et lui prouver qu'il n'était pas nécessaire de rester tous ensemble, comme une famille traditionnelle. L'important était qu'elle soit heureuse. Mais il ne lui en avait jamais parlé. Elle était morte avant que son propre ranch soit opérationnel. Peut-être avait-il encore cette idée dans un recoin de sa tête quand il avait décidé de se développer et d'acquérir la propriété de Cricket. Mais il n'en était plus question. En revanche, il pouvait aider son amie à réaliser son rêve.

Avec un peu de chance, cette bonne action contribuerait à apaiser ses regrets. Aujourd'hui, Cricket n'était pas avec lui. Elle s'occupait dans la maison. Après avoir vérifié l'avancement des travaux sur le chantier de construction de l'écurie, il se trouvait maintenant dans les hauts pâturages, aux confins de la propriété de Cricket, afin d'évaluer l'état du terrain et des clôtures. Elle possédait vraiment un ranch magnifique.

Il songea à la question qu'elle lui avait posée un jour – s'il avait le métier d'éleveur dans le sang. Et, tandis qu'il se tenait au milieu d'une prairie semblable à un patchwork où le vert éclatant s'unissait au vert olive et au vert plus sombre d'une rangée de pins, où les diverses plantes herbacées à fleurs mêlaient leurs couleurs écarlates, orangées et jaunes, il sut avec certitude que la réponse était oui, il était fait pour ce métier. Comme si la terre faisait partie intégrante de son patrimoine génétique.

Auparavant, il n'avait jamais vraiment réfléchi à la question. Il avait fallu que Cricket l'interroge pour qu'il prenne conscience de son attachement viscéral à la terre. Et il comprenait mieux pourquoi elle tenait tant à vivre dans son ranch. Elle aussi éprouvait ce rapport fusionnel à la terre.

Un bruit de moteur interrompit le cours de ses pensées, et il aperçut le pick-up de Cricket qui grimpait le long du chemin carrossable. Il sentit son sang bouillonner dans ses veines. Parce qu'il ne se contentait pas de l'aider à entretenir sa propriété.

Non.

Ils passaient de longues nuits au lit, à s'embrasser, s'explorer et se goûter. Il se plaisait à penser qu'il lui enseignait à la fois l'art de l'amour et les travaux des champs. Mais c'était plus que cela. Cricket était semblable à un tout nouveau paysage, qu'il n'avait jamais vu, exploré ou imaginé auparavant. Elle était pleine d'énergie et de curiosité. Rien ne l'arrêtait ni ne l'embarrassait.

Au contraire, elle le caressait et le goûtait avec enthousiasme et sans fausse pudeur. Cette adolescente rebelle qu'il avait aperçue autrefois sur une balançoire lors d'une réception donnée dans le domaine des Maxfield insufflait cette même sensation de liberté débridée dans la chambre à coucher. Et il savourait chaque instant passé avec elle.

Il eut un sursaut de bon sens. Il n'était pas question qu'il s'attache aux plaisirs exquis que lui procurait Cricket.

Et pourquoi pas ?

Il s'empressa d'écarter cette pensée incongrue tandis que Cricket sortait de son véhicule, vêtue d'un top blanc et d'un jean ajusté, portant une couverture et un panier de pique-nique. Elle était bien trop tentante pour qu'il puisse résister.

Après tout, il avait cédé à la tentation durant les dernières semaines, alors pourquoi aurait-il des scrupules maintenant ? S'avançant à sa rencontre, il l'enlaça et déposa un baiser sur ses lèvres charnues.

— Que fais-tu ici ?

— J'apporte le déjeuner, dit-elle avec un sourire satisfait. Ce matin, j'ai joué les pionnières en faisant du pain, en cuisinant un jambon et en préparant des sandwichs maison.

— Tu as vraiment fait du pain ?

— Oui, déclara-t-elle, triomphante. J'en ai réussi deux sur quatre. Ils m'ont servi à préparer des sandwichs.

— Cricket, c'est très gentil de ta part.

— Je sais. Une telle gentillesse n'est pourtant pas dans mes habitudes, plaisanta-t-elle.

De fait, elle était plutôt caustique, mais il s'en accommodait très bien.

Elle étendit la couverture sur l'herbe, s'assit et commença à déballer les provisions. Il la contemplait, intrigué, tandis que les rayons du soleil caressaient son visage, se demandant pourquoi elle avait préparé tout cela pour lui. Pour autant qu'il s'en souvienne, personne n'avait jamais eu ce genre d'attentions envers lui. Bien sûr, sa mère cuisinait pour son mari et ses enfants, mais c'était la famille.

Or, Cricket n'avait aucun lien de parenté avec lui. Elle ne lui était redevable de rien. Il avait simplement perdu un pari. Et il n'était pas prévu qu'elle le nourrisse. Elle avait donc préparé ce repas simplement pour lui faire plaisir. Ce geste le toucha plus qu'il n'aurait cru, car il n'était pas sentimental pour deux sous. Mais ce qu'elle avait fait pour lui était tellement inattendu qu'il lui en était reconnaissant.

Il n'en revenait pas que ses sandwichs soient aussi délicieux. Pourtant, il n'aurait pas dû être surpris. Quand Cricket décidait de faire quelque chose, elle y mettait toute son énergie. Ainsi, elle avait préparé quatre pains afin de pouvoir lui en proposer au moins un qui soit réussi. Il ne pouvait qu'être admiratif devant une telle ténacité.

Il aimait la regarder manger parce qu'elle y mettait la même énergie que dans tout ce qu'elle faisait. Assise sur la couverture, les coudes sur les genoux, elle dévorait son sandwich tenu fermement entre ses deux mains. Elle avait apporté des canettes de Coca et, quand elle eut fini la moitié de son sandwich, elle prit la sienne et renversa la tête en arrière pour boire son contenu.

Elle le regarda, intriguée.

— Pourquoi me dévisages-tu ainsi ?

— Parce que tu es belle.

En disant cela, il se fit l'effet d'un ado stupide. Ce qui ne lui était pas arrivé depuis belle lurette !

Contre toute attente, sa remarque fit rougir Cricket, et il en fut tout chamboulé. Encore un sentiment auquel il n'était pas habitué.

— Je te retourne le compliment, dit-elle.

— Vraiment ?

— Oui. Je t'ai toujours trouvé beau et séduisant.

— Hum. Je me souviens que tu m'en as parlé, dit-il, soudain gêné.

Il ne tenait pas à s'appesantir sur le sujet car, bizarrement, il ressentait déjà une sorte d'obligation morale vis-à-vis d'elle – un sentiment qu'il avait éprouvé à un degré bien moindre envers ses autres partenaires sexuelles. Mais tandis qu'il était assis là, dans ce cadre idyllique, en train de manger un délicieux sandwich au jambon fait maison, il ne voyait pas comment il aurait pu ne pas se sentir engagé vis-à-vis de Cricket. Il ne voyait pas comment ils pourraient se séparer au terme des trente jours en éprouvant des sentiments neutres l'un envers l'autre après tout ce qu'ils avaient partagé. Peut-être était-ce impossible. Peut-être n'avaient-ils d'autre choix, dans ce genre de situation, que de développer une sorte d'attachement réciproque.

— Sais-tu que je suis une petite maligne ? demanda Cricket avec un sourire mutin. Figure-toi que j'avais l'habitude de cacher mes véritables sentiments aux autres pour me protéger. Notamment les sentiments que j'éprouvais envers toi. Je racontais à mes sœurs que je trouvais les cow-boys agaçants au possible et que je ne voulais rien avoir à faire avec eux. Une ruse plutôt convaincante, non ? Par ailleurs, je savais que tu étais inaccessible pour moi, vu notre très grande différence d'âge.

— Eh, je n'ai pas cent ans !

— Je sais mais, à l'époque, l'écart me paraissait plus important qu'aujourd'hui.

Elle sourit à nouveau.

— Je me souviens qu'au collège et au lycée je n'étais amoureuse d'aucun garçon. Mais comment l'aurais-je pu alors que j'aimais déjà un homme ? Et un Cooper, qui plus est. Je savais que personne ne me comprendrait. Alors, ce fut mon secret. Quand Wren a commencé à fréquenter ton frère, j'étais furieuse après elle, comme si elle m'avait volé la vedette puisque j'étais attirée par un Cooper depuis plus longtemps qu'elle. Par ailleurs, cette improbable attirance envers toi me différenciait un peu plus du reste de ma famille. Alors, quand Wren m'a dit qu'un jour moi aussi je tomberai amoureuse d'un cow-boy, j'ai prétendu que je les avais en horreur. En fait, c'était toi que je voulais. Et je suis heureuse d'inaugurer cette nouvelle phase de ma vie en ta compagnie. Mais, que les choses soient claires, je n'attends rien de toi. C'est promis.

— Je suis ravi de t'être utile.

Sauf que les déclarations de Cricket le mettaient mal à l'aise et lui donnaient mauvaise conscience. Il s'en voulait d'avoir entamé cette relation alors qu'elle était jeune et inexpérimentée. Et qu'elle avait des sentiments pour lui. Elle était tellement sûre du bien-fondé de cette liaison, alors qu'il avait l'impression de s'être fourvoyé.

Pour justifier cette relation inappropriée, il s'était décrit comme un homme viril, à l'affût de toutes les opportunités sexuelles qui s'offraient à lui. Mais c'était faux. Il ne se comportait pas ainsi. Il avait de la considération pour les femmes. L'histoire qu'il s'était racontée ne rimait à rien, alors que celle de Cricket avait un sens. Mais elle était tellement désirable qu'il n'avait pas pu résister à la tentation.

— Tu sais, dit-elle, le jour où nous sommes allés voir ton père et où tu as discuté de ta mère avec lui, cela m'a donné envie d'en savoir davantage sur elle. Sur vous tous. Je t'ai déjà parlé de mes parents, mais je ne sais pas grand-chose des tiens.

— Ils se sentaient obligés d'être ensemble. À cause de moi.

Il pouvait aussi bien lui raconter l'histoire de ses parents. Après tout, elle avait raison. Il connaissait tout ou presque sur elle et sa famille. Par ailleurs, comme elle n'avait pas de liens avec les Cooper, il ne prenait pas de risque en se confiant à elle. Enfin, le moment et l'endroit convenaient à merveille pour ce genre de confession.

— Ma mère et moi étions les deux seuls membres de la famille à nous lever très tôt. Nous prenions notre petit déjeuner ensemble, et j'aimais beaucoup cette complicité entre nous. Un matin, je devais avoir seize ans, j'ai trouvé ma mère en pleurs et je lui ai demandé ce qui n'allait pas. Et soudain, la belle idée que je me faisais de l'unité familiale a volé en éclats. Elle m'a raconté que mon père l'avait épousée parce qu'elle était enceinte, mais qu'il était amoureux d'une autre femme. Il l'avait avoué à ma mère avant qu'ils se marient. Au moins, il s'est montré honnête avec elle. Malgré tout, elle espérait qu'il finirait par oublier cette autre femme et qu'il tomberait amoureux d'elle, mais il n'en fut rien. Et ils sont restés ensemble pendant des années. Parce qu'ils avaient une famille et une entreprise. Parce qu'ils avaient toutes ces choses qui passent avant les sentiments. Avant l'amour.

— Je n'en veux plus autant à mon père, poursuivit-il. Je pense qu'il avait pris son parti de cette situation. Comme il ne pouvait pas avoir ta mère, il s'est forgé une existence qu'il appréciait. Mais je ne suis pas sûr que ma mère ait eu la chance d'aimer vraiment. Ou d'être aimée. C'est triste, quand on y pense. Bien sûr, elle avait une famille, mais ce n'était pas suffisant pour elle. Heureusement, quand elle est tombée malade, mon père s'est comporté en mari digne de ce nom en s'occupant d'elle jusqu'à la fin. De nombreux mariages d'amour ne se terminent pas toujours aussi bien. Quand l'un des conjoints est atteint d'une longue maladie, il arrive que l'autre craque parce que c'est trop difficile à supporter. Parfois, je me demande si l'absence d'amour a aidé mon père à mieux s'occuper d'elle durant tout ce temps. La vie de couple est tellement compliquée ! Ils étaient unis par un lien très fort, qu'il soit fait d'affection, d'habitudes ou autre, mais ma mère avait parfois de profonds accès de mélancolie, et je me sentais démuni devant tant de détresse. Je me reprocherai toujours de ne pas avoir trouvé le moyen de l'aider à s'en sortir.

— Tes parents ont fait leur choix, déclara Cricket. Il en a été de même pour ma mère. Bien sûr, je regrette qu'elle ait été malheureuse dans son couple, mais elle a choisi d'épouser James Maxfield. Elle voulait être riche. Elle pensait que l'argent était plus important que l'amour. Puis, quand elle a compris son erreur, elle est restée avec lui au lieu de partir. Parce qu'elle avait peur qu'il nous arrache à elle. Bien sûr, c'est une raison tout à fait valable pour rester avec lui, mais elle aurait aussi pu choisir de se battre. Elle a pesé le pour et le contre, et a pris sa décision.

— Elle a peut-être pensé qu'elle n'avait aucune chance de gagner.

— Il n'empêche qu'elle a fait un choix. Comme ta mère. Nous ne sommes plus au XIXe siècle. Elles auraient pu demander le divorce. Au lieu de quoi, elles sont restées prisonnières de leurs choix. Ce n'est ni ta faute ni la mienne.

— Peut-être, mais ta mère a une chance de reconstruire sa vie contrairement à la mienne. Et cette pensée me tourmente.

— Je comprends. Je ne prétends pas qu'il leur aurait été facile de se battre pour obtenir gain de cause. Je veux simplement dire que nous ne devons pas culpabiliser à cause du choix qu'elles ont fait.

— C'est facile pour toi de dire cela. Tu n'as que vingt-deux ans et aucune expérience de la vie.

— Et, à trente-quatre ans, tu sais tout sur tout ? Je ne suis pas stupide. J'ai eu beaucoup de temps pour réfléchir. C'est ce qui arrive quand on se sent isolée au sein de sa propre famille. Je n'ai pas besoin d'avoir une longue expérience de la vie pour comprendre qu'on a toujours le choix, même s'il s'avère souvent difficile.

— Tu as réponse à tout, pas vrai ?

— Uniquement quand le sujet me touche de près.

Décidément, elle ne doutait de rien ! Elle fonçait tête baissée dans la vie. Elle faisait des paris fous à une table de poker. Elle tirait des conclusions hâtives. Elle se précipitait dans son lit. Et… Il aimait son appétit de vivre et son énergie insatiable.

— N'est-ce pas un peu prétentieux de ta part ?

— Je ne pense pas. J'ai traversé une longue période difficile mais, maintenant que je sais qui je suis et ce que je veux, j'ai une meilleure compréhension des choses de la vie.

Émoustillé par tant d'assurance, voire d'arrogance, il l'attira sur lui tandis qu'il s'allongeait sur la couverture. Quand il vit son beau visage sérieux penché au-dessus de lui, le désir enflamma son sang dans ses veines.

— Et qu'en est-il des mystères du sexe ? demanda-t-il.

— Je les ai résolus, affirma-t-elle effrontément.

— Tous, vraiment ?

Il ne savait pas pourquoi il éprouvait un tel besoin de lui faire l'amour maintenant, mais c'était ainsi. Ce qu'il ressentait était plus profond que le simple assouvissement d'un désir sexuel. Et c'était le problème. Il aurait préféré que les choses soient plus simples, plus banales entre eux, mais c'était impossible. Ils étaient ici de leur plein gré, ils choisissaient de s'unir sous ce ciel d'un bleu éclatant, au milieu de cette prairie aux couleurs flamboyantes. Avec l'amour de la terre dans leur sang et le besoin lancinant de se perdre l'un dans l'autre.

— Je parie que tu es incapable de m'apprendre quoi que ce soit, dit-il d'une voix enrouée de désir.

Sa provocation eut l'effet escompté, car Cricket s'assit à califourchon sur lui et se délesta de son top.

Elle portait un soutien-gorge blanc sans fioriture, mais son corps mince et athlétique était une pure merveille.

— Es-tu certain de vouloir à nouveau parier avec moi, cow-boy ?

— Sûr et certain.

— Je te rappelle quand même que tu as coutume de perdre.

— C'est vrai. Pour l'instant, je suis à ta merci, mais souviens-toi qu'il m'est arrivé de perdre à dessein.

Il enserra sa taille mince entre ses mains et remonta plus haut en direction de sa poitrine, frottant avec délectation ses pouces sur ses mamelons avant de dégrafer son soutien-gorge et de le jeter dans l'herbe.

Elle émit un petit cri indigné, mais il n'en avait cure. Parce qu'elle était nue, splendide, parfaite, et qu'il brûlait d'envie de la savourer.

Il pressa fermement sa paume contre son dos pour l'obliger à s'incliner vers lui, vers sa bouche. Puis, il saisit un bouton de rose entre ses lèvres et le suça avec gourmandise. Cette fois, le cri qu'elle laissa échapper n'exprimait plus du tout l'indignation mais le plaisir et le désir. Et il exultait de savoir qu'elle était à l'unisson de ses propres émotions. Elle se libéra de son étreinte pour lui ôter son T-shirt. Et il en profita pour la faire rouler sur le dos, lui clouant les bras au-dessus de la tête et l'embrassant passionnément.

— Les petits criquets dotés de bouches adorables s'attirent des ennuis, dit-il d'un ton badin.

Une lueur de défi s'alluma dans le regard de Cricket.

— Comme c'est excitant !

— Vraiment ?

— Oui. Je suis terriblement indisciplinée.

— Comment cela se fait-il ?

— J'ai été négligée. Et j'ai besoin d'être reprise en main.

— Je pourrais m'y employer.

— Les hommes promettent beaucoup, mais…

N'y tenant plus, il défit prestement la fermeture zippée du jean de Cricket et le fit glisser le long de ses cuisses, avec son aide empressée. Puis, toujours positionnée sous lui, elle égrena des baisers sur son torse nu et sur son ventre tout en s'affairant à lui ôter son pantalon et son slip. Quand elle eut libéré son érection, elle la caressa sur toute sa longueur en émettant un son de pur plaisir.

— Tu es une véritable œuvre d'art, murmura-t-elle, se penchant en avant pour frotter sa joue contre son sexe, l'air extatique.

Jamais une femme ne lui avait procuré une caresse aussi délectable. Et le plaisir que semblait y prendre Cricket fit grimper en flèche sa libido, manquant lui faire perdre sa maîtrise de soi.

Elle lui donna une légère poussée, et il bascula obligeamment sur le dos. Puis elle s'agenouilla au-dessus de lui et le prit délicatement dans sa bouche, sa chaleur douce et moite livrant un véritable assaut sur ses sens déjà exacerbés. Elle exerçait sur lui une torture exquise alors même qu'elle était inexpérimentée en la matière. Mais elle compensait son manque de pratique par un enthousiasme sincère. Elle se délectait visiblement de son corps, et il n'avait jamais vécu une expérience aussi grisante. De même, il n'avait jamais rien vu d'aussi beau que la ligne élégante de son dos et celle de ses fesses rebondies tandis qu'elle lui procurait du plaisir à foison.

Ils vivaient un moment de pure liberté, et quelque chose dans sa poitrine commença à se déliter, comme si chaque passage de sa langue, chaque mouvement de sa bouche sur son corps contribuaient à libérer quelque chose en lui dont il n'avait pas eu conscience jusqu'à présent.

Qui eût cru que des sandwichs et des caresses érotiques au beau milieu d'une prairie suffiraient presque à convaincre un homme de croire à la romance ? Pas lui, en tout cas. Pourtant, il se passait quelque chose en lui. Un phénomène qu'il n'avait jamais connu ni expérimenté avec une autre femme. Seulement avec Cricket.

Elle poursuivit ses caresses jusqu'au moment où il ne fut plus capable d'en supporter davantage. Alors, il récupéra son portefeuille dans la poche arrière de son pantalon, en sortit un préservatif et repoussa délicatement Cricket afin d'enfiler la protection en latex.

Sans plus attendre, elle se jucha à califourchon sur lui et se coula lentement sur son membre, soupirant d'aise, les yeux clos et la tête rejetée en arrière. Puis elle recula ses hanches et commença à se mouvoir, lentement au début, plus rapidement ensuite. Mais c'était loin d'être suffisant pour lui. Alors, il agrippa ses hanches, la soulevant et l'abaissant sur lui à un rythme endiablé, destiné à les rendre fous de désir, à les pousser au bord du précipice, jusqu'à ce qu'elle crie de plaisir. Puis il inversa leur position et donna un vigoureux coup de reins, incapable de se retenir plus longtemps. C'était primitif et urgent, exactement ce dont il avait besoin pour accompagner cette étrange sensation de libération dans sa poitrine. Sauf qu'à cet instant précis Cricket ouvrit les yeux et croisa son regard.

Il en eut le souffle coupé. Tandis que la jouissance prenait possession de lui, il se perdit dans le regard de Cricket, dans l'expression d'émerveillement qui se peignait sur son visage, dans la confiance absolue qu'elle plaçait en lui. Il était son premier amant. Le seul homme qui l'ait jamais touchée aussi intimement. Il était lié à tous les psychodrames qu'elle avait vécus et il n'avait pas envie de l'être davantage, mais il l'était malgré lui. Il lâcha prise et s'abandonna à la vague de jouissance qui déferlait sur lui, criant son nom en même temps qu'elle criait le sien et se convulsait autour de lui. Et, tandis qu'elle le contemplait, l'expression de félicité absolue qu'il lut dans son regard l'anéantit. Parce qu'elle n'avait pas connu d'autre homme que lui. Parce qu'elle se fiait entièrement à lui.

Pourtant, il avait profité de l'attirance qu'elle avait pour lui afin de coucher avec elle. Il avait profité de son inexpérience en tant qu'éleveuse et joueuse de poker pour tenter de lui extorquer son ranch.

Il se sentait soudain honteux. Parce qu'au tréfonds de lui il savait qu'il ne serait jamais en mesure de répondre au besoin lancinant qu'il percevait dans ses yeux. Parce qu'il savait que, à cause de son béguin d'adolescente et de sa découverte du plaisir sexuel entre ses bras, elle se sentirait toujours liée à lui. Et c'était un problème. Que devait-il faire ? L'arracher à cet endroit qu'elle s'appropriait peu à peu ? L'arracher à l'existence qu'elle se forgeait pour l'intégrer dans la sienne ? En agissant ainsi, il serait simplement un de ces hommes qui faisaient passer les rêves d'une femme après les siens.

Leur relation prendrait fin à l'échéance des trente jours, conformément aux termes du pari. Quelles que soient les possibilités qu'il entrevoyait ici, dans ce décor magnifique, elles étaient purement et simplement irréalistes.

C'était une bonne chose qu'il en soit conscient. Le moment venu, Cricket resterait chez elle, il retournerait chez lui, et la vie reprendrait son cours normal. Parce que, s'il en était autrement, il serait incapable de combler toutes les attentes de Cricket. Quand elle s'en rendrait compte, ils se retrouveraient piégés dans le même enfer que leurs parents. Et il ne le voulait à aucun prix.

Mais il s'abstint d'aborder le sujet avec elle. À la place, il l'embrassa sur le front, et elle se lova contre lui. Et là, en pleine nature, complètement nus, ils s'endormirent dans les bras l'un de l'autre. En attendant l'échéance cruciale des trente jours, ils profitaient de ce délicieux intermède.

Et la dernière pensée de Jackson avant de sombrer dans le sommeil fut qu'il ne s'était jamais senti aussi comblé de toute sa vie.

- 9 -

C'était le trentième jour.

Cricket n'avait pas eu le courage de demander à Jackson s'il resterait toute la journée ou s'il partirait tout de suite ou… Elle ne savait pas. Et elle redoutait de connaître la réponse. Elle était lâche. Elle souhaitait désespérément qu'il reste avec elle et qu'ils poursuivent leur relation.

Donc, tu vas le supplier de rester chez toi ? Pour quoi faire ? N'es-tu pas censée trouver ta propre voie ?

Non. Elle ne lui demanderait rien.

Ce matin, ils s'étaient réveillés dans le même lit, comme ils le faisaient depuis qu'ils avaient décidé de dormir ensemble, et il était parti travailler comme à son habitude.

En le voyant revenir le soir, sale et ébouriffé, elle poussa un soupir de soulagement.

Peut-être n'était-il pas prêt à partir. Peut-être le statu quo se prolongerait-il pendant quelque temps. Peut-être remettraient-ils à plus tard les conversations difficiles. Ils pourraient se dire au revoir un autre jour. En tout cas, elle avait préparé à dîner, au cas où il resterait. Et elle avait bien fait. Contre toute attente, elle prenait beaucoup de plaisir à cuisiner. Elle s'en serait voulu d'aimer une occupation considérée comme traditionnellement féminine s'il n'avait pas autant apprécié tous les plats qu'elle lui concoctait. Elle se remémora avec joie le jour où elle lui avait apporté des sandwichs composés de pain et de jambon cuisinés maison. Oh ! oui, il s'était régalé. Que de bons souvenirs elle gardait de ces trente jours !

Il avait répondu à toutes ses attentes. Réalisé tous ses rêves.

Bien sûr, elle était censée aller de l'avant, aborder la nouvelle phase de sa vie, mais… Jackson était ici, avec elle. Que déciderait-il ?

Elle n'arrêtait pas de se poser la question tandis qu'ils se préparaient des sandwichs avec les ingrédients qu'elle avait disposés sur la table.

— Jackson, comment s'est passée ta journée ? demanda-t-elle quand ils eurent fini de manger.

— Bien. Et la tienne ?

— Bien aussi. Et…

Elle laissa sa phrase en suspens. Parce qu'elle n'avait pas envie d'avoir cette conversation. Elle n'avait tout simplement pas envie de parler. Parce que l'angoisse la tenaillait. C'était le dernier jour, et elle ne savait pas comment lui demander s'il resterait. Elle ne savait pas comment s'expliquer à elle-même, sans se sentir trop stupide, pourquoi elle devrait lui demander de rester.

Parce que je veux me marier avec lui.

Parce que je veux porter ses enfants.

Parce que je veux partager sa vie dans cette maison ou dans n'importe quelle autre.

Parce qu'il était l'homme de ses rêves, tout simplement.

Pourtant, elle était jeune. Elle était censée sortir, s'amuser, voyager, vivre sa vie. Elle le savait. Elle n'était pas censée désirer un homme sur lequel elle avait fantasmé sans espoir de retour depuis qu'elle avait douze ans. Elle était censée avoir d'autres expériences, d'autres amants.

Mais elle ne voulait rien de tout cela.

Et elle avait le sentiment affreux que, quoi qu'il arrive, comme pour sa mère, un seul homme compterait dans sa vie, et que cet homme serait Jackson. Alors, à quoi bon perdre son temps à discuter ?

Elle se jeta dans ses bras et s'assit à califourchon sur ses genoux, son intimité plaquée contre l'érection naissante de Jackson. Et elle l'embrassa éperdument, passionnément, comme si sa vie en dépendait.

Il lui dérobait son oxygène, et en même temps, sans qu'elle puisse se l'expliquer, il devenait son oxygène, sa raison de vivre. Elle n'avait jamais réfléchi à cette situation sous l'angle du destin, car elle s'était toujours targuée d'être pragmatique. Mais elle en était sûre, Jackson lui était destiné de toute éternité. Leur relation ne pouvait pas se terminer sous prétexte que les termes du pari fixaient une échéance à sa présence dans son ranch.

Il se leva de sa chaise et repoussa d'un geste de la main les assiettes et les couverts qui se fracassèrent sur le sol.

— Je les remplacerai, dit-il d'une voix rauque.

— Je m'en moque.

Oui, vraiment, elle s'en moquait. Parce que tout ce qu'elle voulait, c'était être avec lui. Faire l'amour avec lui. Le reste ne comptait pas. Elle se félicita d'avoir mis une robe, ce qu'elle faisait rarement, car elle était ainsi plus accessible pour Jackson. Déjà, il agrippait ses hanches, glissait ses doigts entre ses cuisses et la caressait, attisant la flamme de son désir. C'était un moment d'une folle intensité. La réalisation de tous ses fantasmes.

Elle eut soudain la certitude que c'était de l'amour

qu'elle ressentait pour lui depuis le début. L'amour et le destin. C'était l'évidence même. La clé de l'énigme. La raison pour laquelle elle avait été irrésistiblement attirée par lui depuis qu'elle avait douze ans.

Et il se trouvait ici, avec elle.

Et il l'embrassait passionnément après l'avoir juchée sur la table de la cuisine. Cette table qui était le symbole de tout ce qui lui avait manqué.

À l'époque, elle avait rêvé d'avoir une famille comme celles représentées dans les sitcoms. Et elle avait essayé de caser Jackson dans ce tableau idyllique. Mais elle avait fait fausse route. Ce n'était pas la vie de famille et les dîners conviviaux qui lui manquaient, mais Jackson. Lui et lui seul. C'était une existence passée à ses côtés, toutes ces choses qu'on partageait avec l'être aimé, qui l'avaient fait rêver depuis le premier jour où elle avait posé les yeux sur lui. Peu importait que cette idée soit extravagante. Peu importait qu'elle soit plus jeune que lui et qu'elle débute dans la vie. Elle savait qu'ils étaient faits l'un pour l'autre.

Il s'était moqué d'elle l'autre jour quand elle lui avait dit qu'elle comprenait les choses de la vie parce que son travail d'introspection avait compensé son manque d'expérience. Mais c'était vrai.

Et à cet instant, dans les bras de Jackson, elle comprenait qu'elle l'aimait. Elle l'aimait et voulait être avec lui. Son cœur et son corps le savaient depuis le début. Il n'était plus question de se protéger en se racontant des histoires, comme elle l'avait fait jusqu'à présent.

Bien sûr, elle se sentait nue et terriblement vulnérable, mais il était temps pour elle d'affronter cette nouvelle réalité. Aussi s'abandonna-t-elle à la frénésie qui s'emparait d'eux.

D'un vigoureux coup de reins, il unit leurs deux corps, faisant cogner la table contre le mur à chacun de ses assauts. Il était fabuleux. Dans tous les sens du terme. Et elle s'abandonna aux sensations exquises qui déferlaient sur elle, à l'amour qui s'épanouissait dans sa poitrine, telle une fleur au soleil. C'était si beau qu'elle en avait les larmes aux yeux. Quand elle atteignit l'orgasme, elle ne les retint pas. Elle tremblait et pleurait d'émotion tout en enserrant Jackson dans ses bras tandis qu'il se laissait porter à son tour par la jouissance.

Quand ce fut fini, il se redressa, et elle demeura allongée sur la table, le corps brisé. Comme sa vaisselle sur le sol.

— Je…

— Jackson, dit-elle en même temps.

— Cricket…, le pari est terminé.

Elle se figea, les bras en croix, tel un papillon cloué sur une planche.

— Tu t'en vas ?

— Le pari est arrivé à son terme, se contenta-t-il de dire.

— Le trentième jour. Tu as failli me quitter aussi, ce premier soir où nous avons fait l'amour. Tu t'en souviens ?

Une expression torturée se peignit sur son beau visage.

— J'aurais dû partir à ce moment-là. C'est tout le problème. Alors, mieux vaut tard que jamais.

— Non !

— Je ne peux pas rester éternellement ici, Cricket. Je dois m'occuper de mon ranch. J'ai ma vie, et tu as la tienne.

— Au moins, ne me quitte pas comme ça, avec ma vaisselle en miettes !

Sans mot dire, il rajusta ses vêtements et récupéra un

balai et une pelle dans un coin de la pièce. En le voyant faire, elle se souvint du premier soir de son arrivée au ranch, quand il avait pris la situation en main et lui avait demandé de balayer les toiles d'araignées. Ce souvenir était si vivace qu'elle faillit se remettre à pleurer. Et elle demeura allongée sur la table, nue, pendant qu'il ramassait les débris de vaisselle, mais pas les fragments de son cœur brisé.

— Si tu as besoin de mon aide, par exemple quand les chevaux seront là, fais-le-moi savoir, dit-il.

— Non.

Parce que ce qu'elle voulait, il n'était pas disposé à le lui donner.

Les mots étaient bloqués dans sa gorge ; elle ne parvenait pas à les exprimer. Et quand il quitta sa maison, l'abandonnant là, malheureuse comme les pierres, elle se demanda si elle avait un tant soit peu changé. Parce qu'elle n'avait pas osé dire à Jackson qu'elle l'aimait. Elle avait gardé ses sentiments pour elle de peur qu'il la rejette.

À quoi servaient toutes les bonnes résolutions qu'elle avait prises si elle n'était pas fichue de lui dire ce qu'elle avait sur le cœur ?

Qu'est-ce que tu attends pour te ressaisir ?

Mais elle était trop anéantie pour réagir.

Durant les nombreux jours qui suivirent, elle ne tenta pas de le faire revenir sur sa décision. Elle ne fit rien du tout. Jusqu'à ce qu'elle se rende compte que quelque chose clochait au niveau de son cycle menstruel. Quand elle se présenta chez sa sœur Emerson, tremblant de tous ses membres et agrippant un sac contenant un test de grossesse, elle était hébétée.

— Tu en fais une tête. Que t'arrive-t-il, Cricket ?

— Je ne pouvais pas aller chez Wren parce qu'elle est mariée à Creed.

— Je ne vois pas le rapport, remarqua Emerson, perplexe, s'effaçant pour la laisser passer.

Cricket pénétra dans l'entrée et lui montra le test.

Emerson porta une main à son ventre.

— Je n'en ai pas besoin. Mais peut-être as-tu quelque chose à me dire.

— Peut-être. Puis-je utiliser ta salle de bains ?

— Bien sûr.

— N'en parle à personne, demanda Cricket.

— Entendu.

Elle s'enferma dans la salle de bains et y demeura beaucoup plus longtemps que le délai mentionné dans la notice du test. Emerson dut s'inquiéter car elle frappa à la porte.

— À en juger par ton mutisme, le résultat du test ne doit pas te satisfaire.

La voix de sa sœur lui parvenait assourdie à travers la porte.

— Non, en effet.

Mais, alors même qu'elle disait cela, elle n'était pas sûre que ce soit vrai. Elle ne se sentait pas anéantie. Ni même triste. D'une certaine façon, le résultat lui paraissait… pertinent. Elle ne pouvait pas sortir d'une relation aussi intense avec Jackson sans garder quelque chose de lui. Sans être changée à jamais.

— Chérie, ouvre cette porte, demanda Emerson.

Elle rajusta ses vêtements, encore sous le choc, et obtempéra.

— Je suis prête à te rendre tous les services que tu veux, chérie. Je ne suis pas ici pour te juger. Si tu as besoin que je t'emmène quelque part et que je te procure un alibi pendant que tu récupères une arme pour tuer quelqu'un…

— Non, dit Cricket.

— Non à quoi ?

— Non à tout ce que tu viens de me proposer. Ça va aller. Il faut simplement que je trouve le courage de le lui dire.

— Je suppose que tu parles de Jackson Cooper.

— Lui-même. Si je suis ici, c'est parce que je ne veux pas que Wren demande à Creed de le tuer.

— Dans ce cas, c'est moi qui demanderai à Holden de le faire. Ainsi, tout ce que tu gagneras, c'est d'éviter un cas de conscience à Creed.

— Je t'en prie, laisse Jackson tranquille. Je dois lui parler.

— Soit.

— Je ne suis pas bouleversée.

— Pourtant, tu en as l'air.

— En fait, nous… ne sommes plus ensemble. C'est le problème.

— Tu n'as pas besoin de lui. Nous sommes là pour toi. Quoi que tu décides, nous t'aiderons.

— Je veux avoir ce bébé, déclara Cricket. Je ne pensais pas que j'aurais un jour envie d'être maman. Mais, maintenant que je suis enceinte, je me fais à cette idée.

— Tant mieux.

— Il faut simplement que je parle à Jackson.

Emerson s'était montrée très protectrice envers elle, mais Cricket avait tenu à se rendre sur-le-champ chez Jackson. Elle n'était jamais allée chez lui auparavant, et elle tomba en admiration devant sa demeure imposante et moderne, avec ses persiennes noires, son revêtement extérieur en cèdre rouge et ses finitions anthracite. Avec sa grande variété de formes et de matières. Elle était tellement différente de sa petite ferme classique. Et ils étaient tellement différents l'un de l'autre.

Pourtant, ils avaient de nombreux points communs. S'ils se trouvaient dans cette situation, ce n'était pas par hasard. L'alchimie sexuelle entrait en ligne de compte, bien sûr, mais pas seulement.

Elle n'oublierait jamais cet après-midi où ils avaient pique-niqué et fait l'amour au milieu d'une prairie. Il avait eu beau se montrer froid et intraitable envers elle lors de leur dernière soirée ensemble, ce comportement n'était pas représentatif du couple qu'ils formaient.

Un couple ? Vraiment ?

Ils étaient alors deux personnes réunies par le sexe, par son histoire personnelle douloureuse et par un aperçu de celle de Jackson. Bien qu'il se soit montré plutôt avare de confidences, elle pressentait que sa personnalité était plus complexe qu'il n'y paraissait. Mais le moment de vérité arrivait.

Prenant une profonde inspiration, elle sortit de son véhicule et remonta le chemin dallé qui conduisait à une vaste terrasse de plain-pied. La porte d'entrée était tellement massive que Cricket se sentait toute petite à côté. Elle demeura immobile, s'efforçant de chasser de son esprit d'autres circonstances dans lesquelles elle s'était sentie amoindrie, notamment devant la porte du bureau de son père, ou assise à l'extrémité de la longue table familiale.

Non. Aujourd'hui, c'était différent. Parce qu'elle avait changé. Elle n'était plus cette adolescente mal dans sa peau, en quête de soi. Quand Jackson l'appelait « petit criquet », ce n'était pas méchant. Au contraire, ce surnom affectueux lui donnait le sentiment d'être spéciale, protégée. Et, à cet instant, elle protégeait une vie en elle. Elle se sentait étrangement puissante. Régénérée. Changée.

Elle n'avait jamais vraiment songé à devenir maman. Plus exactement, elle s'était dit qu'elle ne le deviendrait jamais à cause de sa propre expérience familiale déplorable. Mais, désormais, cette expérience n'était plus un frein pour elle. Parce qu'elle avait pris ses distances avec ses parents et qu'elle ne calquerait pas sa vie sur la leur. Réconfortée par cette pensée, elle frappa à la lourde porte en chêne, se demandant si quelqu'un l'entendrait dans cette vaste demeure.

Mais la porte s'ouvrit, et elle recula d'un pas. Parce que Jackson se tenait dans l'entrebâillement, vêtu d'un jean, d'un T-shirt noir ajusté et d'un chapeau de cow-boy noir également. Il était… époustouflant.

— Bonjour, dit-elle.

— Cricket. Que fais-tu ici ?

— Ton accueil n'est pas des plus chaleureux !

— Désolé. Veux-tu entrer ?

— Oui, ce serait préférable.

Il ouvrit la porte en grand, et elle pénétra dans une pièce entièrement lambrissée de cèdre rouge, comme la façade extérieure de sa maison, avec des finitions d'un noir brillant qui apportaient une touche de modernité à l'aspect rustique de l'ensemble. La pièce était vaste et carrée, avec un plafond si haut qu'elle se sentit à nouveau petite et vulnérable.

Bien sûr, la haute taille de Jackson et son attitude réservée contribuaient aussi à la mettre mal à l'aise.

— Il faut que nous parlions, dit-elle. La façon dont tu m'as quittée… Je voulais que tu restes.

— Oui. Et je t'ai expliqué que c'était impossible.

L'expression de son visage était déterminée, et sa mâchoire crispée.

— Sauf que tu ne m'as pas donné la véritable raison de ton départ. Et j'aimerais beaucoup la connaître.

Avant de lui annoncer sa grossesse, elle voulait qu'il lui expose ses arguments en toute objectivité.

— C'est compliqué.

— Non. Ce qui est compliqué, c'est d'avoir le béguin pour un homme pendant des années, puis découvrir qu'il pourrait être son demi-frère et avoir quand même envie de coucher avec lui. Puis découvrir qu'il n'est pas son demi-frère et coucher avec lui pendant les trente jours d'un pari. Alors, je doute que ce que tu as à me dire puisse égaler ce niveau de complexité. Nous trouverons une solution, j'en suis sûre. Je ne suis pas du genre à renoncer facilement.

— Très bien, Cricket. Tu tiens vraiment à avoir cette conversation ?

— Oui.

— Je ne veux pas me marier. Parce que, selon moi, le mariage, ce sont deux personnes liées l'une à l'autre sans raison particulière.

— Nous ne sommes pas forcés de nous marier. Nous pouvons simplement vivre ensemble.

— Je ne veux pas me sentir coupable de ne pas aimer suffisamment ma partenaire. Lui faire vivre l'enfer que mon père a fait vivre à ma mère. Au bout du compte, que j'admire ou non Cash Cooper, je suis son fils.

— Et je suis la fille de James Maxfield. Pour autant, je n'ai pas l'intention de harceler qui que ce soit, de négliger mes enfants ou de tromper mon partenaire. Peu importe de qui tu es le fils. Ce qui compte, c'est l'homme que tu es. Et c'est ton choix.

— Dans ce cas, c'est mon choix de ne pas me mettre dans une situation où je serais susceptible de blesser quelqu'un.

— Tu ne penses donc pas pouvoir m'aimer.

Elle le fixa droit dans les yeux, s'adjurant de ne pas craquer devant lui.

— Il ne s'agit pas de toi.

— Oh ! il ne s'agit pas de toi, mais de moi. Ce n'est pas un argument très original. Franchement, Jackson, j'espérais mieux de ta part. Mieux pour nous.

— Je ne cherche pas à te blesser…

— Encore un cliché. Qui a écrit tes dialogues ? Parce qu'ils sont mauvais.

— Je suis désolé.

— Et moi, je suis enceinte.

- 10 -

Jackson était aussi sonné que si une bombe avait atterri au milieu de son salon. Il avait l'impression de regarder un film d'horreur. En se remémorant les dernières semaines, il savait qu'il n'aurait jamais dû franchir le seuil de cette petite maison délabrée, mais il l'avait quand même fait. Et, maintenant, il se retrouvait dans la situation qu'il voulait éviter à tout prix.

Cricket était enceinte.

Cette nouvelle était tellement sidérante qu'aucune pensée cohérente ne lui venait à l'idée.

— Quand l'as-tu appris ?

— Il y a environ une heure. Je suis allée chez ma sœur – pas celle qui est mariée à ton frère – et je suis venue ici directement.

— Bon sang, qu'allons-nous faire ?

— Vois-tu, en venant ici, j'espérais que tu aurais quelque chose de plus constructif à me proposer.

— Tu comprends que nous ne pouvons pas nous marier, n'est-ce pas ?

— Super, répondit-elle. Je me vois donc contrainte de trouver un autre homme qui accepte de m'épouser.

— Il n'en est pas question !

— Pourquoi ? Si tu ne veux pas m'épouser, je peux me tourner vers quelqu'un d'autre. Parce que c'est important pour moi.

Elle prit une profonde inspiration avant d'ajouter :

— Je pourrais attacher de l'importance à la tradition et refuser que mon enfant soit un bâtard. Y as-tu songé ?

— Et toi ?

— Non, ce n'est pas le plus important pour moi. Mais je regrette que tu réagisses de façon aussi ridicule. Nous sommes bien ensemble.

— C'est précisément le genre de situation que je voulais éviter. Cette obligation qu'ont deux personnes d'être ensemble pour le bien de l'enfant. Sais-tu tout le mal que cette situation peut engendrer chez un enfant, Cricket ? Je me faisais du souci pour toi. Je m'inquiétais à l'idée de te blesser si je ne répondais pas à tes attentes… Mais un enfant ! Cet enfant sera comme moi. Sais-tu ce que cela fait quand on découvre qu'on est le ciment de mauvaise qualité qui maintient ses parents ensemble pour le meilleur et pour le pire ? Principalement pour le pire ?

— Nous en avons déjà parlé. C'est une question de choix…

— J'ai vu le résultat que donnait un tel mariage. Si je m'engageais dans cette voie, si je t'épousais, je ne te laisserais jamais partir.

— Tant mieux. Parce que je ne veux pas partir, dit-elle. Je veux être avec toi. Passer ma vie à tes côtés. Qu'y a-t-il de mal à cela ? Pourquoi trouves-tu cette idée tellement déraisonnable ?

— Parce que je ne t'aime pas, dit-il.

Ces mots horribles laissèrent un goût amer dans sa bouche, et il savait qu'ils sonnaient faux. Qu'ils n'étaient pas sincères. Mais il était incapable d'en trouver d'autres. Incapable de réfléchir correctement avec ce poids qui pesait sur sa poitrine.

— Que ferais-tu si je te disais que je t'aimais ?

— Je ne changerais pas d'avis. Nous ne pouvons pas nous marier, Cricket. Ce serait une erreur. Nous nous rendrions mutuellement malheureux. Je te rendrais malheureuse.

— Je veux vivre à tes côtés. C'est mon choix. Même si je risque d'être malheureuse à l'idée que tu ne m'aimes pas.

— Cricket…

— Non. Sois honnête à propos de ce que tu veux et de ce que tu ne veux pas, Jackson. Mais ne rejette pas la faute sur moi en prétendant que tu cherches à me protéger. Parce qu'en réalité c'est toi que tu protèges. Je suis là, devant toi, et je n'ai pas peur de t'aimer. Je n'ai pas peur d'avoir ce bébé. Et tu sais quoi ? Je n'ai pas peur de l'élever seule, non plus. Bien sûr, je préférerais que ce ne soit pas le cas. Mais uniquement parce que j'ai envie de passer ma vie avec toi. Parce que je n'ai jamais été aussi heureuse que durant ces trente jours passés avec toi. Et je suis prête à toutes les concessions pour que les choses fonctionnent entre nous. Mais c'est toi qui ne veux pas en entendre parler. Et je n'arrive pas à comprendre pourquoi.

— Cricket…

— Parce que je suis jeune et inexpérimentée, tu penses que je suis incapable de savoir ce que je veux, l'interrompit-elle. Mais tu te trompes, Jackson. Je sais ce que je veux et l'ai toujours su : avoir un endroit à moi, où je me sente bien, et être avec toi. En revanche, ce que tu recherches, me semble-t-il, c'est mener une vie exempte de regret. Mais je doute que quiconque soit en mesure de te garantir ce genre d'existence. Encore une fois, nous pourrions être ensemble, pour le meilleur et pour le pire. Parfois pour le pire, c'est vrai. Mais ce serait tout de même mieux que de vivre chacun de son côté.

— Tu dis cela parce que tu n'as pas vraiment idée des dégâts qu'un tel mariage peut causer dans un couple. J'ai eu l'exemple de ma mère sous les yeux. Elle était malheureuse de ne pas être aimée par son mari, de se sentir piégée dans une union déséquilibrée. Et c'est à cause de moi qu'elle n'a pas eu la vie dont elle rêvait.

— Rien ne nous empêche de nous marier, Jackson. Et si tu te sentais trop malheureux, nous pourrions divorcer.

— Cricket…

— Mais quel est ton problème, à la fin ? demanda-t-elle, visiblement frustrée. De quoi as-tu peur ? D'échouer ? Parce que nous ne serons pas piégés. La décision nous appartiendra toujours. Mais, à l'évidence, tu as peur de quelque chose. Sinon, nous aurions une conversation différente. Tu oublies que j'ai grandi dans une famille dysfonctionnelle. Alors, cesse de t'abriter derrière la tienne. Cet argument ne tient pas. Moi qui pensais que les cow-boys étaient courageux, je tombe de haut !

Ses paroles lui firent l'effet d'un coup de poignard en plein cœur. De fait, il était lâche. Un lâche de la pire espèce, qui se tenait là, devant elle, et qui ne lui offrait absolument rien. Qui trahissait la confiance qu'elle avait placée en lui. Sauf…

Sauf qu'il savait à quoi s'en tenir sur ce genre d'union. Il savait ce qu'était la vie d'un enfant au sein d'une famille où les parents s'étaient mariés par obligation. Plus grave encore, il savait ce que c'était d'être la cause de ce mariage. Certes, Creed avait pris le risque de contracter un mariage fictif pour être avec son fils, mais la situation de son frère était très différente de celle de Jackson puisqu'il avait été empêché de voir son enfant.

Son enfant.

Ainsi, Jackson vivrait dans une maison différente de celle de son fils ou de sa fille ? C'était ce qui avait poussé Creed à se marier. Jackson pouvait le comprendre tandis qu'il contemplait Cricket et qu'il entrevoyait l'attrait d'un avenir ensemble…

Mais Cricket ne lui avait pas expressément dit qu'elle l'aimait. Elle lui demandait de l'épouser, une solution susceptible, à première vue, de faciliter leurs vies. Ce que tant de personnes faisaient dans l'intérêt d'un enfant. Pourtant, derrière les apparences d'une famille nucléaire heureuse, il pouvait y avoir un champ de ruines. Une tristesse désespérée que personne ne remarquait hormis les personnes à l'intérieur du noyau familial. Cricket avait beau le traiter de lâche, il ne voulait pas qu'elle se sente obligée de l'épouser et qu'elle le regrette toute sa vie.

Tu te protèges toi-même.

Non. Il ne se sentait pas du tout protégé. Plus maintenant. Il éprouvait de la colère et de l'impuissance parce qu'il se retrouvait empêtré dans la même situation que ses parents. Mais il opterait pour une solution différente, meilleure pour Cricket et lui.

— Veux-tu seulement être le père de ce bébé ?

— Oui. Puisque j'ai fait un enfant, je prendrai soin de lui.

— Quel dommage que tu ne veuilles pas faire de même avec moi.

— Que tu l'acceptes ou non, Cricket, c'est ma façon de te protéger et de prendre soin de toi.

— Non, je ne l'accepte pas, dit-elle d'un ton glacial.

— Nous trouverons une solution.

— Quelle solution ? Le partage des responsabilités parentales ? La garde alternée ? L'échange de notre enfant sur le parking du supermarché ?

Il détestait l'avenir qu'elle lui dépeignait. Ce qu'il voulait, c'était l'attirer dans ses bras, la soulever de terre, la transporter dans sa chambre à l'étage et la faire sienne.

Il voulait la garder avec lui.

Et elle resterait.

Dans l'intérêt de l'enfant.

Comme sa mère l'avait fait, à cause de lui.

Il s'efforça de chasser cette pensée ô combien déprimante.

— Je serai là chaque fois que tu auras besoin de moi.

— Mais pas en tant que mari.

— C'est préférable.

— Si tu le dis. Mais, si j'étais toi, je ne parierais pas un centime sur cette partie qui se joue entre nous, car tu perdrais. Pour la simple et bonne raison que j'ai la meilleure main.

Elle marqua une pause et le contempla avec pitié.

— Tu continues de penser que tu sais exactement comment les choses se dérouleront. Que tu sais tout mieux que moi et que tu l'as toujours su. Quand j'ai remporté ce tournoi de poker, tu croyais avoir un plan B, et tu n'as pas vraiment eu le sentiment de perdre. Pourtant, tu as bel et bien perdu, et je suis arrivée à mes fins. Alors, si j'étais toi, j'essaierais de découvrir tout ce que je sais et que tu ignores.

Sur quoi, elle pivota sur ses talons et s'en alla, le laissant en proie à l'accablement et à la frustration. Parce qu'elle ne comprenait pas que c'était la meilleure solution. Parce que, dans son esprit, elle était persuadée que tout se passerait bien. Mais il savait qu'elle se trompait. À cause de lui, sa mère s'était sentie malheureuse toute sa vie, et il ne voulait pas reproduire le même schéma avec Cricket.

Alors, s'il avait raison, pourquoi éprouvait-il l'horrible sensation qu'on lui arrachait le cœur ?

Parce qu'il était un menteur.

Parce qu'il aimait Cricket.

Et parce qu'il était un lâche de la pire espèce, comme elle l'en avait accusé.

Cricket ne retourna pas chez elle. Elle était trop en colère et malheureuse. À la place, elle se rendit chez Emerson, bientôt rejointe par Wren. À ce stade, il était impossible de protéger Jackson de la fureur de ses beaux-frères. Et Cricket n'avait pas l'intention de s'interposer. Elle éprouvait trop de rancœur envers lui. Il s'était montré… ridicule. Incapable de lui opposer une seule raison valable !

Confortablement installée dans un des poufs géants de sa sœur, Cricket n'en finissait pas de ruminer sa colère et de pousser des soupirs indignés.

— Alors, quand vas-tu te décider à nous raconter toute l'histoire ? demanda Emerson.

La question de sa sœur agit comme un déclencheur, et elle déballa tout : son béguin de longue date pour Jackson, la possibilité qu'il soit son demi-frère, sa relation charnelle avec lui et leur récente discussion.

— Une chose est sûre, dit Wren, Creed va le tuer.

— Je sais, soupira Cricket. C'est pour cette raison que je me suis d'abord rendue chez Emerson. Je ne voulais pas qu'il meure. Mais, à présent, cette idée me déplaît beaucoup moins.

— Il a vraiment dit qu'il ne pouvait pas t'aimer ?

— Oui. Et tu sais quoi ? Si j'étais sûre et certaine qu'il dise vrai, je penserais qu'il prend la bonne décision en refusant de m'épouser. Mais je n'y crois pas. Je suis persuadée qu'il est capable de m'aimer. Peut-être m'aime-t-il déjà. Et cette idée doit l'effrayer.

— L'amour rend les hommes stupides, tu peux me croire sur parole, dit Wren.

— Même Creed ?

— Oh ! Creed était le pire de tous.

— Non, intervint Emerson. C'était Holden. Quand je lui ai dit que je l'aimais, il est devenu fou.

— Creed non plus n'était pas particulièrement enchanté quand je lui ai avoué que je l'aimais.

— Oh ! dit Cricket, soudain songeuse.

— Qu'y a-t-il ? demanda Wren.

— Je ne lui ai pas vraiment dit que je l'aimais.

— Mais tu l'aimes, n'est-ce pas ? Tu as évoqué ce béguin de longue date.

— Oui. Bien sûr. Mais je voulais d'abord voir sa réaction…

— Cricket, dit Wren gentiment. Il s'est comporté de façon inqualifiable avec toi, et je l'étranglerai volontiers. Il n'aurait jamais dû te toucher s'il ne pensait pas pouvoir construire quelque chose avec toi.

— Non, tu te trompes. Je lui ai dit que j'étais d'accord. Il a fait preuve de franchise envers moi. Il ne m'a jamais menti. Simplement… je pensais que je pourrais avoir une liaison avec lui, le temps du pari, et ensuite passer à autre chose. Mais je me suis menti à moi-même. J'ai été incapable de tourner la page. Il fait partie de ma vie, à son insu, depuis tellement longtemps. Il est ma destinée en quelque sorte.

— Dans ce cas, tu dois lui dire que tu l'aimes.

— Mais il m'a humiliée !

— Parfois, nous devons pardonner les offenses au nom de l'amour.

— Je déteste cette idée.

— Moi aussi, dit Wren. Mais j'aime mon mari. Et je suis prête à tout pour le garder. Par chance, l'amour que je lui porte est réciproque. Peut-être Jackson a-t-il simplement besoin de connaître tes sentiments à son sujet. Les Cooper sont des hommes complexes. Je ne connais pas les problèmes de Jackson, mais je sais à quoi ressemble un Cooper qui fuit parce qu'il a peur.

— Alors, selon toi, je ne dois pas attendre qu'il vienne me trouver et fasse amende honorable ?

— Tu peux choisir cette option, répondit Emerson. Mais tu es une personne sensée. Une relation idéale est celle où les deux partenaires sont sur un pied d'égalité, mais c'est très rarement le cas. Chacun est censé se donner à fond tout le temps, mais parfois l'un d'eux cale, et l'autre est obligé de le soutenir à bout de bras. Et, non, une relation ne devrait jamais ressembler à celle de nos parents, dans laquelle l'un des partenaires dépérit émotionnellement parce qu'il est privé de l'amour et du soutien de l'autre. Dans un autre cas de figure, il faut parfois qu'un partenaire ait le courage de rompre, même si c'est très difficile, pour éviter que le couple se retrouve dans une impasse et se déchire.

— Peut-être ai-je les mauvaises cartes en main, tout bonnement, remarqua Cricket, le cœur meurtri.

— Non. Ne dis pas cela. Jackson et toi êtes des personnes intelligentes. S'il t'aime, comme tu le crois, vous trouverez un terrain d'entente.

— Mais…

— C'est une situation éprouvante, je sais, dit Emerson. Tout ce qui est important est susceptible de faire souffrir. La seule personne qui a le beau rôle dans une relation, c'est quelqu'un comme papa. Une personne trop égoïste et indifférente aux sentiments d'autrui pour être blessée.

Ces paroles eurent un profond impact sur Cricket. Elle avait toujours voulu être protégée, mais pour cela il aurait fallu qu'elle se coule dans le moule familial, comme ses sœurs, et elle n'en avait pas vu l'intérêt. Le mode de vie de ses parents ne l'avait jamais attirée. En revanche, Jackson était différent. Elle se projetait très bien dans l'existence qu'ils pourraient avoir ensemble, avec leur enfant, même si ce n'était pas le genre de vie qu'elle avait imaginé dans ses fantasmes d'adolescente, essentiellement centrés sur Jackson. Mais elle n'était plus une adolescente immature. Elle serait bientôt maman, et elle adorait l'idée de former une famille avec Jackson.

Parce qu'elle l'aimait.

L'orgueil était-il compatible avec l'amour ? Non.

Elle ne pouvait pas se protéger.

Or, c'était ce que faisait Jackson. Mais elle ne calquerait pas son attitude sur la sienne. Elle ne sacrifierait pas l'amour sur l'autel de son propre orgueil. Parce qu'elle aimait Jackson de tout son cœur. Il faisait partie intégrante d'elle au même titre que la terre et l'élevage.

Finalement, certaines choses étaient simples.

Et son amour pour Jackson en faisait partie. Elle se battrait pour qu'il triomphe de tous les obstacles.

Sa vie était trop importante pour qu'elle permette à James Maxfield de projeter sur elle son ombre malsaine et de l'empêcher d'être pleinement heureuse, même s'il n'était plus dans les parages. De la même façon, Jackson ne devait pas se laisser influencer par les erreurs de ses parents.

Plus déterminée que jamais, elle s'extirpa du pouf géant sur lequel elle était installée.

— C'est entendu, dit-elle. Je vais lui dire que je l'aime.

— L'idée est excellente, mais peut-être pas à 21 heures, remarqua Emerson.

— Pourquoi pas ?

— Prends le temps de réfléchir et d'élaborer un plan. C'est plus prudent.

Cricket hocha la tête.

— Tu as raison.

Elle sourit tandis qu'un plan commençait à prendre forme dans sa tête.

— Puis-je t'emprunter à nouveau ta robe rouge ?

— Bien sûr.

- 11 -

Le chagrin n'était pas un sentiment inconnu pour Jackson, loin de là. Mais ce qui le surprenait cette fois, après sa discussion avec Cricket, c'était l'intensité de sa souffrance, qui s'apparentait à une petite mort. Il était à bout de nerfs et il hésitait entre deux options : ouvrir une bouteille de whisky ou attraper ses clés de voiture. Il choisit la seconde option et prit la direction de la demeure familiale. Arrivé à destination, il tambourina à la porte d'entrée, sans se soucier du fait qu'il allait réveiller son père.

— Jackson ? Tout va bien ? demanda Cash, en nouant hâtivement la ceinture de sa robe de chambre.

— Cricket est enceinte, annonça Jackson de but en blanc.

— Oh ! je comprends que vous ayez tellement eu besoin de savoir qui était son père.

— Oui.

— En tout cas, tu n'as pas perdu de temps.

— C'était inévitable. Mais peu importe. J'ai besoin de savoir autre chose. Tout de suite. Pourquoi as-tu épousé maman si tu ne l'aimais pas ? Pourquoi l'as-tu fait, soi-disant dans mon intérêt ? Parce que ce n'est pas évident pour un enfant de savoir que c'est à cause de lui que ses parents sont ensemble et qu'ils sont malheureux.

— Rien n'était ta faute, dit Cash.

Il exhala un profond soupir et ouvrit la porte en grand.

— Entre.

Jackson s'avança à l'intérieur, en proie à ce sentiment d'étrangeté qu'il éprouvait toujours quand il retournait dans la maison de son enfance. Il s'était assis un nombre incalculable de fois à la table de la salle à manger avec sa mère. Il avait ouvert ses cadeaux de Noël, à côté de la cheminée, au pied du sapin. Il avait fait la lecture à sa mère, allongée sur le canapé alors qu'elle était malade et qu'elle s'éteignait doucement sous ses yeux. Il ne pouvait pas se trouver dans cette pièce sans ressentir une profonde mélancolie.

— Il faut d'abord que tu comprennes que nous n'étions pas malheureux, dit Cash. Pas toujours. De la même façon que nous n'étions pas toujours heureux. Par ailleurs, c'est à cause de moi si ta mère était triste. Nous avions eu une violente dispute il y a environ quinze ou seize ans. Ce jour-là, elle m'a dit à quel point elle détestait le vignoble. Il nous avait déjà rapporté beaucoup d'argent, et j'en étais très fier. Mais, selon elle, ce vignoble, emblème de ma réussite, lui rappelait que je n'avais qu'un seul objectif dans la vie : reconquérir une autre femme.

Cash secoua la tête, dépité.

— Et j'ai laissé cette pensée s'insinuer dans mon esprit, y fermenter d'une vilaine façon. J'en venais même à me dire que ma vie aurait été plus facile aux côtés de Lucinda Maxfield. Mais, en réalité, je sais très bien qu'un mariage avec Lucinda n'aurait résolu aucun problème. Parce qu'on ne peut pas comparer un amour de jeunesse et un mariage qui dure depuis des années. C'est impossible. Et toutes les suppositions du genre : « Et si nous n'avions pas été ensemble » que ta mère et moi avons pu faire étaient inutiles et pernicieuses. Nous n'avons jamais vécu avec quelqu'un d'autre durant toutes ces années. Je n'ai pas eu d'enfant avec une autre femme. La vie familiale génère des contraintes et des pressions qui ne peuvent être comparées à rien d'autre. Nous avons vieilli ensemble, pour le meilleur et pour le pire. Nous avons changé ensemble, dans la maladie et la bonne santé. Nous faisions partie l'un de l'autre.

— Vous étiez ensemble parce que vous vous sentiez obligés de l'être, insista Jackson.

— Est-ce une mauvaise chose, selon toi ?

— Oui. Tu aurais dû être avec une autre femme parce que… tu l'aimais.

— Où es-tu allé chercher l'idée que l'amour était dénué de toute obligation ? Aimer un enfant implique de nombreuses obligations. Un mariage comporte de nombreuses obligations. Le terme « obligation » n'est pas un vilain mot. Ce qui est inadmissible, c'est de ne pas les assumer, tu ne crois pas ?

— J'avoue que je n'avais pas vu les choses sous cet angle.

— Nous n'étions pas parfaits. Ni parfaitement heureux. Et je me sens terriblement coupable de ne pas avoir été le mari que ta mère aurait souhaité. Ce n'est pas que j'étais incapable de l'aimer. Simplement, j'ai choisi – *nous* avons choisi – de laisser certaines choses influencer nos convictions. De laisser certains sentiments s'envenimer et empoisonner nos rapports.

— Maman m'a dit que tu l'avais épousée uniquement parce qu'elle était enceinte.

— Peut-être est-ce vrai, admit Cash. Mais elle n'en savait rien. Et moi non plus, en réalité. Nous avons dû nous faire ce reproche au cours de nos disputes, mais cela ne veut pas dire que c'était la vérité. Nous nous aimions quand nous nous sommes mariés.

— Maman m'a dit aussi que tu étais avec elle uniquement parce que Lucinda avait épousé James Maxfield.

— C'est là tout le problème, dit Cash. Je ne sais pas quelle tournure nos vies auraient prise si nous avions fait les choses différemment. Si nous avions été moins têtus. Moins persuadés d'être dans notre bon droit. Mais ce ne fut pas le cas. Et c'est mon fardeau Ce n'est en aucun cas le tien ni celui de quelqu'un d'autre. Ta mère n'aurait jamais dû te parler de ces choses-là, pour commencer. Elle t'a mis cette culpabilité dans la tête, et tu te rends malade à force de la ressasser. Mais dis-toi bien que tu n'y es pour rien. S'il y a un coupable dans cette histoire, c'est moi. Et j'en paie le prix fort, surtout depuis le décès de ta mère.

— Pourquoi particulièrement depuis cette date ?

— Je te l'ai dit. La culpabilité. Les regrets. Parce qu'au bout du compte j'aimais beaucoup ta mère. Et je m'en veux de ne pas le lui avoir montré. De ne pas l'avoir compris plus tôt. Parce que je m'attendais toujours à éprouver pour elle les mêmes élans de passion, impossibles et douloureux, que j'avais ressentis, dans ma jeunesse, pour Lucinda.

Il secoua tristement la tête.

— Maintenant, je me demande ce qu'auraient été nos vies si j'avais été un mari plus aimant. D'où mes regrets lancinants. Je l'entends encore me reprocher que j'attendais qu'elle meure pour me retrouver enfin avec la personne que j'aimais vraiment. Mais elle se trompait. Je n'ai jamais pensé une chose aussi horrible.

Jackson exhala un long soupir. Il ne savait pas quoi penser de tout cela. Cricket avait parlé d'elle et de lui comme s'ils étaient destinés l'un à l'autre. Et son père évoquait plutôt des choix difficiles à faire.

Toutefois, Cricket lui avait dit une chose qui l'avait profondément marqué. Ils n'étaient pas comme leurs parents. Et c'était vrai.

Il n'avait pas de cas de conscience, contrairement à son père. Il n'avait pas à se demander s'il devait ou non être avec Cricket parce qu'il aimait une autre femme. Pour la simple raison qu'il n'avait jamais éprouvé pour une autre femme ce qu'il ressentait pour Cricket. Et il n'était ni jeune ni naïf. En revanche, il en avait assez de penser que ses parents avaient sacrifié leur liberté et leur bonheur à cause de lui. Pour être tout à fait honnête, il en voulait à sa mère de lui avoir mis cette idée dans la tête. Volontairement ou non. Et entendre son père reconnaître qu'elle n'aurait jamais dû le culpabiliser ainsi faisait remonter en lui toute cette rancœur sur laquelle il avait tenté de faire l'impasse.

— Tu sais, fiston, à la fin de sa vie, ta mère était sans doute aigrie par la maladie. C'était une femme merveilleuse, bien sûr, mais elle avait des défauts, comme nous tous. Elle n'avait pas l'intention de te blesser, j'en suis certain. Mais… elle l'a fait. Cela ne veut pas dire qu'elle ne t'aimait pas.

— Je sais, dit Jackson.

— Elle aurait donné sa vie pour toi. Mais, parfois, elle considérait notre mariage comme une épreuve douloureuse.

— Regrettes-tu la façon dont les choses se sont passées ?

— Je regrette la façon dont je les ai gérées. Je regrette de ne pas avoir été un meilleur mari. Mais je n'ai jamais regretté de vous avoir, Creed, Honey et toi. Je n'ai jamais regretté la vie que ta mère et moi avons bâtie ensemble. Malheureusement, je ne suis pas parvenu à me défaire du passé comme je l'aurais dû, parce que, lors de l'échange des consentements mutuels, je m'étais engagé à renoncer à toutes les autres femmes et à être fidèle à ta mère. Je ne l'ai jamais trompée, mais j'ai conservé mon désir pour Lucinda et mes souvenirs de ce temps-là dans un recoin de mon cœur. La vie s'accompagne inévitablement de choix et de regrets, Jackson. Ce qui compte c'est d'être le plus honnête possible. Ces jeux auxquels nous jouons tous ne représentent rien d'autre que du chagrin inutile.

— Je ne veux pas que Cricket se sente obligée de m'épouser.

— Elle m'a fait l'effet d'une jeune fille moderne.

— Je lui ai dit que je ne l'épouserai pas.

— Ah, ça, mon garçon, je ne t'ai pas éduqué pour que tu fuies tes responsabilités !

— Je ne les fuis pas. Je veux simplement être sûr qu'elle ne considère pas un mariage avec moi comme une contrainte.

— Eh bien, pose-lui la question. N'essaie pas de te protéger. Demande-lui ce qu'elle ressent à ton égard.

— Comment le saura-t-elle avec certitude ?

— Tu en demandes trop ! s'exclama Cash. Tu devras lui faire confiance. La croire sur parole. Encore une fois, la confiance, la foi et l'honnêteté sont essentielles dans un couple. Si j'avais davantage respecté ces trois principes, ta mère et moi aurions eu une vie différente. Plus heureuse.

Jackson aimait Cricket. Il en avait la certitude, tandis qu'il se tenait dans cette maison remplie de souvenirs pesants et douloureux qui avaient constitué un bagage trop lourd à porter pour lui sans même qu'il s'en rende compte.

Cricket avait raison. Il se protégeait. Parce que le fardeau de la culpabilité envers sa mère, le sentiment d'avoir une dette envers elle, dont il n'avait jamais pu s'acquitter, le hantaient. La dernière chose qu'il voulait, c'était être un fardeau pour Cricket. Mais il lui poserait la question. Et il devrait lui faire confiance.

Il devrait espérer qu'elle connaisse tout, comme elle l'affirmait effrontément. Et qu'elle croie à toutes ces choses qu'elle lui avait dites avant de partir.

Elle avait raison. Il avait perdu le pari. Mais il était heureux de l'avoir perdu.

Le lendemain matin, quand Cricket ouvrit la porte de sa maison, vêtue comme lors du tournoi de poker, avec la fameuse robe rouge, la veste en cuir trop grande pour elle et le chapeau de cow-boy, mais sans le cigare, elle aperçut Jackson sous le porche. Il avait l'air hagard, comme un homme possédé. Un homme qui aurait passé une nuit blanche.

— Que fais-tu ici ?

— Et toi, que fais-tu ainsi vêtue ?

— J'ai en tête un projet très sérieux. C'est évident, non ?

— Bien sûr. As-tu un pistolet avec toi, au cas où ?

— Non.

Son cœur tambourinait dans sa poitrine tandis qu'elle contemplait Jackson et qu'elle s'efforçait de ne pas trop espérer de sa venue ici.

— Je passe la main, dit-il.

— Tu… Quoi ?

— Je capitule, Cricket. Je reconnais ma défaite. Tu avais raison. J'avais peur. J'étais un lâche de la pire espèce. Parce que je ne supportais pas l'idée d'être, non pas comme mon père, mais comme ma mère. Le partenaire mal aimé. Celui qui est considéré comme un fardeau. Celui qu'on épouse par obligation. Mais je t'aime de tout mon cœur, Cricket, et je suis disposé à prendre ce risque du moment que je suis avec toi. Jour après jour, je m'appliquerai à gagner ton amour et à ne plus être un fardeau pour toi. Je sais que tu veux être libre et entamer une nouvelle phase de ta vie. Je suis conscient que tes aspirations semblent peu compatibles avec le fait d'avoir un enfant tout de suite et de t'installer avec moi. Mais je pense que c'est notre destinée. Et loin de moi l'idée d'aller contre ce qui est écrit d'avance.

— Jackson, murmura-t-elle, le cœur dilaté de joie. Je ne te considère pas comme un fardeau. J'ai discuté avec mes sœurs, hier soir, et je leur ai expliqué à quel point j'étais humiliée et malheureuse d'avoir été rejetée par toi. Puis, elles m'ont demandé si je t'avais dit que je t'aimais, et je leur ai avoué que non. Parce que je me protégeais. Je voulais savoir comment tu réagirais avant de te dévoiler mes sentiments. Je trouvais plus facile de te parler de mariage que de t'ouvrir mon cœur. Parce que c'était nouveau pour moi. Je n'ai jamais vraiment partagé mes problèmes et mes aspirations avec quelqu'un d'autre que toi. Je pense que j'ai plus parlé de moi pendant les trente jours du pari que pendant toute ma vie ! Pourtant, je ne t'ai jamais dit le plus important : je t'aime de tout mon cœur, Jackson, depuis des années. Et je veux partager ma vie avec toi, enceinte ou non. Puisque je n'ai pas trouvé le courage de te le dire hier soir, je ne peux pas t'en vouloir de m'avoir rejetée.

— Oh ! si. Je me suis conduit comme le dernier des salauds. Et je m'en veux terriblement de t'avoir fait souffrir.

— Jackson, dit-elle, le cœur inondé de bonheur. Je t'aime à la folie. De toute ma vie, je n'ai jamais rien désiré qui mérite que je me batte bec et ongles pour l'avoir. Exception faite pour toi. Mon amour pour toi serait capable de soulever des montagnes. C'est tout dire ! Alors, non. Tu n'es pas un fardeau pour moi. Comme tu l'as si bien dit, c'est notre destinée d'être ensemble.

— Petit criquet, dit-il, l'enlaçant et la contemplant avec émotion. Tu es la merveilleuse surprise que je n'attendais pas. Je ne savais pas comment faire pour combler le vide béant dans mon cœur. Mais, toi, tu le savais depuis le début. Tu es tellement plus sage, plus intelligente et plus courageuse que moi ! Et je promets de t'aimer toute ma vie. Peu importe si certains jours sont plus difficiles que d'autres. Peu importe si je dois passer des nuits blanches et quitter ma maison pour m'installer dans la tienne. L'important, c'est que je sois avec toi. Hier soir, j'ai parlé à mon père, et il m'a dit que les obligations et l'amour vont souvent de pair. Je pense qu'il a raison. C'est l'amour qui incite les gens à remplir ces obligations. Mais ce que je ressens pour toi est bien plus profond. Tu es mon souffle de vie, ma raison d'être.

— Tu as cet amour dans le sang ? demanda-t-elle, émue aux larmes.

— Oui. Il est dans mon sang, dans mes os, dans mon cœur.

— Il en est de même pour moi.

Puis il l'embrassa, et elle se perdit dans son baiser. Désormais, elle savait qu'ils ressentaient la même chose l'un pour l'autre. Qu'ils étaient en parfaite symbiose l'un avec l'autre. Qu'ils ne formaient plus qu'une entité. Et ce n'était pas sa grossesse ou la promesse d'un mariage qui en était la cause. Ils n'auraient jamais pu se séparer même s'ils l'avaient voulu. Parce que c'était trop tard. Les dés étaient jetés. La partie était finie. Et, à la fin, ils avaient gagné tous les deux.

Cricket Maxfield avait remporté de nombreux prix douteux au cours de sa vie. Et elle s'était souvent demandé quelle était sa place dans le monde. Mais le prix le plus merveilleux qu'elle ait jamais gagné était d'aimer Jackson et d'être aimée de lui. Et si toutes ces années au cours desquelles elle s'était sentie inadaptée et négligée avaient été un mal nécessaire pour arriver à ce résultat, alors elles valaient la peine d'avoir été vécues.

Parce que, aujourd'hui, elle était au comble du bonheur.

Et c'était le prix le plus fabuleux au monde.

CATHY GILLEN THACKER

Des triplés en héritage

Traduction française de
YVES CRAPEZ

PASSIONS

HARLEQUIN

Titre original :
THEIR INHERITED TRIPLETS

- 1 -

L'arrivée du grand cow-boy blond aux yeux mouchetés d'or dans la salle d'attente du cabinet d'avocats mit Lulu McCabe dans tous ses états.

— Toi ! Mais que fais-tu ici ? s'exclama-t-elle.

Sam Kirkland, celui qu'elle avait espéré ne plus jamais croiser de sa vie…

En jean et chemise à carreaux, le Stetson à la main, il s'approcha d'elle avec aux lèvres ce même sourire sexy qui avait embrasé ses sens autrefois…

Et aujourd'hui encore !

— Je pourrais te poser la même question, ma chérie.

Ma chérie ? Il ne manquait pas d'air !

— L'idée, chère Lulu, que tu sois pour quelque chose dans cette convocation m'a traversé l'esprit.

Quel esprit tordu ! Oui, mais quel corps de rêve…

Elle planta son regard dans le sien.

— Et pour quelle raison ? répliqua-t-elle sèchement.

— Avec toi, tout peut arriver, le meilleur comme le pire…

— À t'entendre, je serais irresponsable.

— Non, disons que tu changes souvent d'avis, au gré de tes impulsions.

— C'est pour ça que, quand j'ai demandé à adhérer au County Cattleman's, tu m'en as refusé l'accès ?

Sam s'était en effet opposé à ce qu'elle adhère au

Laramie County Cattleman's Association, l'organisation locale réunissant les plus grands éleveurs de ce comté du Texas, qu'il présidait.

— Non. C'est parce que tu ne remplissais pas les conditions requises, répondit-il en souriant. Posséder un ranch sans avoir de bétail ne fait pas de toi un rancher.

— Quel goujat tu es !

Elle serra les poings. Dix ans plus tôt, à la suite d'une violente dispute, Sam et elle s'étaient séparés, et la paix n'avait plus jamais régné entre eux.

— Ne suis-je pas propriétaire du Honeybee Ranch comme, toi, tu l'es du Hidden Creek Cattle Ranch ? rétorqua-t-elle.

— Certes, Lulu, mais contrairement au tien mon cheptel compte plusieurs milliers de bêtes à cornes.

— Et moi je possède plusieurs centaines de ruches !

— Ce qui ne fait pas de toi un rancher, mais une apicultrice.

— Produire du miel est un travail au moins aussi fatigant que de capturer des veaux au lasso !

Sam l'examina de la tête aux pieds, toujours avec son sourire agaçant.

— Je n'en doute pas, Lulu. Procure-toi du bétail, et alors nous réexaminerons ta demande d'adhésion au Laramie County Cattleman's Association.

Avant qu'elle ait trouvé quelque chose à répondre, une porte s'ouvrit sur Liz et Travis Cartwright, tous deux avocats. Lulu connaissait Liz depuis l'université, et Travis était un ami de Sam.

— Encore à vous chamailler, vous deux ? fit remarquer Liz.

— Apparemment, votre couple a encore des beaux jours devant lui, ajouta Travis en souriant.

Sûrement pas ! songea Lulu. Dix ans plus tôt, la fin des vacances universitaires avait sonné le glas de sa relation avec Sam, et jamais elle ne lui pardonnerait son intransigeance d'alors.

— Êtes-vous prêts pour notre rendez-vous ? demanda Liz.

Lulu hocha la tête tandis que Sam acquiesçait.

Liz les fit entrer dans un vaste bureau où se tenait un homme d'une cinquantaine d'années.

— Travis et moi avons une importante nouvelle à vous annoncer, déclara Liz, mais d'abord je vous présente Hiram Higgins, avoué de Houston.

L'homme les salua.

— Je compte sur l'aide de mes confrères et, bien sûr, aussi sur la vôtre, pour mener à terme une douloureuse succession, dit-il.

— De quelle succession parlez-vous, monsieur Higgins ? demanda Lulu non sans inquiétude.

Liz leur indiqua des sièges.

Une fois chacun assis, Hiram Higgins tira de sa serviette plusieurs documents.

— Peter et Theresa Thompson, que vous avez bien connus, sont décédés il y a deux mois dans un accident de la route.

— Oh mon Dieu ! s'exclama Lulu.

Theresa avait partagé avec elle une chambre à l'université, avant de rencontrer Peter, un ami de Sam. Puis Peter et Theresa avaient décidé de se marier et leur avaient demandé, à Sam et elle, d'être leurs témoins.

— C'est terrible, murmura Sam en posant sa main sur la sienne sans qu'elle songe à la retirer.

Hiram Higgins poursuivit :

— Peter et Theresa étaient parents de trois garçons âgés de trois ans. Des triplés.

Un fait que Lulu ignorait car Theresa et elle s'étaient perdues de vue. Elle se tourna vers Sam. Visiblement, il en était de même entre Peter et lui, nota-t-elle en voyant la surprise se peindre sur son visage.

— Où sont les trois enfants de Peter et Theresa ? demanda-t-elle en maîtrisant mal son émotion.

— À Houston, répondit l'avoué. Mais laissez-moi vous expliquer. Peter et Theresa avaient rédigé une première mouture de testament sur Internet, testament qui, hélas, n'a jamais été officialisé. Par ce document, l'un et l'autre émettaient plusieurs choix de tuteurs pour leurs enfants. Faute d'autres volontés exprimées, c'est sur ce testament non officiel que nous nous sommes basés. Le premier choix de Theresa était Mabel, sa grand-tante. Hélas, Mabel s'étant fracturé la hanche, elle n'a pu assurer très longtemps sa mission. J'ai alors confié les trois orphelins au premier choix de Peter, son meilleur ami Bob, lui-même père de trois enfants. Les enfants de Bob se sont entendus à merveille avec les triplés jusqu'au jour où son épouse, enceinte, a dû s'aliter en attendant l'accouchement, ce qui nous a obligés à chercher une autre solution.

Le cœur de Lulu se serra en pensant à ces trois enfants ballottés d'un foyer à un autre, si jeunes et après un tel drame…

— Les triplés ont alors été confiés au second choix de Theresa, une cousine hôtesse de l'air qui, après quelques jours, a déclaré forfait, poursuivit Hiram Higgins. Nous avons donc fait appel à Aaron, un cousin de Peter. Mais sa femme a refusé. Elle préfère élever ses propres enfants plutôt que ceux des autres.

— Et où sont les enfants actuellement ? demanda Sam.

— Ils ont été confiés à des amis du couple disparu, répondit l'avoué. Mais ces personnes, souvent en voyage…

— Qu'attendez-vous de nous, exactement ? s'enquit Lulu que cette énumération commençait à énerver.

L'avoué se tourna vers Sam.

— Peter vous a désigné comme troisième choix, monsieur Kirkland. Vous avez bien sûr un délai de réflexion, avant de vous déclarer tuteur officiel des enfants. Et vous êtes, madame McCabe, le quatrième choix de Theresa, c'est-à-dire que nous ferons appel à vous si M. Kirkland refusait d'assumer la charge des enfants.

Lulu, abasourdie, classa rapidement toutes ces informations dans son esprit.

— Sam ne pourra jamais s'occuper seul de trois garçonnets de cet âge, et il se trouve que j'ai toujours rêvé d'une famille, déclara-t-elle fermement. Je prendrai ces enfants en charge.

Surpris, Sam se tourna vers Lulu. Avait-il bien entendu ? Elle, s'occuper de trois enfants de cet âge ?

D'un autre côté, elle était plutôt coutumière de ce genre de décisions impulsives.

— Lulu, tu n'es pas sérieuse, dit-il.

— Voyons, Sam, comment pourrais-tu, seul, t'occuper de trois bambins alors que tant d'autres avant toi, malgré leur expérience, ont déclaré forfait ?

Ainsi, elle le jugeait inapte ?

— Qu'est-ce qui te permet de…

— Tu es rancher et tu croules sous le travail. Comment pourrais-tu remplacer le père *et* la mère de ces trois orphelins ?

La moutarde lui monta au nez.

— Parce que, toi, tu n'es pas occupée, avec ton camion-restaurant et tes ruches ? répliqua-t-il.

— C'est vrai mais…

— Sans compter que tu n'as jamais brillé par ta constance.

Un regard noir le transperça. Il n'aurait peut-être pas dû dire ça… Mais c'était dit.

— Apprends, cow-boy, que je suis prête à m'occuper avec tout le dévouement voulu des fils de nos amis.

— Sans doute, Lulu, mais mon nom figure avant le tien sur la liste des tuteurs potentiels.

— Et alors ? J'ai toujours rêvé de fonder une famille, et ces trois orphelins auront besoin d'un maximum d'affection.

— Moi aussi, j'aurais bien voulu d'une famille si tu m'en avais seulement laissé le temps ! s'exclama-t-il.

Une lueur de colère traversa le regard de Lulu, mais c'est très calmement qu'elle répondit :

— Le passé est le passé, et ce qui importe aujourd'hui, c'est de veiller sur ces trois enfants.

— Être désigné comme tuteur n'est en rien une obligation, monsieur Kirkland, aussi rien ne vous empêche de refuser, intervint Hiram Higgins.

— Peter était un bon ami, et je ne trahirai pas sa confiance, déclara Sam gravement.

— Ni moi celle de Theresa, dit Lulu avec force.

Elle se tourna vers l'avoué et ajouta :

— À supposer que Sam n'accepte pas d'être tuteur, c'est bien à moi que reviendrait ce rôle ?

— En effet. Et si aucun de vous deux ne veut prendre cette responsabilité, je serais dans l'obligation d'avertir les services sociaux de Houston qui se mettraient en quête d'une famille d'accueil provisoire.

— Seront-ils séparés ? s'enquit Lulu d'un ton anxieux.

— Rien n'assure qu'une fratrie de trois pourrait être accueillie par une seule famille, répondit Hiram Higgins. Qui plus est des triplés.

— Les enfants de Peter et Theresa ont déjà eu leur lot de souffrances, déclara Lulu, alors pas question d'ajouter encore à leur malheur ! De deux choses l'une, Sam, soit tu acceptes de prendre en charge ces enfants et tu t'engages à les élever aussi longtemps qu'il sera nécessaire, soit je m'en charge. Reste à savoir qui de nous deux est le mieux placé pour y parvenir.

Sam soupira. Lulu était toujours aussi belle, avec ses longs cheveux châtains et ses prunelles turquoise – peut-être même que dix ans auparavant –, toujours aussi vive… et toujours aussi autoritaire. Mais elle ne l'intimidait pas.

— Je suis le mieux placé pour assumer cette responsabilité, déclara-t-il fermement.

Avec un sourire, Hiram Higgins sortit de sa serviette une liasse de documents.

— Dans ce cas, l'affaire est réglée ! Juste quelques papiers à signer, monsieur Kirkland, et je ferai conduire les trois enfants à votre ranch de Laramie County.

Sam s'apprêtait à apposer son nom au bas du document quand la voix courroucée de Lulu fusa.

— Et moi alors, je compte pour du beurre ? N'ai-je pas déclaré vouloir être aussi la tutrice de ces trois enfants ? Si Sam l'accepte, nous nous en occuperons tous les deux.

Hiram Higgins afficha un air las.

— Vous n'êtes qu'en quatrième position sur la liste, madame McCabe, et donc Sam Kirkland reste prioritaire.

— Ces enfants ont autant besoin d'une mère que d'un père, monsieur Higgins, rétorqua Lulu.

— Légalement, je dois respecter l'ordre de préférence édicté par les parents défunts.

— Theresa a été ma meilleure amie et j'ai bien connu Peter. Je suis toute désignée pour m'occuper de leurs enfants.

Ne voulant pas repartir dans une discussion interminable, Sam jugea bon d'intervenir.

— Tu réagis toujours de la même façon, Lulu. L'enthousiasme, les grands discours, les promesses, et puis plus rien.

Dix ans plus tôt, elle lui avait juré qu'elle l'aimerait pour la vie. Il l'avait crue.

— Pas cette fois-ci, cow-boy.

— Enfin, tu sais bien que tu te laisses dominer par tes émotions et que ton côté impulsif n'arrange pas les choses.

Les prunelles turquoise lancèrent des éclairs.

— Et toi, toujours autoritaire et prêt à dicter tes conditions au monde entier !

— Vous voulez bien signer ces papiers, monsieur Kirkland ? intervint Hiram Higgins, interrompant la dispute. Nous verrons les autres formalités plus tard. J'ai une autre réunion qui m'attend.

— Oui, bien sûr, répondit Sam. Désolé.

Il signa, quelque peu inquiet toutefois de l'aventure dans laquelle il se lançait

— Et moi, alors ? demanda Lulu d'un ton empreint de détresse.

Hiram Higgins se leva.

— Si M. Kirkland déclarait forfait, je ne manquerais pas de faire appel à vous.

Sam quitta le bureau, suivi par Lulu, et, encore sous le choc, quitta l'immeuble.

Alors qu'il marchait dans la rue, Lulu le rattrapa.

— Sam, crois-tu vraiment pouvoir t'occuper de ces trois enfants ?

— Et pourquoi pas ?

— Mais parce que tu ne trouveras jamais le temps nécessaire pour veiller sur trois gamins d'à peine trois ans !

Une grande lassitude l'envahit. Elle n'avait pas tort, hélas. Il était évident qu'il aurait besoin d'aide. Elle semblait décidée à vouloir s'occuper de ces enfants, elle aussi… Mais pourrait-il compter sur celle qui, dix ans plus tôt, lui avait prouvé son incertitude et son immaturité ?

Le bip d'un message sonna sur le portable de Lulu.

— Oh non…, murmura-t-elle en consultant son message.

— Rien de grave ?

— Si, je crois. Le shérif m'attend chez moi, au ranch, pour m'annoncer une mauvaise nouvelle.

- 2 -

Les larmes aux yeux, Lulu contemplait le désastre.

L'endroit où elle avait installé plus de trois cents ruches n'était plus qu'un grand vide au-dessus duquel volaient encore quelques abeilles en détresse.

— Surtout, ne te décourage pas, dit Sam.

Elle lui adressa un pâle sourire.

— Quand le shérif m'a appelée, je ne me doutais pas encore de l'étendue des dégâts, murmura-t-elle.

— Si je peux faire quelque chose pour toi…

Ne l'avait-il pas déjà réconfortée en insistant pour l'accompagner jusqu'à son ranch puis en demandant au shérif d'accélérer son enquête ?

— Lulu, regarde-moi.

Les larges mains de Sam posées sur ses épaules contribuèrent à lui rendre un peu de son calme.

— Merci d'être là, dit-elle d'une voix émue.

Sam lui sourit.

— Ce n'est pas notre jour, dit-il. D'abord l'annonce de la mort de Peter et Theresa, puis ces trois orphelins et, dernier coup du sort, le vol de tes ruches.

Elle étouffa un sanglot. Trois cents ruches, sans compter sa récolte de miel que les vandales avaient dérobée jusqu'à la dernière goutte. Le fruit de sept années de labeur détruit en une matinée ! Sans ses ruches, il ne lui restait plus que son camion-restaurant pour vivre, or une part de son succès était due à ce miel dont elle agrémentait ses recettes.

Sam lui caressa la joue.

— Mes collègues du Laramie County Cattleman's Association ont promis de joindre leurs efforts à ceux du shérif et de ses hommes pour tenter de localiser tes voleurs.

— Si vous m'aviez témoigné votre sollicitude plus tôt, peut-être que j'aurais été mieux protégée contre les voleurs

— Tu t'occupais d'abeilles et non de têtes de bétail, Lulu, ce qui t'excluait de notre association. Maintenant, si j'avais su que tu étais en quête de protection…

— C'est trop tard pour avoir des remords ! Si tu…

Il ne la laissa pas terminer et la serra contre lui. Elle se débattit un peu, pour la forme, puis se tut et se laissa aller entre ses bras musclés.

— Si ma mémoire est bonne, reprit Sam d'une voix douce, tu ne cessais pas le combat aussi tôt, à l'époque. Aurais-tu à ce point changé en dix ans ?

— Sûrement pas ! répliqua-t-elle en se dégageant de l'étreinte de Sam. Pour en revenir à mes ruches, il me semblait qu'ici, à Laramie, il n'y avait pas de vol.

— Très peu, en effet.

— Et c'est tombé sur moi, marmonna-t-elle en se dirigeant vers la grange.

Elle confectionna une ruche rudimentaire et alla l'installer dehors pour les abeilles rescapées.

— Ce genre de larcin est forcément prémédité, dit-elle.

Elle ajouta une cuvette remplie d'eau tout en songeant déjà à la meilleure façon de se procurer une reine pour sa future colonie.

— Prémédité ? répéta Sam. Veux-tu dire que les voleurs savaient déjà quoi faire de ces trois cents ruches ?

— Bien sûr ! Un tel capital est aisément monnayable auprès des cultivateurs, notamment des producteurs de fruits. Installer des ruches dans un verger peut accroître la fertilité des arbres et donc leur production de près de quatre cents pour cent.

— Vraiment ?

— Eh oui ! Il m'est arrivé d'être contactée par des producteurs de fruits du Texas, de Californie ou du Wisconsin qui proposaient de me louer mes ruches le temps d'une ou deux saisons.

— Et tu n'as pas donné suite ?

— Non. Déplacer des ruches perturbe les abeilles. Sans compter que, installée dans un autre environnement, la colonie risque d'être contaminée par des acariens et des maladies.

— Le jeu n'en valait donc pas la chandelle ?

— Pour moi, mieux valait vendre mon miel pour lequel j'avais une clientèle. Et ne pas perturber mes abeilles. Le vol dont je viens d'être victime risque fort de me ruiner.

Sam lui jeta un regard gêné.

— Si j'avais pu deviner..., murmura-t-il.

— Qu'aurais-tu fait ? Tu m'aurais accueillie dans ton association de ranchers ?

— Oui, sûrement.

— Il fallait y penser avant. Maintenant, le mal est fait.

— Je m'engage à tout mettre en œuvre pour que tu récupères tes ruches et tes abeilles, Lulu.

D'un revers de la main, elle essuya ses larmes.

— Merci, mais les voleurs ont déjà plusieurs heures d'avance.

— Nous ferons tout pour retrouver les coupables !

Elle le connaissait assez pour savoir qu'il disait vrai, et une bouffée d'espoir l'envahit.

— Fais-moi confiance, reprit-il. Grâce aux adhérents de l'association et à l'intervention du shérif et de ses hommes, nous devrions obtenir des résultats. Trois cents ruches ne s'évaporent pas dans la nature sans laisser quelques traces de leur passage.

Si seulement c'était vrai !

— En attendant, je suis à ta disposition, ajouta-t-il. Que puis-je faire pour te venir en aide ? Tu n'as qu'un mot à dire.

Elle l'observa un long moment.

— Tu parles sérieusement, cow-boy ?

— Oui.

— Dans ce cas engage-moi comme nounou des trois enfants de Peter et Theresa.

Sam s'attendait à tout sauf à cette proposition.

— Tu veux bien répéter ? dit-il.

Lulu s'approcha de lui, et il lui fallut faire un effort pour ne pas la prendre dans ses bras.

— Si tu as la garde des triplés, je suis sûre qu'une nounou te rendrait de grands services.

— Eh bien, en effet…

— Ah ! J'avais raison ! Dans ce cas, pourquoi chercher ailleurs puisque je me porte volontaire ?

La voir tous les jours ? Non. Trop dangereux. Soit ils se disputeraient, soit…

— Alors, cow-boy, tu ne dis rien ?

— Ma foi, ce n'est pas si simple…

— Est-ce donc si difficile de prendre cette décision ?

— Que cherches-tu exactement ?

— Rien qui puisse te faire du tort. Mes ruches ont disparu, je suis libre de mon temps, j'adore les enfants et tu auras besoin d'une nounou.

Évidemment, vu sous cet angle…

— Si tu as une idée derrière la tête, je te conseille de jouer cartes sur table, dit-il.

— Disons que je ne vois pas comment un rancher très occupé pourrait veiller sur trois enfants si jeunes.

— Supposition gratuite, ma chérie. Tout se passera bien, aussi bien que possible.

Elle se redressa, ce qui fit ressortir sa généreuse poitrine et ne manqua pas de le troubler.

— Comment peux-tu en être aussi sûr ?

— Quand j'engage ma responsabilité, je ne change jamais d'avis en cours de route, déclara-t-il avec force.

Contrairement à toi, se garda-t-il de préciser.

Sans doute avait-elle lu en lui car une rougeur colora ses joues.

— Ne crois-tu pas que ces enfants gagneraient à avoir deux parents de substitution, et non un seul ? s'enquit-elle

Elle marquait un point. Et si elle avait raison ?

— Bon, d'accord, mais tu devras venir chez moi tous les jours, dit-il. T'en sens-tu capable ?

— Bien sûr ! Si tu acceptes de m'engager comme nounou, je te faciliterai la vie et ne réclamerai rien en échange, pas même un salaire.

— Tu sais que ton ranch est à trente kilomètres du mien.

— Ça ne me fait pas peur. Tout ce que je demande, c'est de m'occuper des enfants et de te décharger de certaines tâches subalternes. Ainsi, tu apparaîtras comme un père idéal aux yeux des trois frères.

Elle avait le chic pour trouver les bons arguments…

— Bien. Je n'accepterai ta proposition que si, toi, tu acceptes d'être payée comme n'importe quelle nounou.

Elle haussa les épaules.

— Nous verrons ça plus tard. Je viendrai le matin et prendrai soin des petits durant la journée. J'attendrai ton retour pour rentrer chez moi. Ça te va ?

Il ne répondit pas tout de suite, essayant de réfléchir sereinement à cette proposition. Mais Lulu le regardait avec une telle intensité...

— C'est que... le temps que les enfants s'habituent à moi et moi à eux, peut-être pourrais-tu rester plus longtemps le soir, répondit-il. Ou même dormir chez moi.

— Tu es sûr ? Toi et moi ensemble, c'est vouloir mélanger de l'huile et de l'eau.

— Qui parle d'intimité ?

— Bon. Si je dois rester chez toi le soir, ce sera en tout bien tout honneur, répondit-elle après un temps de réflexion.

— C'était bien ainsi que je l'entendais.

Restait à savoir... s'il y parviendrait !

Ils allèrent s'installer sous le porche.

— Si ces enfants sont élevés ici, dans le comté de Laramie, toi, les autres ranchers et moi pourrons leur apporter un sentiment d'appartenance communautaire, dit-elle.

Il était entièrement d'accord mais ne changerait-elle pas d'avis en cours de route ?

— Pourquoi cette mine dubitative, Sam ? Que crains-tu ?

— Il y a à peine quelques heures, tu me vouais encore à tous les diables et maintenant tu veux que l'on s'occupe ensemble de trois orphelins ?

— Bon, oui, c'est vrai, mais depuis j'ai mis de l'eau dans mon vin en ce qui te concerne, avoua-t-elle.

Si vite ? Il retint un sourire moqueur.

— Les enfants de nos amis ont à peine trois ans et, si nous acceptons de nous occuper d'eux, nous devrons remplir cette mission pendant un temps assez long, fit-il remarquer.

— Écoute, Sam, tu as ma parole que je resterai auprès des triplés quoi qu'il arrive. Crois-moi, je suis toute disposée à leur apporter autant d'affection et d'attention que possible.

— Après ce malheur qui vient de te frapper, je comprendrais fort bien que tu aies d'autres projets.

Comme reconstituer un rucher, ce qui te contraindrait à travailler dur de nouveau en négligeant ton rôle de nounou.

— Sam, j'ai beau avoir des soucis, cela m'importe d'honorer la mémoire de Peter et de Theresa, et donc de m'occuper de leurs enfants, répliqua-t-elle en lui jetant un regard noir. Prendre des triplés en charge ne sera pas une mince affaire, et nous augmenterons nos chances de réussite en joignant nos forces.

Parce qu'il n'était plus sûr de rien, il se leva, alla s'adosser à l'un des piliers du porche, puis il regarda Lulu en s'interrogeant sur une éventuelle cohabitation avec elle, ce qui ne serait pas une mince affaire non plus.

— Cela demande réflexion, dit-il à voix basse. Et que ce soit bien clair, je ne fais jamais les choses à moitié.

— Je sais, cow-boy. Tu as des réactions tranchées et, moi, j'ai tendance à changer d'avis. J'ai eu des regrets, tu sais, quand on s'est quittés, et…

— Des regrets ? Mais il ne tenait qu'à toi de ne pas reculer devant l'obstacle !

— J'ai manqué de persévérance, c'est vrai, avoua-t-elle. Tout comme toi.

— Faux !

— Bon, d'accord. Je suis la seule fautive.

— Tu vois comme nous avons du mal à nous entendre encore aujourd'hui… Tout est sujet à dispute.

— Seulement, aujourd'hui, une raison impérieuse nous pousse à bien nous entendre.

— Le bien-être des enfants de Peter et Theresa ?

Lulu se leva, le visage empreint d'une expression douloureuse.

— Sam, ces orphelins innocents ne méritent-ils pas que nous oubliions nos griefs respectifs ?

— Si, bien sûr que si.

— Tu as entendu Hiram Higgins ? Si nous échouons, ces enfants se retrouveront en famille d'accueil. Peut-être séparés.

— Il n'en est pas question !

— Je suis d'accord là-dessus. En souvenir de Peter et de Theresa, nous devons faire l'impossible pour que leurs enfants grandissent dans un foyer uni qui saura leur apporter amour et sécurité.

Elle semblait si sûre d'elle…

— Je t'approuve, dit-il. Et je te fais confiance. Considère-toi comme engagée pour un mois.

— Un mois seulement ?

— Simple précaution.

Le silence de Lulu ne dura que quelques instants.

— Bon, d'accord. Et sois tranquille, je n'ai pas l'intention de baisser les bras au bout d'un mois.

Il décida de la croire. De plus, l'aide qu'elle lui apporterait pour relever ce défi n'était pas à négliger.

— Je te fais confiance, dit-il. Maintenant, reste à régler la question de ta sécurité.

— Que crois-tu qu'il puisse m'arriver encore ?

— Simple précaution au cas où ces vauriens reviendraient sur les lieux.

— Ils ne courront pas ce risque. De toute façon, ils m'ont tout pris.

— Oui, mais, plutôt que de dormir seule ici, peut-être devrais-tu aller chez tes parents ?

— À mon âge ? Pas question !

Évidemment… Seulement la savoir seule dans ce ranch isolé alors qu'elle venait d'être victime d'un vol lui donnait des sueurs froides.

— Ailleurs, alors, insista-t-il. Où pourrais-tu t'installer pour les jours à venir ?

— Cesse de me tourmenter et fais-moi confiance.

— Lulu, je…

— Tout ira bien. Contacte Hiram Higgins pour l'informer que nous nous sommes mis d'accord et qu'il peut nous envoyer les triplés quand il le désire. Pour ce qui est du reste, je m'en charge.

- 3 -

Une heure après, Lulu appelait ses parents afin de tout leur raconter.

— C'est terrible, ma chérie ! s'exclama Rachel, sa mère. Sam est-il toujours là ? Tu ne dois pas rester seule.

Levant les yeux au ciel, Lulu alla jeter un coup d'œil par la fenêtre. Sam était appuyé contre son pick-up ; il téléphonait. Dans le soleil couchant, manches de chemise relevées, il n'avait jamais été aussi sexy…

— Il est encore là, répondit-elle, émue malgré elle.

— Si Sam t'avait abandonnée à ton sort, je lui en aurais voulu, intervint Frank, son père.

— Que comptes-tu faire, ma chérie ? demanda sa mère.

— Puisque tu ne veux pas venir chez nous, c'est à Kirkland de veiller sur toi, renchérit son père.

Sam, veiller sur elle ? À quel titre ? Dix ans plus tôt, il avait pris le large en la laissant seule.

— Voyons, Frank, laisse notre fille décider.

À la fois agacée et touchée par la sollicitude de ses parents Lulu fignola sa réponse.

— J'apprécie votre aide mais, ce soir, j'ai envie et besoin d'être seule pour faire le point.

Et, surtout, pour imaginer ce que pourrait être sa vie avec Sam et les triplés pendant un mois…

— Nous cacherais-tu quelque chose ? demanda sa mère.

— Moi ? Non. Pourquoi tu dis ça ?

— Je te sens préoccupée, chérie, et par bien autre chose que le vol de tes ruches.

Sa mère avait toujours eu une intuition redoutable.

Mais pas question de lui avouer qu'être la nounou de triplés, au service de Sam, allait bouleverser sa vie.

Elle jeta un nouveau coup d'œil par la fenêtre. Sam se dirigeait vers le ranch.

— Je dois vous quitter, dit-elle sans prêter attention aux protestations de sa mère. Je vous rappellerai bientôt.

La sonnerie de l'entrée retentit et elle alla ouvrir, le cœur battant un peu trop à son goût.

— Oui ?

Campé sur ses jambes musclées, Sam posa sur elle un regard assuré.

— Le réseau des ranchers du comté de Laramie dispose d'informations concernant la disparition de tes ruches.

— Ils ont fait vite, remarqua-t-elle.

— Les membres de l'association savent que chaque minute compte pour retrouver les coupables.

— Et si tu entrais ?

— C'est sympa chez toi, dit-il en la suivant jusqu'au comptoir de la cuisine.

— Merci. Mets-toi à l'aise.

— Ah. J'ai aussi appelé Hiram Higgins pour lui annoncer que tu seras la nounou des triplés.

— Comment a-t-il réagi ?

— Très bien. En fait, il était convaincu que nous finirions par nous entendre car élever trois jeunes garçons n'est pas une mince affaire.

— C'est évident. Et quand les enfants arriveront-ils ?

— Demain, à 15 h 30, chez moi. Nous héritons aussi de leurs affaires, de leurs jouets et d'une partie du mobilier de leurs parents. Un camion nous livrera tout ça plus tard.

L'efficacité de Sam n'était plus à démontrer, pas plus que son aptitude à prendre une décision rapide et à s'y tenir. Elle en savait quelque chose !

— Et les papiers à signer ? s'enquit-elle. Mon statut ?

— Tout sera prêt demain.

— Parfait.

Demain, sa vie allait changer radicalement, songea-t-elle avec un peu d'appréhension.

— Tu me disais que tes amis ranchers avaient des informations au sujet du vol de mes ruches ? demanda-t-elle, désireuse de changer de sujet.

— Oui. Deux camions, dont un semi-remorque, ont été aperçus en début d'après-midi quittant ton ranch en direction de la nationale.

— Direction nord ou sud ?

— Nord. D'après les témoins, l'un des camions était équipé d'une unité de réfrigération. Quant au semi-remorque, il contenait deux transpalettes, sûrement celles utilisées pour charger les ruches.

L'émotion lui serra la gorge.

— Es-tu sûr de ces informations ?

— Oui, et elles ont déjà été communiquées au shérif. Le seul point noir est qu'aucun des témoins n'a eu la présence d'esprit de relever l'immatriculation des véhicules.

— Ah.

— Rassure-toi, un camion avec une unité de réfrigération ne passe pas inaperçu, surtout sur des routes secondaires. Et la police est déjà en alerte sur les voies express.

Un sentiment de reconnaissance pour Sam la submergea.

— Merci de m'aider, dit-elle. Je sais à présent que mes abeilles ont au moins une chance de survivre puisqu'elles voyagent dans un camion réfrigéré.

— Ce détail est donc si important que ça ? demanda-t-il, jetant un regard sur ses cuisses à moitié nues.

Par réflexe, elle voulut couvrir ses genoux sans y parvenir tout à fait.

— Primordial, même, répondit-elle. Les abeilles supportent mal les changements de température et la plupart seraient mortes à l'heure qu'il est si elles avaient été transportées sans précaution.

— Sois confiante. Tout est mis en œuvre pour retrouver les voleurs. Les États limitrophes du Texas sont eux aussi en alerte maximale.

— Sam…, murmura-t-elle en lui effleurant le bras d'une caresse.

— Oui ?

— Je ne sais comment te remercier. Grâce à toi et à l'association des ranchers, j'ai à présent un espoir de récupérer mes ruches.

Sam plongea son regard dans le sien, et elle résista à l'envie de se blottir dans ses bras.

— Et j'en suis heureux, Lulu. Tu comptes pour moi.

— Toi aussi, Sam. Qui aurait cru qu'un jour tu me viendrais en aide.

— Et pourquoi n'aurais-je pas voulu te venir en aide ?

Sans plus réfléchir, elle se jeta dans les bras de Sam et l'embrassa.

La tiédeur de cette bouche se pressant sur la sienne la fit aussitôt basculer dans un torrent de délicieuses sensations. Aucun autre homme n'avait eu ce pouvoir sur elle. Cette bouche, ces bras puissants enserrant sa taille, ce torse musclé…

— Encore…, murmura-t-elle, le souffle court, quand ils se séparèrent. Sam, si tu savais…

Non, il ne savait rien de sa douleur, dix ans plus tôt quand, par peur de l'avenir, elle avait renoncé à ce qui aurait pu être leur bonheur à tous les deux.

— Lulu, ma chérie ! Que se passe-t-il ?

— Nous n'avons pas le droit de recommencer, Sam.

— Et pourquoi ?

— Parce qu'une relation entre toi et moi est vouée à l'échec.

— Comment peux-tu…

— Je suis sincère, Sam. Nous avons essayé, souviens-toi.

— Le temps a passé, Lulu.

Oui, mais sans pour autant lui donner le courage de s'engager aujourd'hui avec lui, du moins sentimentalement.

— Je doute que nous ayons fondamentalement changé, et je ne veux plus revivre ce que j'ai vécu il y a dix ans. À aucun prix, déclara-t-elle.

Le lendemain après-midi, quand Lulu se présenta au Hidden Creek Cattle Ranch, Sam lui témoigna une cordialité distante qui lui aurait presque fait oublier combien leur étreinte de la veille avait été fougueuse.

— Ah. Tu es là.

Que pouvait-il bien trotter dans la tête de Sam après leur baiser de la veille ?

Ces yeux qui changeaient de teinte selon son humeur… Ces lèvres sensuelles… Cette odeur à laquelle se mêlait une fragrance boisée, celle du savon qu'il utilisait toujours…

— Tu ne m'attendais pas si tôt ? demanda-t-elle.

— Disons que je suis surpris.

Elle plongea son regard dans le sien et lui sourit, ne voulant pas lui montrer qu'elle était quelque peu vexée par son accueil.

— Je n'aurais voulu pour rien au monde manquer l'arrivée de nos protégés mais, si ma présence t'encombre, je peux très bien repartir, proposa-t-elle.

Alors qu'elle faisait un pas en direction de son SUV garé non loin, Sam l'attira à l'intérieur et referma la porte.

— Ne sois pas ridicule, Lulu. Tu as bien fait de venir plus tôt, et je suis heureux de te revoir.

Surtout ne pas se jeter une fois de plus dans ses bras…

— Tout a changé, ici, fit-elle remarquer d'un ton qu'elle voulut léger.

Sam vivait seul désormais, et un canapé et des fauteuils en cuir havane modernes remplaçaient l'ameublement vieillot et la décoration démodée du temps de ses parents. Il lui fit visiter la cuisine ultramoderne, le bureau équipé d'un ordinateur, d'une imprimante et d'une photocopieuse, et aussi le grand salon dans lequel trônait un téléviseur géant flanqué de baffles multidirectionnels.

— Qu'en penses-tu ?

— L'endroit te ressemble, répondit-elle avec un sourire.

Avec un hochement de tête, Sam montra le panier en osier qu'elle avait apporté.

— Aurais-tu par hasard l'intention de me convier à un pique-nique ?

Elle ne put s'empêcher de rire.

— J'ai pensé que ces trois enfants seraient affamés

alors j'ai apporté des hamburgers, du jus de pommes, des compotes et quelques friandises.

— Tu as bien fait car, à vrai dire, l'intendance n'est pas mon fort.

Tous deux échangèrent un regard complice, et un court silence s'installa.

— Sam, es-tu aussi impatient de voir les triplés que je le suis ?

— Bien sûr.

— Et anxieux, aussi ?

— Naturellement.

Après avoir posé son panier sur la table en chêne, elle regarda de nouveau autour d'elle.

— Ces meubles, ces tableaux… C'est toi qui les as choisis ? s'enquit-elle.

— Oh non ! C'est ma sœur Lainey, qui est décoratrice.

— Et le coin bureau ?

— Tara. Elle est experte en téléphonie et en informatique.

Des souvenirs des quatre sœurs de Sam lui revinrent. Au temps où elle fréquentait les Kirkland, Lainey, Tara, Liza et Betsy ne lui avaient pas ménagé leur amitié.

— Et Liza, qu'est-elle devenue ? demanda-t-elle.

— Elle adore toujours autant la cuisine, voyage beaucoup elle aussi, tout comme Lainey et Tara.

— Et Betsy ?

— Je lui dois d'avoir appris à passer l'aspirateur, et c'est grâce à elle que mon ranch est toujours impeccable.

— Tes sœurs ne vivent plus au Texas, n'est-ce pas ?

— Non, car elles voyagent beaucoup. Je suis le dernier représentant des Kirkland dans le comté de Laramie.

— Regrettes-tu leur départ ?

La mélancolie obscurcit les prunelles pailletées d'or.

— Chacun sa vie. Et mes sœurs me font parfois le plaisir d'une visite.

— Et toi tu…

L'arrivée d'un saint-bernard la coupa dans son élan.

— Quel chien magnifique ! s'exclama-t-elle, admirative. Comment s'appelle-t-il ?

— Elle s'appelle Belle, comme dans *La Belle et la Bête*.

— Serais-tu la Bête par hasard ?

— Très drôle ! répondit-il avec une grimace. Belle et moi sommes les meilleurs amis du monde depuis bientôt quatre ans.

— Je ne t'aurais jamais imaginé avec un chien, surtout de cette taille !

Sam esquissa un sourire et caressa la chienne avec tendresse.

— Belle n'est pas à moi mais à Lainey. Comme elle voyage beaucoup, elle s'est résignée à me la confier. On est devenus copains, n'est-ce pas, ma belle ? ajouta-t-il en flattant le flanc de l'animal.

Lulu sentit sa gorge se serrer d'émotion. Quel aurait été le sort de Belle si Sam n'avait pas accepté de la recueillir ? De même, que serait-il advenu des enfants de Theresa et de Peter sans la bienveillance de Sam ?

Soudain, elle fut convaincue qu'il saurait gagner le cœur des triplés et qu'ensemble ils élèveraient au mieux cette fratrie éprouvée par le sort.

Ils discutèrent de tout et de rien, attendant l'arrivée des enfants. Plus le temps passait, plus leur nervosité augmentait. Enfin, par la fenêtre, elle vit un monospace se garer devant le ranch

— Sam, les voilà !

Ils allèrent à la rencontre des visiteurs, et Lulu sentit l'appréhension la gagner. Sa nouvelle vie commençait…

Hiram Higgins les salua et leur présenta Jim et Sandra Kelleher, le couple chez qui les triplés avaient séjourné en dernier lieu.

— Vous devez mourir d'impatience de découvrir les enfants, dit Sandra.

— En effet, répondit Sam.

Lulu, trop émue, ne put prononcer un mot.

Sandra aida son mari à extraire de leurs sièges respectifs trois bambins adorables coiffés d'un bob, vêtus d'un short en jean et d'un T-shirt orange, et le nez chaussé de lunettes de soleil.

Loin d'être déçue par leur air endormi, presque maussade, Lulu en déduisit que le voyage les avait fatigués.

— Je vous présente Theo ainsi qu'Ethan, déclara Sandra en désignant deux garçonnets dont l'un paraissait morose et l'autre apeuré.

— Et voici Andrew, ajouta Jim en soulevant le dernier de la fratrie qui battait des bras et des jambes.

Lulu fit un effort pour retenir ses larmes.

— Bienvenue chez vous, les garçons, dit-elle de son ton le plus gai.

En réponse, elle fut confrontée à un long silence et à trois mines boudeuses.

Elle qui avait grandi dans le brouhaha d'une famille nombreuse se sentit déstabilisée par une telle attitude pourtant bien compréhensible. Les trois frères avaient vécu un drame et avaient été ballottés de famille en famille, ce qui devait être terrible, pour des enfants de cet âge.

— Ils s'habitueront à vous, déclara Hiram Higgins d'un ton rassurant. Que diriez-vous de signer les papiers avant de décharger leurs affaires ?

Sur un hochement de tête de Sam, Lulu conduisit les nouveaux venus dans le salon.

— J'ai apporté un dossier où figurent les soins à donner aux triplés, leurs goûts, leurs particularités, déclara Sandra.

— Vous avez bien fait, dit-elle, déjà impatiente de prendre le relais.

— Ce ne sont que des recommandations et il vous faudra trouver votre méthode, ajouta la jeune femme.

— Je vous souhaite bonne chance, Sam, déclara Jim avec un regard las pour Andrew qu'il tenait sur ses genoux. Ces triplés sont gentils mais déconcertants, et, à dire vrai, Sandra et moi étions à bout de patience.

Loin d'être inquiète par ce qui l'attendait, Lulu fut surtout choquée par ces mots, mais aussi agacée de voir Jim traiter les trois orphelins comme des entités gênantes et non comme des pauvres gosses qu'un mauvais sort avait privés de leurs parents. Elle retint à grand-peine une réflexion.

Une fois que Sam eut signé les papiers, elle ne manqua pas de remarquer l'immense soulagement qui se peignit sur le visage de Jim.

— À vous de jouer, à présent, déclara ce dernier en posant le remuant Andrew par terre.

Puis Sam et lui allèrent chercher les affaires des triplés ainsi que leurs jouets dans le van, pendant qu'elle discutait avec Hiram Higgins et Sandra.

— Il se fait tard et la route est longue, dit Jim, visiblement pressé de repartir.

Lulu s'attendait à ce que les triplés se mettent à

pleurer en voyant s'éloigner ces personnes qui les avaient accueillis chez eux, mais ni Theo, ni Andrew, ni Ethan, ne manifestèrent une quelconque émotion. Et ce fut bien ce qui l'inquiéta.

- 4 -

Sam était dubitatif.

Une demi-heure après leur arrivée au ranch, aucun des triplés n'avait bougé du canapé où ils étaient assis, ni émis le moindre son, à croire qu'ils s'étaient endormis. Pourtant, Lulu avait déballé quelques-uns de leurs jouets qu'elle avait installés sur le tapis devant eux. De plus, avec leurs satanées lunettes aussi opaques que leur comportement, ces enfants ne manquaient pas de le déconcerter.

Il voyait la situation mal partie, et Lulu, la belle et troublante Lulu dont il aurait bien voulu ne pas avoir à dépendre, demeurait à ce jour son seul recours.

— Que dis-tu de ça ? demanda-t-il. Tu crois qu'ils vont bientôt émerger de leur léthargie et prendre leurs aises dans leur nouvelle maison ?

Lulu leva sur lui un regard indéchiffrable.

— Et si nous leur donnions le temps de s'habituer ? rétorqua-t-elle.

— Peut-être devrions-nous être plus dirigistes ? Établir des règles sans plus tarder, entre autres enlever ces fichues lunettes de soleil.

— Pourquoi forcer les choses ? répondit Lulu avec un haussement d'épaules. Faisons-leur confiance.

— Confiance ?

— Bien sûr. Après tant d'épreuves, ce long voyage

et ce nouvel environnement, ils ont le droit de souffler un peu, non ? Sans compter que nous sommes des inconnus pour eux.

Une réflexion pleine de bon sens qui le rendit honteux de sa nervosité.

— Donc, j'ai tort de m'inquiéter ?

— Bien sûr, et j'ajouterais que ta façon de tourner en rond comme un lion en cage les intimide, répondit-elle avec un sourire moqueur.

— Bien, madame. Et que suggères-tu ?

— Installons les chaises des enfants autour de la table et préparons le dîner. Quand ce sera fait, nous irons voir ce qu'il en est de nos petits pensionnaires, répondit-elle en se dirigeant vers la cuisine.

Il la suivit, ne pouvant s'empêcher d'admirer la souplesse de sa démarche qui lui rappelait... Bon sang ! Il se serait bien passé de ce regain de désir pour elle ! Cette cohabitation qui venait à peine de commencer risquait fort, si l'un et l'autre n'y prenaient garde, de les conduire à une impasse comme dix ans plus tôt...

— Eh bien, Sam, aide-moi donc au lieu de rêvasser !

— Ah oui...

Il prit bien garde à ne pas la frôler pendant qu'ils s'activaient dans la cuisine.

— Voilà ! C'est prêt ! Et si tu allais jeter un œil sur nos triplés ? suggéra-t-elle.

Les garçonnets n'avaient pas bougé d'un millimètre et semblaient toujours aussi peu satisfaits de leur sort.

— Rien de changé, dit-il, de retour dans la cuisine.

Balayant d'un revers de main une mèche aux reflets dorés, Lulu lui adressa un regard indulgent.

— Après les émotions du voyage, après tout ce qu'ils

ont vécu, il est normal que nos pensionnaires peinent à trouver leurs marques. Laissons-leur le temps, Sam.

Oui, elle le lui avait déjà dit. Mais ils en mettaient, du temps !

— Tu as raison, dit-il, penaud. Patience. Et nous ferons tout pour qu'ils se sentent ici comme chez eux.

Des bruits venant du salon les alertèrent. Inquiets, ils se précipitèrent.

Les trois frères jouaient sur le tapis, l'un avec un château en carton, l'autre avec une voiture à ressort et le troisième, avec une balle.

— Incroyable ! dit-il sans en croire ses yeux. Et ils ont ôté leurs bobs et leurs lunettes.

Sans ces écrans, les enfants ressemblaient étonnamment à leurs parents, nota-t-il non sans une certaine émotion.

— Ne crions pas victoire trop tôt, Sam. Il y a du progrès mais aucun des trois ne sourit ou manifeste une quelconque émotion.

— Je suis sûr qu'ils vont finir par s'acclimater, et bien plus tôt encore que tu le penses.

En était-il seulement convaincu ?

L'heure suivante fut pour Lulu une rude épreuve, les triplés ne consentant à avaler que quelques gorgées de jus de pomme et jetant hamburgers et légumes verts par terre.

Un vrai champ de bataille !

Être la nounou de trois enfants de cet âge s'avérait bien plus difficile qu'elle ne l'aurait cru !

— Le mieux serait de les détacher de leur siège, déclara Sam tout en l'aidant à essuyer les petites mains maculées de nourriture.

Une fois délivrés, les trois frères se mirent à courir partout en criant tandis que Sam et elle se regardaient, consternés.

— Qu'allons-nous faire de ces petits sauvages ? demanda Sam d'un air découragé.

— Essayons la ruse. Hé, les garçons, vous savez quoi ? lança-t-elle d'une voix forte.

Miracle ! Tous trois s'arrêtèrent et la regardèrent.

— Il est l'heure de faire dodo, dit-elle.

— Noooooooonnnnnn !

Et ils reprirent leur cavalcade de plus belle.

Elle voulut s'emparer du plus proche des garçons… qui lui glissa entre les doigts. Quant aux deux autres, ils filèrent au salon. Theo grimpa sur une chaise pour atteindre une étagère.

— Arrêtez ou je vais me fâcher ! Sam, aide-moi !

Sam cueillit Andrew au vol puis alla rattraper Ethan dans l'escalier.

— J'en tiens déjà deux !

— Bravo !

Et elle saisit Theo, toujours sur la chaise.

— Bon, les enfants, assez joué, dit-elle d'une voix ferme. Tout le monde au bain !

— Noooooooooonnnnnn !

Theo lui échappa pour rejoindre ses deux frères qui, sous la surveillance de Sam, faisaient des roulades sur le tapis du salon.

— Et maintenant, on fait quoi ? demanda Sam.

Au regard qu'il lui adressa, il était clair qu'il s'en remettait à elle et renonçait à toute initiative.

— Oublions le bain et tâchons de les mettre au lit, décréta-t-elle. As-tu des biscuits, si possible au chocolat ?

— Tara m'en a apporté lors de sa dernière visite.

Le temps d'un aller-retour à la cuisine, Sam revint avec les biscuits qui suscitèrent aussitôt la convoitise des trois acrobates en herbe.

— Alors voilà, dit Lulu d'une voix décidée, pour avoir droit à un gâteau, vous devez être en pyjama, compris ?

Pas de réaction.

— En plus du biscuit, si vous êtes sages, vous aurez droit à un verre de lait. Et à une histoire.

Les triplés ne faisant pas mine de protester, elle aida Sam à les habiller pour la nuit puis, une fois installé sur le canapé, chacun reçut son gâteau. Le lait bu, ils restèrent sagement assis.

Une première victoire !

— Et maintenant, l'histoire.

Aucun cri de joie ni, il est vrai, de protestation, de la part des trois frères qui l'écoutèrent raconter les aventures d'un chien accueillant dans sa niche des animaux effrayés par l'orage.

— Que diriez-vous d'une autre histoire ? demanda-t-elle sans plus obtenir de réponse que la première fois.

Au cinquième récit, les trois frères dormaient, et Sam alla chercher, dans l'entrée, les lits pliants apportés par Higgins.

— À ton avis, où devrais-je les installer ?

— Pour une première nuit, le plus près possible de ta chambre, au cas où l'un d'eux se réveillerait ou ferait un cauchemar.

Sam lui lança un regard hésitant.

— Je sais bien que tu dois rentrer chez toi, dit-il, mais tu pourrais peut-être rester, au moins ce soir ? Ta présence me rassurerait.

— Tu le penses vraiment ?

— Oui.

— Dans ce cas, je dois aller prendre quelques affaires chez moi.

Elle se garda bien de préciser qu'elle était touchée qu'il lui demande son aide. Ni, bien sûr, qu'il la troublait toujours autant…

— Merci pour tout, Lulu. Sans toi, je ne sais pas ce que j'aurais fait ce soir.

— N'aie crainte, tout ira bien. La journée a été rude et demain nous y verrons plus clair.

Quand Sam l'enlaça, elle se laissa aller dans ses bras et se crut revenue dix ans en arrière…

— Lulu, si tu voulais…

— Non, Sam. La page est tournée, dit-elle en s'écartant en douceur de lui.

Sa brève absence, le temps d'un aller-retour chez elle, serait l'occasion de faire le point sur sa vie, sur les sentiments qu'elle portait peut-être encore à Sam, et qu'il lui fallait oublier sous peine de grandes souffrances.

Au soulagement de Sam, Lulu ne s'absenta pas bien longtemps. En plus d'un sac contenant ses affaires, elle apporta des sandwichs ainsi que des ingrédients pour le petit déjeuner du lendemain.

— Comment vont nos triplés ? demanda-t-elle.

— Ils dorment toujours à poings fermés sur le canapé. J'ai installé leurs lits dans ma chambre.

Avec une infinie douceur, Lulu souleva Theo et il fit de même avec Ethan.

Une fois les deux bambins couchés dans leurs lits

respectifs, à l'étage, Lulu et lui redescendirent chercher Andrew qui ne se réveilla pas plus que ses deux frères.

— Mission accomplie ! dit Sam, soulagé.

— Pour le moment, oui. Bon, je m'installe où ?

Parmi trois chambres libres, elle choisit la plus éloignée de la sienne ce qui, finalement, ne le surprit pas.

— Eh bien, bonne nuit, dit-elle en soupirant. Quelle journée ! J'espère que nos trois bambins ne te réveilleront pas et dormiront jusqu'au matin. Si tu as besoin de quoi que ce soit, appelle-moi.

Il avait juste besoin de l'embrasser…

— Ton sac est resté en bas, je vais le chercher, dit-il.

Ce court répit lui permit de se ressaisir et, à son retour, il contrôlait de nouveau ses sens.

— Bonne nuit, Lulu. Tu trouveras draps et couvertures dans le placard, et aussi des serviettes dans la salle de bains.

— Merci. À demain.

Une fois couché, il fut incapable de trouver le sommeil à cause de son désir toujours présent pour Lulu et de cette cohabitation fertile en tentations. Et ce baiser, hier, ces regards échangés… Pourquoi avait-il fallu que leur histoire se finisse ainsi, dix ans plus tôt ? L'esprit embrumé, il dériva dans le sommeil… et fut réveillé en sursaut par des cris et des pleurs.

Debout dans leur lit, les trois frères hurlaient, et tout ce qu'il leur dit pour les rassurer ne servit à rien. Il commençait à désespérer quand Lulu le rejoignit, les cheveux en bataille… et plus belle que jamais.

— Du calme, les enfants, tout va bien, dit-elle d'une voix rassurante.

Elle prit Ethan dans ses bras, il fit de même avec Andrew et Theo sans que cessent pour autant les pleurs.

— Chut, chut, les enfants. Tout va bien, tout va bien, murmura Lulu.

Mais, en dépit de leurs efforts à tous les deux, les pleurs persistèrent et rien ne permettait de croire qu'ils allaient s'arrêter.

- 5 -

Un poids sur l'estomac tira Lulu de son sommeil.

À ses côtés, Sam tenait contre lui deux des triplés, le troisième étant endormi près d'elle, ses petites jambes recroquevillées sur son ventre.

Elle se souvint être venue à la rescousse de Sam en pleine nuit, alors que ce dernier ne savait comment consoler les trois frères en pleurs. Quand l'un d'eux était enfin calmé et prêt à se rendormir, les autres criaient de plus belle… et tout était à recommencer.

Bercés, rassurés, câlinés, ils s'étaient finalement endormis à 4 heures du matin, dans le lit de Sam assez grand pour les accueillir tous les cinq.

Et voilà !

Sam ouvrit les yeux et lui sourit.

— Courte nuit, murmura-t-il.

— C'est sûr, répondit-elle, plus émue qu'elle n'aurait voulu le laisser paraître.

La nuit avait été courte, certes, mais quel plaisir de l'avoir achevée dans ce grand lit douillet aux côtés de Sam !

— Je ne sais pas ce que j'aurais fait sans toi, Lulu. Ces pleurs, trois enfants à la fois…

— Andrew, Theo et Ethan ont besoin de nous, Sam. À nous deux, je suis sûre que nous arriverons à les apprivoiser.

Saurait-elle aussi établir une relation harmonieuse avec Sam ?

Ethan ouvrit les yeux, puis Andrew et enfin, Theo.

— Maman ? murmura Theo en la regardant, ce qui lui chavira le cœur.

— Maman…, renchérit Ethan dans un hoquet qui annonçait les larmes.

Émue par la détresse de ces voix enfantines autant que par l'expression apeurée des regards qui la scrutaient, elle fit un effort pour ne pas pleurer à son tour.

Elle se tourna vers Sam.

— Explique-leur, toi. Moi je ne peux pas…

— Votre papa et votre maman sont au paradis mais, Lulu et moi, nous sommes là ainsi que vos trois doudous.

— Tig'e ! s'exclama Theo.

— Oui, tigre, répéta Sam en caressant la peluche que le bambin serrait contre lui.

— Léphant ! ajouta Andrew en agrippant son éléphant.

Ethan étreignit une girafe d'un beau jaune sans un mot.

Quel spectacle attendrissant que celui des trois bambins serrant contre leur poitrine leurs animaux en peluche, sans doute offerts par leurs parents…

Une fois de plus, Lulu en eut les larmes aux yeux.

— Tout ira bien, lui dit Sam d'un ton enjoué.

Décidée à ne pas se laisser abattre, elle sortit du lit et sourit aux trois garçonnets.

— Que diriez-vous d'un petit déjeuner avec des tas de bonnes choses à manger ?

— Ouiiiii !

— Pendant que tu te charges de l'intendance, moi je m'occupe d'eux, dit Sam.

— Marché conclu !

Tandis qu'Andrew, Theo et Nathan jouaient sur le tapis du salon, Sam se rendit dans la cuisine où flottait une bonne odeur de pancake.

Vêtue d'un pyjama dont le haut soulignait le galbe de ses seins, Lulu n'avait rien perdu de sa beauté.

— Je me charge du café ! dit-il.

— Merci.

— Si tu veux aller te reposer, je ferai déjeuner les triplés, proposa-t-il en posant une main sur son épaule.

— Je ne suis pas ici pour me reposer.

Il allait battre piteusement en retraite quand Lulu le retint par le bras.

— Ne te fâche pas, Sam. Ces enfants ont besoin de moi autant que de toi, aussi pas question que je baisse les bras à la première difficulté.

La sonnerie de la porte d'entrée l'empêcha de répondre. Il alla ouvrir en formant des vœux pour qu'il ne s'agisse pas d'une visite surprise de l'une de ses ex-petites amies…

— Salut Sam.

Sanglé dans son uniforme de shérif adjoint, Dan, l'un des cinq frères de Lulu, le dévisageait sans aménité.

— Eh bonjour ! dit-il, très surpris. Que me vaut l'honneur de…

— Ma sœur est chez toi ?

La présence du SUV de Lulu devant son ranch rendait la question caduque.

— Bien deviné, répondit-il avec une pointe d'ironie.

— Je peux lui parler ? s'enquit Dan le dévisageant d'un air toujours aussi peu amical.

Sachant que Lulu n'aimait pas mêler sa famille à ses occupations, Sam hésitait à répondre quand elle apparut.

— Eh bien, que se passe-t-il ? Dan ? Que fais-tu là ?

— Je te retourne la question, rétorqua ce dernier.

Dan imaginait-il que Lulu et lui avaient passé la nuit dans les bras l'un de l'autre ? se demanda Sam. Bien sûr, en voyant sa sœur en pyjama et les cheveux tout ébouriffés, il avait de quoi se poser des questions…

— C'est toi l'intrus, répliqua Lulu. Alors à toi de répondre en premier.

Soulevant son Stetson, Dan se gratta le front.

— Eh bien, j'avais à te parler. Et je cherche en vain à te joindre depuis hier soir.

— J'étais occupée. J'avais coupé mon portable.

— Tu aurais quand même pu l'allumer une heure ou deux.

— Ah oui, et pourquoi donc ?

Le regard qu'échangèrent le frère et la sœur ne présageant rien de bon, Sam se prépara à intervenir.

— Tu n'es qu'une entêtée ! s'exclama Dan, furieux. Tu l'as toujours été !

— Entêté toi-même ! rétorqua Lulu visiblement prête à l'affrontement.

Sam décida qu'il était temps d'intervenir.

— Et si vous poursuiviez cette discussion en privé, les McCabe ?

— Ce que j'ai à dire peut être entendu de tous, répondit Lulu. Au fait, Dan, comment savais-tu que je me trouvais ici ?

— Simple déduction. Les parents m'ont dit que Sam était chez toi hier, et comme tu ne répondais pas à mes appels…

— Tu en as conclu que j'étais ici. C'est une raison pour m'espionner ?

— Qui parle de t'espionner ? Tu es ma sœur et je me faisais du souci pour toi, voilà tout.

Sur ce point au moins, Sam ne pouvait que l'approuver.

— Comme tu peux le constater, je me porte bien, répondit Lulu. Alors tu peux repartir en toute tranquillité. Et rassurer toute la famille, ajouta-t-elle d'un ton moqueur.

Mais Dan ne bougea pas.

— Tout ça n'explique pas ta présence ici, dit-il.

Avec un haussement d'épaules, Lulu montra les trois enfants jouant au salon.

— Il me semble que c'est évident, non ?

— Donc ce qu'on dit en ville est vrai, Kirkland ? demanda Dan, étonné. Tu vas devenir le tuteur de triplés ?

— En effet, répondit Sam.

— En quoi ma sœur est-elle impliquée dans cette histoire ?

— Bien que cela ne te regarde pas, je suis ici pour aider Sam à garder ces trois orphelins, répondit sèchement Lulu.

Dan esquissa un sourire en coin.

— Dans cette… tenue ?

Lulu ne releva pas.

— Je vais être leur nounou, précisa-t-elle.

— Papa et maman savent-ils que tu travailles pour Sam ?

— Mais de quoi tu te mêles ? rétorqua Lulu en colère.

— Oh ! Je comprends que tu ne leur aies pas dit la vérité. J'imagine leur réaction s'ils apprenaient que tu passes tes nuits chez ce… chez cet individu.

Sam vit le moment où Lulu allait gifler son frère. Mais elle se contenta de se tourner vers lui, rouge de colère.

— Sam, il est de ton devoir de jeter cet intrus dehors.

Voyant qu'il hésitait, elle ajouta :

— Autant que je me souvienne, Samuel Kirkland, défendre mon honneur ne te faisait pas peur, autrefois.

Oui, mais autrefois toi et moi formions un couple.

Ce qu'il ne dit pas. Il opta pour la diplomatie.

— Lulu n'a pas tort, Dan. Je suis chez moi, et ta sœur est mon invitée. Si tu as du neuf à nous apprendre au sujet du vol des ruches, parle. Sinon, je te demanderai de partir.

Dan accusa le coup.

— Très bien, marmonna-t-il. Le chauffeur d'un des camions a été arrêté dans le Missouri. Apparemment, les deux camions ont pris des routes différentes. Le chauffeur pensait effectuer un transport en règle. Nous avons récupéré ton miel.

— Et mes abeilles ? demanda Lulu.

— L'homme que nous avons arrêté clame son innocence et semble décidé à coopérer. Il se pourrait que nous retrouvions rapidement tes ruches et tes abeilles.

— Puisses-tu dire vrai !

Au bord des larmes, Lulu retourna dans la maison.

— Bon. Je m'en vais, déclara Dan, gêné, en triturant le bord de son Stetson.

— Je t'accompagne à ta voiture, dit Sam, décidé à avoir une petite conversation avec lui.

Assuré que Lulu ne pourrait surprendre leurs propos, il attaqua le sujet qui lui tenait à cœur.

— C'est tout à fait normal que tu te poses des questions, Dan.

— J'aime ma sœur et je m'inquiète pour elle. Auriez-vous décidé de vivre ensemble ?

— Non.

Même si une telle supposition était tentante…

Dan lui jeta un regard peu convaincu.

— Au cas où tu l'ignorerais, ma sœur a toujours

voulu avoir des enfants, aussi je ne m'étonne qu'à moitié d'apprendre qu'elle va être la nounou de ces triplés.

— En tout cas, Dan, je te confirme que ta sœur est ici de son plein gré.

— Oh ! je m'en doute, la connaissant. Mais, dix ans après votre rupture, Lulu vit sous ton toit et, en prime, vous vous occupez de trois enfants. Je m'inquiète pour elle. J'espère qu'un jour, elle finira par rencontrer un homme capable de la rendre heureuse.

Contrairement à moi qui n'ai pas su.

Mais Dan ne connaissait sûrement pas toute l'histoire.

— Rien n'obligeait Lulu à me seconder, dit-il. Et je n'y suis pour rien si son amie Theresa Thompson l'a désignée comme tutrice au cas où les autres personnes désignées se désisteraient.

Après avoir ouvert sa portière, Dan lui jeta un regard méfiant.

— Donc, tu n'as rien fait pour inciter Lulu à t'aider ?

— Rien.

— Un conseil, Kirkland. Abstiens-toi de faire du mal à Lulu ou tu auras affaire à mes frères et à moi.

Connaissant le gabarit de la fratrie McCabe, Sam prit l'avertissement au sérieux.

— Compris.

— Alors parfait. Et les enfants, comment s'acclimatent-ils ici ?

— Trop tôt pour le dire.

Pour la première fois, Dan le gratifia d'un sourire sincère.

— Kelly, ma femme, qui est institutrice de maternelle, serait ravie de connaître vos trois protégés. Et tu sais que nous avons aussi des triplés. Ils ont quatre ans. Si tu as besoin d'aide, n'hésite pas.

— Ma foi, ce n'est pas de refus. Vos conseils seront les bienvenus. Seriez-vous libres pour venir déjeuner tout à l'heure ?

— Je termine mon service à 11 heures et Kelly ne travaille pas aujourd'hui. Je l'appelle, et je te confirme.

Kelly, Dan et leurs triplés vinrent à l'heure du déjeuner avec un succulent pique-nique et des jouets dont leurs enfants ne se servaient plus.

Sam savait que Dan était un homme de parole, mais en avoir confirmation lui fit plaisir.

Theo, Andrew et Ethan excitèrent la curiosité de Michelle, Michael et Matthew, les enfants McCabe.

— Ce sont tes bébés, tante Lulu ? demanda Michelle.

À genoux sur le tapis du salon où elle disposait des voitures miniatures et des figurines, Lulu sourit à sa nièce et à ses neveux.

— Non. Je suis juste leur nounou.

Sam avait-il rêvé ou le sourire de Lulu était-il un peu triste ?

— Alors ce sont tes enfants à toi ? s'enquit Michael en se tournant vers lui.

— Non, répondit-il. Je suis leur tuteur, leur gardien si tu préfères.

Michelle le regarda avec attention puis fixa Lulu.

— Vous êtes des amoureux, tous les deux ? Parce que moi j'aime les amoureux, surtout quand ils se marient !

Sam vit Lulu rougir jusqu'à la racine des cheveux.

Kelly vola au secours de sa belle-sœur.

— Désolée, Lulu ! Notre Michelle est littéralement obsédée par les mariages, les robes blanches, les fleurs et tout le cérémonial…

La petite Michelle sourit à Lulu.

— Maman s'est mariée avec Dan et il est devenu notre papa. Ils peuvent te montrer comment tomber amoureuse. Puis tu pourras devenir une maman comme tu veux, tante Lulu.

Apprendre qu'une envie de bébé taraudait Lulu ne surprit pas Sam. Non. Ce fut le regard que lui lança Lulu qui le surprit. Un regard qu'il ne put déchiffrer mais qui lui serra le cœur.

Kelly caressa les boucles brunes de sa fille.

— Je crois, chérie, que Sam et tante Lulu sont assez grands pour savoir ce qu'ils ont à faire.

— Bon, et si nous regardions les jouets que nous avons apportés pour Ethan, Andrew et Theo ? intervint Dan.

Bientôt, les six enfants firent circuler sur le tapis motos, autos et camions miniatures jusqu'à l'arrivée d'un véritable camion de déménagement qui apportait le restant des affaires des triplés ainsi que ce qui avait appartenu à leurs parents.

— Sam, pendant que Lulu et toi vous occuperez des déménageurs, Dan et moi surveillerons les petits, proposa Kelly.

— Merci, répondit Sam, en sortant pour accueillir les arrivants.

Déjà, deux hommes déchargeaient cartons, tricycles et voitures à pédales, ainsi que des meubles divers dont un rocking-chair et un bureau.

— Bonjour. On met tout ça où ? demanda l'un d'eux.

Du regard, Sam interrogea Lulu.

— Eh bien, les affaires de Peter et Theresa pourraient être mises dans un lieu discret, le temps que les petits grandissent, suggéra-t-elle.

— Le grenier ?

— Bonne idée. La chambre des enfants dans une chambre proche de la tienne. Quant à la salle de jeux…

— En bas, peut-être ? À la place de mon bureau ?

— Oui, ce serait parfait car, tout en faisant la cuisine, je pourrais ainsi garder un œil sur nos trois pensionnaires.

— Adopté ! dit-il avec satisfaction. Et j'installerai mon bureau dans l'une des chambres libres, à l'étage.

Deux heures après, chaque carton avait trouvé sa place. Profitant de la surveillance de Dan et de Kelly, Lulu et Sam entreprirent, à l'étage, de déballer et de ranger les vêtements des trois frères dans les placards.

— Maintenant que la chambre des triplés est quasiment prête, tu pourrais commencer à agencer la salle de jeux, en bas, suggéra Lulu.

Il retint un sourire. Les raisons qui la poussaient à se débarrasser de lui ne faisaient aucun doute.

— Tu crains que Kelly et Dan se fassent des idées si jamais nous restons trop longtemps ensemble ?Lulu rougit violemment.

— Non, voyons ! Que vas-tu imaginer ?

Que tu as autant envie de refaire l'amour avec moi que moi avec toi.

— Mais rien. Au fait, pourquoi ne rien avoir dit à ta famille ? Être nounou n'a rien d'infamant.

Le front de la jeune femme s'empourpra de plus belle.

— Je… je n'en ai pas eu le temps.

Elle pensait vraiment qu'il allait la croire ?

— Tu n'as pas vraiment changé. Toujours la même qu'il y a dix ans. Toujours cette impulsivité et, une fois le cap franchi, ce désir de faire demi-tour…

Elle haussa les épaules et détourna ses yeux des siens avec un embarras perceptible.

— Crois-moi ou non mais je n'ai jamais eu honte d'être avec toi, affirma-t-elle.

— Bon. Admettons. Disons que tu avais juste peur d'annoncer à tes parents que notre histoire était assez sérieuse pour que l'on envisage de…

— Chut !

— Quoi « chut » ? Mais quel âge as-tu donc, Lulu ? Tu comptes parler de cette histoire à ta famille, un jour ?

Elle haussa les épaules et rangea sacs et valises dans le bas du placard.

— Nous étions si jeunes…, murmura-t-elle soudain. J'avais à peine dix-neuf ans.

— Et moi vingt et un. Ce qui ne nous a pas empêchés de former un vrai couple, durant ces vacances.

— Mes parents ne se doutaient pas que nous étions ensemble, Sam, et ils pensaient que je visitais Graceland, Dollywood et Gatlinburg, en compagnie de Theresa.

— Tu ne leur avais donc pas parlé du projet de mariage entre Peter et Theresa.

— Non. Je craignais que mes parents découvrent la vérité à notre sujet. Alors, plutôt que d'avouer que nous allions au Tennessee comme témoins du mariage de nos amis, j'ai inventé cette visite des lieux cultes de la musique country.

Il lui sembla remonter le temps jusqu'à l'époque où Theresa et Peter, encore si jeunes, avaient décidé d'une fugue amoureuse au Tennessee, l'occasion aussi pour Lulu et lui de passer quelques jours ensemble, loin des pressions familiales.

— Dire la vérité aurait été plus simple, fit-il remarquer

— Je sais, murmura Lulu, gênée.

— Dans le fond, tu n'as jamais été sûre de rien. Ni

de toi ni de moi. Tu t'enflammes, tu suis ton impulsion, et puis patatras !

Elle lui offrit un sourire un peu absent, presque triste.

— Comme tu dis, patatras.

— Et aujourd'hui, crois-tu que ta famille désapprouverait nos retrouvailles ? s'enquit-il.

— Elle verrait ça d'un mauvais œil.

Tout le monde se connaissait, dans le comté de Laramie, et échapper à la vigilance des uns et des autres ne serait pas chose facile !

— Tôt ou tard, la nouvelle de notre cohabitation arrivera aux oreilles de tes parents, dit-il. Dan ne va pas se taire bien longtemps.

— Qu'y puis-je, Sam ? Quand je t'ai proposé mes services de nounou, je ne pensais qu'aux enfants, et aussi à accomplir les dernières volontés de Peter et Theresa.

Elle était sincère, il le savait, ce qui ne réglait pas pour autant la question.

— Une fois que ta famille sera au courant, que va-t-il se passer, à ton avis ? Vont-ils t'excommunier pour t'être de nouveau acoquinée avec le diable ?

— Nous n'en sommes pas là et tu n'es pas le diable, répondit-elle avec une moue.

Oui, mais quand ils en seraient là…

Et si elle décidait de ne plus s'occuper des triplés ?

— Si tu dois de nouveau me laisser tomber, Lulu, ne…

— Il y a dix ans, ce n'est pas moi qui ai pris la fuite, Sam ! C'est toi, qui as voulu arrêter.

Furieux, il se planta face à elle.

— Et tu ne te demandes pas pourquoi ? répliqua-t-il.

— J'ai peut-être eu des torts.

Il serra les poings.

— Plus que des torts, ma belle. Ton insistance à

vouloir ménager la chèvre et le chou m'a fait mal, voilà la vérité.

— Toi aussi, Sam, tu m'as blessée, mais nous étions trop jeunes pour faire la part des choses. Nous aurions pu parler, nous expliquer et, au lieu de ça, nous avons gardé nos rancœurs respectives.

— J'ai beaucoup souffert, après ça.

— Moi aussi, Sam. Je… je ne t'ai pas oublié.

Son aveu le toucha plus qu'il ne l'aurait cru. Peut-être faisait-il une erreur, mais…

Il la prit dans ses bras et la serra contre lui.

— Lulu, ma chérie, murmura-t-il. Moi non plus, je ne t'ai pas oubliée.

Lulu s'abandonna à l'étreinte chaude et rassurante de Sam.

Ressentait-il, lui aussi, tout ce que le temps n'avait pas réussi à gommer entre eux, tout ce qu'ils avaient éprouvé l'un pour l'autre dix ans plus tôt ?

Mais pourraient-ils reprendre le fil de leur romance interrompue ? Le souhaitait-elle ? Et lui ?

— Lulu, ma Lulu…

Cette voix grave et tendre à la fois, cette étreinte virile…

— Embrasse-moi, Sam.

Et tandis que leurs lèvres se soudaient, elle fit le vœu qu'une seconde chance leur soit offerte, une occasion de réparer ce qui avait été si bien déchiré, dix ans plus tôt.

Sam comptait toujours autant à ses yeux, voilà la vérité. Et, visiblement, elle comptait aussi pour lui. Leur étreinte en était la preuve.

Pourquoi ne parviendraient-ils pas à une entente harmonieuse ? Ils avaient mûri, et ils…

Un léger toussotement l'alerta.

— Excusez-moi…

Sa belle-sœur, un sourire à la fois amusé et gêné aux lèvres, venait d'entrer dans la chambre.

— Kelly ! dit-elle en s'écartant vivement de Sam.

— Vos trois petits ont faim autant que les miens, alors Dan et moi avons pensé que nous pourrions tous faire un saut jusqu'à la pizzeria du centre-ville.– Excellente idée ! répondit-elle.

- 6 -

Lulu préparait le bain des triplés quand Sam, plus sexy que jamais, lui adressa ce regard qui savait si bien la troubler. Tout en s'efforçant de ne pas penser à leur récent baiser, elle ajouta une dose de savon moussant à l'eau du bain.

— Crois-tu que nous saurons nous occuper comme il faut de nos petits protégés ? s'enquit Sam.

Andrew, Theo et Ethan progressaient et Lulu ne désespérait pas, à force d'amour et de tendresse, de les voir rapidement s'épanouir.

— J'ai bon espoir, oui, répondit-elle.

Et en ce qui concernait sa relation avec Sam, avait-elle aussi bon espoir ? Compte tenu de leur passé tourmenté, rien ne le garantissait, alors mieux valait espérer une sorte d'amitié fraternelle.

Oui, mais le regard brûlant de Sam…

— Tu es belle, Lulu.

Se sentir désirée à ce point-là incendia de nouveau ses sens et lui fit aussitôt abandonner l'idée d'une amitié avec lui.

— Cesse de me regarder avec ces yeux ! s'exclama-t-elle.

— Bon.

— Pensons plutôt aux enfants. Kelly nous a expliqué

combien il était important de leur donner un cadre familier où ils pourront s'épanouir.

Le regard de Sam se teinta de gravité.

— Entièrement d'accord avec toi. Faisons en sorte que ces enfants accomplissent naturellement ce que nous sommes en droit d'attendre de leur part. Mais tout en douceur. À nous deux, nous y arriverons, j'en suis sûr.

Elle lui sourit, heureuse de le voir aussi déterminé.

Une fois le bain à bonne température, Sam alla chercher les garçons qui, dans sa chambre, sautaient sur le grand lit comme sur un trampoline.

— Qui veut faire nager les canards, les poissons et les baleines ? leur demanda-t-il.

— Moi ! s'écrièrent-ils d'une même voix.

Sam les amena à la salle de bains et posa les jouets en plastique dans l'eau.

Aussitôt, Theo voulut entrer dans la grande baignoire tout habillé.

— Oh non ! déclara Sam en le retenant par le bras. On enlève les habits et, ensuite, on prend le bain, expliqua-t-il d'un ton calme mais persuasif.

Deux minutes plus tard, les trois garçonnets gigotaient en riant dans la baignoire où ils s'amusèrent si bien que Lulu leur lava les cheveux sans la moindre protestation de leur part.

— Nous sommes en progrès, dit Sam en riant.

— Oui, mais il y a encore du chemin à parcourir.

Quand vint le moment de sortir du bain, aucun des trois garçonnets n'y consentit.

— Pour avoir droit à un biscuit et à un verre de lait, il faut être en pyjama, dit-elle. Et, si vous êtes sages, nous vous lirons une histoire.

Après un échange de regards et moult mimiques, les triplés se décidèrent à sortir du bain.

Une fois en pyjama et installés sur le canapé, les trois frères croquèrent dans leur biscuit, burent leur lait puis réclamèrent ce qui avait été promis. Elle leur lut deux histoires et Sam une troisième qui obtint un franc succès.

Comme la veille, les enfants s'endormirent sur le canapé et, sans s'être concertés, Sam et Lulu échangèrent un regard qui en disait long sur leur satisfaction mutuelle.

— Que faisons-nous d'eux ? murmura Sam.

La crainte de les voir se réveiller dans la nuit l'incita à différer le moment du coucher.

— Laissons-les dormir là un peu, répondit-elle. Pendant ce temps, je ferai une lessive car ils se sont copieusement salis aujourd'hui.

— Tu es ici chez toi. D'accord si je te donne un coup de main ?

Elle hocha la tête, et il l'accompagna dans la buanderie.

Une fois la machine en route, elle se retrouva dans ce lieu exigu seule face… au grand sourire de Sam.

— En short, tu es encore plus belle et plus sexy, fit-il remarquer en dardant sur elle un regard fiévreux.

— Merci.

Elle avait soigneusement choisi sa tenue, mais elle ne l'aurait avoué pour rien au monde.

— Cette journée s'est bien passée, n'est-ce pas ? poursuivit-il.

— Oui, répondit-elle, troublée.

— Si tu pouvais lire dans mes pensées, Lulu…

Avant qu'elle ait pu réagir, elle se retrouva dans les bras de Sam.

— Sam ! s'exclama-t-elle avant de le repousser.

Pour que leur cohabitation réussisse et pour le bien des triplés, ils devaient modérer leurs ardeurs.

— Je n'y peux rien si tu me plais autant, Lulu, murmura Sam, dépité.

— Sois patient, répondit-elle en s'efforçant de contenir son émotion.

Au matin, Sam découvrit Lulu et les triplés serrés contre lui, dans son lit, et tandis que la jeune femme ouvrait lentement les yeux, la mémoire lui revint.

La veille au soir, après quelques heures de sommeil, leurs trois pensionnaires s'étaient réveillés en pleurs et ne s'étaient calmés qu'une fois en leur compagnie.

— Bonjour toi ! lui dit-il en souriant.

— Bonjour, répondit-elle en lui rendant son sourire. Quelle nuit ! Tu crois qu'on y aura droit chaque fois ?

Il l'espérait presque ! S'il était pénible d'être réveillé en plein sommeil par des pleurs, l'occasion pour lui de dormir de nouveau avec la sensuelle Lulu valait tous les dérangements du monde !

— Oh ! ils finiront bien par rester dans leur lit, répondit-il.

Une par une, les trois têtes blondes se redressèrent.

— J'ai faim ! s'écria Ethan. Je veux céréales !

— Je veux cakes ! ajouta Andrew, l'amateur de pancakes.

Theo ne fut pas en reste.

— Des œufs !

Lulu laissa échapper son rire frais.

— Pas de disputes. Chacun aura ce qu'il désire.

Tous les cinq sortirent du lit et, pendant que les enfants

jouaient dans le salon, Sam aida Lulu à organiser le petit déjeuner qui fut prêt en un temps record.

Alors que les trois enfants, repus, retournaient jouer, Lulu et Sam rangèrent la cuisine.

— Nous finirons par l'avoir, notre diplôme parental, lança-t-il.

— Je le crois aussi.

Finiraient-ils aussi par retrouver leur complicité d'autrefois ? Une nouvelle, peut-être ?

Car Lulu sous son toit lui mettait les sens en émoi.

Désirable autant qu'émouvante dans son coquet pyjama rose, elle paraissait avoir déjà apprivoisé les lieux, un peu comme si tous deux formaient un couple. Bien sûr, il s'agissait là d'une illusion, Lulu étant, pour le moment du moins, sa nounou et rien de plus.

— Au fait, Lulu, si tu veux participer au buffet familial des McCabe, tout à l'heure, sens-toi libre d'y aller.

La jeune femme tressaillit.

— Qui t'a mis au courant ?

— Ton frère Dan, hier. Selon lui, ta présence chez Jack est souhaitée.

— Je n'ai pas osé aborder ce sujet-là avec toi, mais voir ma famille me ferait très plaisir. Reste un souci.

— Lequel ?

— Toi, voyons ! Tu ne pensais tout de même pas que j'irais chez Jack sans toi ?

— Et pourquoi pas ? Tes parents y seront et, d'après Dan, ils ne seraient pas ravis de me voir. Quant à tes frères…

Lulu passa et repassa l'éponge sur le comptoir qu'elle venait pourtant de nettoyer.

— Peut-être devrais-je parler à mes parents, dit-elle, comme pour elle-même.

— La décision t'appartient, mais tous deux semblent toujours très remontés contre moi. Oh ! j'ai ma part de responsabilité dans cette affaire et je comprends qu'ils m'en veuillent.

Lulu soupira, et un voile de tristesse assombrit son regard.

— Il est vrai que tu n'es pas en odeur de sainteté auprès d'eux, dit-elle. Maman surtout n'a pas apprécié de me voir si triste, après ces vacances au Tennessee que je lui ai avoué avoir passées en ta compagnie.

— Et que lui as-tu raconté d'autre ? Notre rupture ?

— Oui… Sans doute… Je ne sais plus au juste, Sam. Tout est si lointain…, bafouilla-t-elle, les joues empourprées.

Sam s'efforça de rester calme. Elle portait elle aussi la responsabilité de leur rupture, et passer aux yeux des McCabe pour un salaud ne lui plaisait pas du tout.

— Pas tant que ça, Lulu. Voyons, n'est-ce pas en partie à cause de toi que nous nous sommes séparés ?

— Si, mais…

— Tes parents pensent-ils que, par ma faute, tu aurais perdu le goût du mariage et celui de fonder une famille, toi qui veux tellement avoir des enfants ?

Le regard de Lulu se teinta de tristesse et de gêne.

— Je ne sais pas, Sam. C'est… C'est possible.

— Possible ? Et tu n'as rien fait pour démentir ?

— Après ces vacances, j'ai tout fait pour t'oublier, Sam. Quant aux enfants, nous… Dans d'autres circonstances, nous en aurions peut-être déjà eu, toi et moi.

Si Lulu regretta son aveu, elle finit par admettre qu'après tout le temps était peut-être venu de ne plus renier le passé et de repartir sur de nouvelles bases avec Sam. En deux enjambées, elle le rejoignit et prit ses mains dans les siennes.

— Sam, il fallait que tu le saches. Désolée.

Il hocha lentement la tête.

— Tu dois aussi savoir que je n'ai pas oublié ce que nous avons vécu, dit-il d'un ton bourru qui cachait une émotion.

— Tu sais, il ne faudrait pas pour autant que cette cohabitation nous prive de mener nos vies comme nous l'entendons.

— Comme nous l'entendons ? C'est-à-dire ?

— Je comprendrais très bien que tu te cherches une vraie partenaire. Quant à moi, je n'ai pas renoncé à l'idée de fonder une famille.

Avec un autre que Sam ? Rien n'était moins sûr, songea-t-elle tristement.

Après un long silence, Sam reprit la parole :

— Revenons plutôt à ce buffet familial où tu es attendue.

— Je ne m'y rendrai pas sans toi ni sans les triplés, dit-elle d'un ton ferme.

— Je ne sais pas si…

— Je veux que tu viennes, Sam. Après tout, je suis la nounou des enfants dont tu as la garde, et il faut que ma famille s'habitue à nous voir ensemble, tous les cinq. Autant qu'elle s'y fasse tout de suite.

— Si tu le dis. Entendu. Je viendrai.

Le reste de la matinée se déroula selon une routine désormais bien établie, entre jeux avec les triplés et tâches ménagères.

Quand Sam alla donner ses ordres à ses employés, Lulu en profita pour téléphoner à un couple d'amis apiculteurs qui promit de lui trouver une nouvelle reine pour sa ruche rescapée, et aussi de garder un œil sur son ranch durant son absence.

Vint le moment de partir chez son frère Jack avec Sam et les trois petits qui se montrèrent d'abord turbulents et irascibles avant de s'endormir, bercés par le bruit du moteur.

— Tout se passera bien, dit Sam.

— Espérons-le !

Insister pour que Sam l'accompagne, était-ce une si bonne idée ? Oui. Ils devaient mettre l'échec de leur relation passée de côté et ne penser qu'au bien-être des triplés, décida-t-elle.

— À quoi songes-tu ? demanda Sam.

— Aux enfants, bien sûr. N'est-ce pas curieux que nous nous soyons attachés à ces petits loups si vite ?

Sam lui jeta un regard empreint de gravité.

— La vérité, Lulu, c'est que nous les aimons d'autant plus qu'ils ont besoin de nous.

— Oui, murmura-t-elle, pensive. Ils ont besoin de nous.

— Et j'ajouterais que, nous aussi, nous avons besoin d'eux.

— Explique-toi.

— Sans eux, répondit Sam, jamais nous ne nous serions revus, toi et moi.

Cette réponse ne manqua pas de la troubler. Était-il important pour lui qu'ils se revoient ? Pourquoi ?

— Selon toi, rien n'est dû au hasard et tout ce qui nous arrive était écrit ? demanda-t-elle.

Arrêté à un feu rouge, Sam coula un regard dans sa direction.

— Je le crois, oui. Pendant des années, nous n'avons plus eu de nouvelles de Peter et de Theresa et, pourtant, tous deux nous ont choisis comme tuteurs de leurs enfants.

— Ils nous ont choisis parmi d'autres et non en tête de liste.

— Et alors ? Comme par hasard, aucun des autres candidats n'est allé au bout de sa mission.

— Oui, mais tu seras le tuteur officiel des petits. Moi je ne suis que leur nounou.

— Quelle importance, Lulu, puisque nous veillons ensemble sur les enfants de nos amis ?

Le regard de Sam se fit insistant.

— Theo, Ethan et Andrew ont besoin autant de toi que de moi, Lulu.

Elle hocha la tête sans répondre et garda le silence un instant.

— N'as-tu pas l'impression que je suis déjà un peu leur mère, et toi leur père ?

Sam tressaillit.

— Si, et j'ai même l'impression que nous formons déjà une famille.

Certes, mais pour combien de temps encore ?

Initialement, il avait été prévu qu'elle garderait les enfants durant la journée et qu'elle rentrerait chez elle le soir. Pour le moment, sa présence au Hidden Creek Cattle Ranch était souhaitée à plein temps mais rien n'empêcherait Sam de la congédier.

Le feu passa au vert.

— Sam ?

— Oui.

— Tout a été si soudain. Nous voilà de nouveau réunis, après toutes ces années, avec la responsabilité de trois orphelins.

— Où veux-tu en venir ?

— Il y a dix ans, nous avons vécu quelque chose

de fort. Aujourd'hui, nous vivons aussi quelque chose de fort avec les triplés et je veux que tu saches que…

Elle s'interrompit, la gorge nouée par l'émotion.

— Quoi donc, Lulu ?

— Eh bien, même si toi et moi ne sommes plus sur la même longueur d'onde, jamais je n'abandonnerai ces petits, comprends-tu ?

Et, parce qu'elle tenait à être aussi claire que possible, elle ajouta :

— Même si dans les faits c'est toi le seul tuteur de Theo, d'Andrew et d'Ethan, je me sens aussi responsable de leur avenir, au moins émotionnellement.

Sam ne répondit pas, mais elle nota qu'il serrait le volant un peu plus fort.

Avant d'arriver au domicile de Jack McCabe, Sam déposa Lulu devant la boulangerie-pâtisserie où elle récupéra le pain et les gâteaux qu'elle avait prévu de porter au pique-nique.

Dès que la voiture s'arrêta, Theo, Ethan et Andrew se réveillèrent et commencèrent à s'agiter. Heureusement, Lulu ne fut pas longue à revenir, et ils arrivèrent bientôt chez Jack.

Sous l'abri de jardin, les frères et belles-sœurs de Lulu guettaient leur arrivée.

— Sam, quel plaisir de te revoir ! s'exclama Matt McCabe, radieux, avant de lui présenter sa femme Sara et leur fils de neuf mois, Charley.

Cullen et son épouse Bridgett se montrèrent tout aussi chaleureux. Robby, leur petit garçon de dix-huit mois, s'intéressa de près aux triplés qui en oublièrent leur mauvaise humeur.

Chloe, Nicole et Lindsay, les trois filles de Jack respectivement âgées de trois, quatre et six ans, s'avancèrent à leur tour, suivies de près par Chase, autre frère de Lulu, son épouse Mitzy et leurs quadruplés de dix mois.

Quand Dan et Kelly les rejoignirent avec Matthew, Michael et Michelle, le brouhaha alla crescendo.

— Faisons jouer les enfants sur la pelouse, suggéra Lulu.

Bientôt, les quinze bambins s'en donnèrent à cœur joie pendant que Jack surveillait le barbecue.

Seul étranger au milieu de ce clan remuant, Sam se sentait laissé pour compte, et l'attitude distante de Lulu ne contribua pas à le rassurer.

— Lulu ? dit-il en profitant d'un moment où elle était seule.

— Oui ?

— Pourquoi te montres-tu si froide avec moi ?

Elle rougit violemment.

— Tu te trompes, assura-t-elle d'un ton peu convaincu.

— Depuis notre arrivée, j'ai l'impression de ne plus exister à tes yeux. Je te rappelle que c'est toi qui as insisté pour que je vienne.

— Disons que je me sens nerveuse. Veux-tu quelque chose de frais à boire ? Bière ? Limonade ?

Pour affronter le clan McCabe, il aurait préféré un whisky ! Double.

— Une bière s'il te plaît. Merci, répondit-il.

Lulu se dirigeait vers la cuisine quand, du coin de l'œil, elle aperçut le pick-up de ses parents, qui franchissait le portail de la propriété de Jack.

Redoutant une confrontation avec son père, qu'elle

aimait mais qui manquait parfois de souplesse, elle se hâta de rejoindre ses belles-sœurs qui préparaient les hors-d'œuvre sur la terrasse et, du coup, en oublia de porter à Sam la bière promise.

Kelly et Bridgett évoquaient la prochaine fête des Pères et, avant même qu'elle ait pu se mêler à la discussion, sa mère les rejoignit. Une fois les salutations faites, cette dernière se tourna vers elle.

— Il faudrait que je te parle, Lulu chérie, si tu as un moment.

Laissant les autres à leur discussion, elle suivit sa mère jusqu'au salon où attendait son père.

— Eh bien, ma fille, pourrais-tu nous en dire un peu plus sur cette rumeur ? demanda-t-il.

Lulu soupira. Question diplomatie, il se posait là. Toujours droit au but.

— Quelle rumeur, papa ?

— Il paraît que tu serais la nounou de trois orphelins ?

— Nous aimerions en savoir plus, renchérit sa mère.

Évidemment… En quelques mots, elle expliqua la situation.

— Que Sam soit dépassé par les événements, nous le comprenons, chérie, déclara sa mère, mais devais-tu t'impliquer pour autant dans cette histoire ?

— Theresa était mon amie.

— Sans doute, mais est-ce une raison pour faire équipe avec Sam Kirkland ? intervint son père. C'est lui, le tuteur, pas toi.

— Nous ne voudrions pas que tu souffres de nouveau comme tu as souffert il y a dix ans, précisa sa mère.

— Il y a dix ans, j'ai souffert de ma rupture avec Sam, c'est vrai, dit-elle après une hésitation. Mais c'était il y a dix ans.

Le regard de sa mère se fit plus inquisiteur.

— Dois-je en conclure que cette rupture est oubliée ? Que, peut-être, Sam et toi allez redevenir un couple ?

Tandis que, rouge d'embarras, elle tardait à répondre, sa mère prit ses mains dans les siennes.

— Lulu, ma chérie, prends garde à toi. Ne fais rien que tu aurais à regretter.

— N'aie crainte, maman, je suis une grande fille, aujourd'hui.

— Nous ne voudrions à aucun prix te revoir dans le même état qu'il y a dix ans, après cette rupture, ajouta son père.

Qu'il se rassure, elle non plus !

— Promis, je tiendrai bon et ne me laisserai pas piéger une nouvelle fois, assura-t-elle.

Sa mère lui caressa la joue.

— Bien sûr, ma chérie, mais nous, les femmes, faisons parfois des folies…

— J'étais jeune et Sam aussi. Aujourd'hui, nous ne commettrions plus les mêmes erreurs.

Les mêmes, non, mais pourquoi pas d'autres ?

Sa mère l'enveloppa d'un regard soupçonneux.

— Dois-je comprendre que vous comptez revivre ensemble, Sam et toi ?

Quelques baisers échangés, quelques caresses, le fait d'avoir partagé, très chastement, le même lit pour rassurer les triplés, ne portaient pas à conséquence.

— Il n'en est pas question, décréta-t-elle.

Mais en était-elle si sûre ?

- 7 -

Distraite par l'arrivée de ses parents, Lulu avait oublié de porter la bière promise à Sam, aussi s'empressa-t-elle de regagner la cuisine. Elle ouvrait le réfrigérateur quand une voix familière l'interpella.

— Eh bien, tu m'as oublié ? Déjà ?

Quelque peu énervée par la conversation avec ses parents, Lulu eut du mal à rester calme quand elle se retrouva face au sourire ironique de Sam.

— Désolée ! Mes parents sont arrivés et…

Elle se tut.

— Et quoi ? Suis-je un pestiféré ?

Par bonheur, Sam et elle étaient seuls dans la cuisine car elle n'aurait pas voulu que ce qui s'annonçait comme une discussion épineuse ait des témoins.

— Mais non, voyons ! répliqua-t-elle en lui tendant la bière promise.

Sam en but une gorgée puis la fixa avec ironie.

— Depuis que tes parents sont arrivés, tu sembles encore plus gênée que tout à l'heure, *ma chérie.*

— Tu te fais des idées. Au fait, qui s'occupe des triplés ?

— Ta mère et ton père.

— Ah. Et tu crois que c'est judicieux ?

Le regard de Sam et ses yeux qui s'attardaient sur

son chemisier, sur ses cuisses nues sous le short blanc, lui firent battre le cœur plus vite.

— Ils me l'ont proposé, répondit-il.

— Les triplés sont encore sauvages et je crains que...

Soudain, des cris s'élevèrent du jardin. Une averse d'été, comme il en existe au Texas, venait d'éclater.

Dehors, chacun s'agitait, les bras chargés de victuailles ou tenant un ou deux enfants par la main.

Lulu se précipita, suivie de Sam. Il se tourna vers elle.

— Occupe-toi d'Ethan. Je me charge des deux autres.

Après quelques bousculades, les quinze enfants et les quatorze adultes se rassemblèrent au rez-de-chaussée de la vaste maison de Jack qui, en la circonstance, paraissait presque petite.

Lulu séchait Ethan, aidée par Sam, quand elle vit son père et sa mère s'approcher.

— Vous avez toujours d'aussi bons réflexes, Sam, déclara son père.

— Oui, vous avez été très efficace, ajouta sa mère.

Sam regarda longuement Frank et Rachel.

— Ne suis-je pas le tuteur de ces trois garçons ? Il est normal que je les surveille.

— Nous commençons à nous faire vieux, Frank et moi, mais autant que je me souvienne élever cinq enfants n'a pas toujours été facile !

Pourvu qu'elle ne se lance pas dans les confidences gênantes ! songea Lulu.

Par chance, tout le monde fut réquisitionné pour réinstaller le pique-nique à l'intérieur.

Une fois le repas achevé, Lulu aida ses belles-sœurs à débarrasser et à faire la vaisselle jusqu'au moment du départ.

Habiller les triplés qui ne voulaient pas quitter leurs

copains ne fut pas une mince affaire, et il lui fallut l'aide de Sam pour y parvenir.

Quand Dan et Kelly vinrent leur dire au revoir, Kelly lui demanda si les triplés allaient à l'école avant l'accident de leurs parents.

— D'après les renseignements que Sam et moi avons pu glaner, ils allaient à la maternelle, oui.

— Dans ce cas, pourquoi ne pas les inscrire dans mon école ? suggéra Kelly. Je pourrais les prendre dans ma classe. Ils me connaissent déjà.

Si l'idée en soi était séduisante, Lulu préférait ne pas s'engager.

— La décision appartient à Sam. C'est lui le tuteur. Je doute qu'il accepte.

— Pourquoi donc ?

— Depuis la mort de leurs parents, Andrew, Theo et Ethan ont été placés dans différentes familles qui, toutes, ont fini par déclarer forfait. Il faut à présent qu'ils trouvent leurs marques avec Sam. C'est peut-être un peu tôt pour l'école. Mais j'en parlerai à Sam. Si cela ne tenait qu'à moi, je les inscrirais dès demain. Il serait temps qu'ils se sociabilisent.

— En tout cas, dis à Sam que je suis prête à vous aider.

Justement, ce dernier approchait, la mine soucieuse.

— Je crois qu'il est temps de partir, Lulu, sinon nos fauves risquent de piquer une nouvelle crise.

Sam et elle eurent beau leur rappeler que Belle attendait leur retour, au ranch, les triplés manifestèrent une telle mauvaise volonté à partir qu'il fallut les porter jusqu'au pick-up, et en plus sous une pluie battante.

Les installer dans leur siège ne fut pas une mince affaire et, quand elle monta enfin dans la voiture, Lulu était trempée.

— J'ai allumé le chauffage, déclara Sam.

Tout en s'efforçant de calmer les protestations des triplés, elle lui jeta un regard reconnaissant.

Au premier feu rouge, miracle, les plaintes et les cris cessèrent. Le trio venait de s'endormir. Aussi en profita-t-elle pour évoquer la proposition de Kelly.

— J'hésite, répondit Sam.

— Que crains-tu ?

— D'un côté, ils profiteraient du contact avec d'autres enfants mais, de l'autre, qui sait s'ils pourraient s'adapter à un nouvel environnement ?

— Pas facile d'être parents, dit-elle en soupirant.

Sam lui tapota le genou.

— Rassure-toi, à deux, rien d'impossible.

— Je ne suis que la nounou, Sam…

— Tu es bien plus qu'une nounou et tu le sais, répondit-il d'un ton résolu.

Au moins était-elle fixée, désormais, sur la confiance qu'il lui témoignait.

Quand ils furent arrivés au ranch, Sam aida Lulu à transporter les petits toujours endormis sur le canapé du salon.

— Ils sont adorables, non ?

— Oui, de vrais petits anges, répondit Lulu, attendrie. Quand ils dorment !

Il laissa échapper un petit rire.

Lulu regarda sa montre.

— Déjà 17 heures. Si nous les laissons dormir maintenant, ils risquent de se réveiller en pleine nuit.

— Accordons-leur un sursis jusqu'à 18 heures, proposa-t-il.

Lulu se tourna vers lui, son plus charmant sourire aux lèvres.

— 18 heures ? D'accord. De cette façon, ils pourront jouer encore un peu avant leur bain et leur dîner.

— Parfait, dit-il en lorgnant la courbe de ses seins sous le chemisier humide.

— Sam… Que regardes-tu ?

— Eh bien… Désolé, chérie ! La pluie m'a autant émoustillé que toi.

Et tous deux éclatèrent de rire.

— Sérieusement, Sam, j'ai besoin de me changer mais je n'ai plus rien de propre à me mettre.

Dix ans plus tôt, au Tennessee, trempée par une averse, elle lui avait emprunté une chemise et, tandis qu'elle se déshabillait, il l'avait tant désirée que tous deux avaient fait l'amour debout, passionnément…

Comme tout était simple, alors !

— Tu veux que je te prête une de mes chemises ? proposa-t-il en guettant sa réaction.

— Cela ne te dérangerait pas ? répliqua-t-elle avec une mimique témoignant qu'elle non plus n'avait rien oublié.

— Mon dressing est à ta disposition. Ma machine à laver aussi, d'ailleurs, si tu veux.

Lulu lui sourit.

— Merci, Sam. Tu m'épargnes un aller-retour jusqu'au Honeybee Ranch.

Sentir Lulu si proche aiguisa un peu plus encore la tentation à laquelle le soumettait ce corps svelte, ces seins visibles sous le chemisier. Quand elle monta l'escalier, il s'attarda sur ces cuisses fermes, ces hanches prometteuses, ce corps tant désiré et aimé dix ans plus tôt…

Il la rejoignit, montant les escaliers quatre à quatre.

— Fais comme chez toi, dit-il en lui ouvrant son dressing.

Après avoir inspecté une dizaine de chemises, Lulu porta son choix sur un modèle bleu clair, un peu effrangé, qu'il ne mettait plus qu'occasionnellement.

— Celle-là ? demanda-t-elle.

— Oui, si tu veux.

Tenant la chemise contre elle, elle plongea son regard dans le sien, et la lueur qu'il y vit briller le remua plus que toutes les déclarations d'amour qu'une femme pouvait lui faire.

— Oh Sam, si tu savais…

Et elle se jeta dans ses bras, puis posa ses lèvres sur les siennes.

En proie à un fulgurant désir, il prit avidement possession des lèvres de cette femme qui, depuis trop longtemps déjà, manquait à sa vie. Mais, lui, manquait-il à la sienne ?

À embrasser Sam comme elle était en train de le faire, Lulu n'ignorait pas qu'elle jouait avec le feu. Ces jours derniers, Sam n'avait cessé de susciter en elle un désir croissant auquel se mêlait le souvenir de leurs vacances au Tennessee, preuve que leur histoire était loin d'être terminée et que le destin savait ce qu'il faisait en les remettant, si longtemps après, en présence l'un de l'autre.

— Lulu…, murmura Sam en quittant ses lèvres.

— Sam, embrassons-nous encore !

Dans cette nouvelle étreinte, elle mit toute sa ferveur, sa féminité, son impulsivité, laissant pénétrer en elle le plaisir à venir, devinant ce qui pouvait animer Sam en ce moment précis, tandis que leurs langues se nouaient et que leurs sens à fleur de peau demandaient grâce.

C'était si bon, si fort, qu'elle se mit à trembler. À cet instant elle ne désirait qu'une chose : se donner à Sam, être à lui totalement et lui appartenir comme elle ne l'avait peut-être encore jamais fait. Lui seul saurait lui redonner ce goût de vivre et d'aimer qui, depuis dix ans, lui faisait défaut.

— Prends-moi comme ça, oui ! Serre-moi fort dans tes bras !

— Je te veux ! répondit Sam d'une voix rauque en ouvrant son chemisier et en la débarrassant de son soutien-gorge.

— Moi aussi, répondit-elle en lui arrachant sa chemise. Sam, oh Sam…

— Ma chérie…

Elle effleura ce torse musclé, ces épaules larges, ce ventre plat, retrouvant des sensations qu'elle n'avait pas oubliées. Défaire le ceinturon, déboutonner le jean ne lui prit guère plus de quelques secondes.

Enfin, caresser le sexe dur et chaud de Sam…

— Arrête ! Tu m'excites ! dit Sam en l'obligeant à relever le menton. Lulu, peut-être devrions-nous réfléchir avant de…

— Je suis une grande fille. Je sais ce que je fais.

La fixant avec intensité, il laissa échapper une exclamation rauque, celle d'un homme décidé à renoncer à toute galanterie superflue pour se transformer en mâle conquérant, heureux d'accomplir ce à quoi la nature le destinait. Jamais elle ne s'était sentie aussi disposée à retomber amoureuse de celui qu'elle avait quitté dix ans plus tôt…

— Attends ! s'exclama-t-elle.

Elle alla fermer la porte puis entraîna Sam jusqu'au grand lit.

— Lulu, tu sais que…

— Je suis sûre que nous ne le regretterons pas.

Sam chercha son regard, et ce qu'elle lut dans le sien la conforta dans sa décision de faire confiance au destin qui avait jugé bon de les réunir de nouveau.

— Crois-moi, même si cela semble risqué, après toutes ces années, j'ai envie de toi, très envie même, dit-elle, le souffle court et le cœur battant. Et puis nous sommes des adultes capables de décider de nos actes, non ?

Il lui offrit un sourire radieux.

— Dans ce cas…

Et il piqua des baisers brûlants dans le creux de son cou, effleura de petits coups de langue ses seins nus, à la faire mourir de plaisir.

— Oh Sam…

À genoux, il l'embrassa entre les cuisses et poussa un gémissement rauque quand elle prit son sexe tendu dans sa bouche. À moitié nus, ils basculèrent sur le lit.

L'odeur de Sam qui lui avait tant manqué lui donna presque le tournis.

Comme ce corps à corps avec lui, aujourd'hui, la comblait et lui redonnait de l'espoir !

— Préservatif, dit-elle en un murmure.

Il se protégea avec une rapidité qui la fit rire.

— Viens ! dit-elle.

La force virile de Sam, ses muscles tétanisés par le désir et ce plaisir qui montait lentement en elle, qu'elle sentait aussi monter en lui…

Les jambes nouées autour de la taille mince et musclée de Sam, elle contrôla leur va-et-vient dont l'intensité allait en croissant.

C'était bon, si bon…

Je suis à toi, Sam, à toi et rien qu'à toi.

Ne comptait plus désormais que le plaisir en elle, que le regard de Sam sur elle, et cette sensation d'être connectée tout entière à l'homme qui lui faisait si bien l'amour.

Après cette longue parenthèse, refaire l'amour avec Lulu s'était avéré être pour Sam une fantastique expérience. Restait à en payer le prix. Sans surprise, Lulu lui adressa un regard anxieux.

— Et maintenant, qu'allons-nous faire ? demanda-t-elle en fronçant ses ravissants sourcils.

Recommencer !

— Pourquoi se compliquer la vie, ma chérie ? L'important n'est-il pas de donner à nos trois garnements l'affection qu'ils méritent ? Et comment mieux le faire si ce n'est en ayant de la tendresse l'un pour l'autre ?

Lulu posa sa tête au creux de son épaule.

— Tu as raison, dit-elle. Alors disons que nous avons en effet pris du bon temps et qu'il n'y avait aucun mal à ça.

— Toi et moi, nous partageons bien plus que du « bon temps », fit-il remarquer, blessé par sa remarque.

Le regard turquoise se posa sur lui.

— Sam, ne pouvons-nous pas faire l'amour de temps en temps sans pour autant ouvrir la vanne de nos émotions ?

Si jolie, si douée pour le plaisir, elle se souciait donc bien peu de lui et de ses sentiments, en fin de compte.

— Puisque tu le vois ainsi…, marmonna-t-il.

— Oui, Sam. Occupons-nous des triplés sans bouleverser pour autant nos habitudes respectives.

Au moins le message était-il clair.

Après avoir enfilé la chemise qu'il lui avait prêtée, Lulu rassembla leurs vêtements encore trempés par l'orage et se dirigea vers la buanderie. Seul, déçu et blessé, Sam finit par s'habiller puis alla la rejoindre.

— Lulu, il faut que je te dise quelque chose.

— Je t'écoute.

— Je refuse ce constat pessimiste. Toi et moi, nous valons mieux qu'une étreinte de temps en temps.

Au point de vouloir reconstituer un vrai couple avec celle qui, dix ans plus tôt, l'avait trahi ? Il avait peut-être parlé trop vite…

— J'ai eu du plaisir, beaucoup de plaisir, répondit Lulu en repoussant une mèche qui barrait son front pâle.

— Seulement du plaisir ?

— D'accord, Sam, j'avais envie de toi, toi de moi, alors nous nous sommes retrouvés et bien retrouvés.

— Ah ! Tu vois !

Dosant la lessive, ajoutant l'assouplissant, elle referma le couvercle de la machine avant de mettre cette dernière en marche.

— Ne t'emballe pas, dit-elle. Nous avons eu envie de satisfaire notre désir physique, mais rien ne nous oblige à aller plus loin.

— Juste un besoin physique ? Rien de plus ?

— J'ai de l'affection pour toi, Sam.

Ce qu'il ressentait pour elle dépassait, et de loin, la simple affection !

— Lulu, je…

— Allons voir les enfants, dit-elle en lui prenant la main.

Sur le canapé du salon, les triplés dormaient toujours à poings fermés, et ce spectacle ne manqua pas de l'émouvoir une fois de plus. Comme ce serait simple si Lulu et lui… Non. Autant ne pas tirer de plans sur la comète. Toutefois, un peu plus tard, dans la cuisine, il ne put s'empêcher de revenir à la charge.

— Pourquoi es-tu si froide avec moi, Lulu ? N'avons-nous pas bien fait l'amour, tout à l'heure ?

— Si ! répondit-elle en rougissant.

— Alors où est le problème ? Tu ne veux pas que l'on recommence ?

— Oh Sam, ne nous emballons pas et sois patient.

Il détestait ces phrases toutes faites ! Il saisit Lulu par les épaules et l'obligea à le regarder en face.

— Tu as aimé refaire l'amour autant que moi, alors pourquoi nous priver du plaisir de recommencer ?

Elle resta un long moment à le fixer sans rien dire, cherchant sans doute ces arguments fumeux dont elle avait le secret. Cette fois, il ne la laisserait pas réfléchir trop longtemps.

— Alors ? Pourquoi nous priverions-nous du plaisir de faire l'amour ? La question est simple, il me semble, dit-il.

Lulu soupira.

— J'ai adoré nos retrouvailles, Sam, mais nous avons désormais la responsabilité de trois enfants traumatisés par la mort de leurs parents, et nous devons penser à eux en priorité.

— Et, d'après toi, c'est incompatible avec le fait que nous redevenions amants à part entière ?

— Ma foi, céder à nos pulsions ne nous faciliterait pas la tâche.

— Ce que nous avons éprouvé l'un pour l'autre, tout à l'heure, était bien plus qu'une pulsion, Lulu ! Pour moi, tu restes celle que j'ai tant désirée il y a dix ans, ajouta-t-il d'une voix émue.

Visiblement touchée elle aussi, Lulu esquissa un sourire timide.

— Toi aussi, cow-boy, tu me plais toujours autant, répondit-elle après quelques secondes d'hésitation.

— Alors, où est le problème ?

— S'il te plaît, Sam, restons-en là, du moins pour aujourd'hui. D'accord ?

Le changement d'attitude de Lulu, ce mélange de charme, de désir brûlant pour lui, de froideur soudaine, remontait au pique-nique familial de l'après-midi, au fait aussi qu'elle avait vu sa famille réunie.

— De quoi avez-vous parlé, tes parents et toi, chez Jack, tout à l'heure ?

— Sam, je…

— Ne tourne pas autour du pot, Lulu ! S'il a été question de toi et de moi, j'ai le droit de savoir.

- 8 -

Mettre Sam au courant de sa discussion récente avec ses parents, des doutes qu'avaient ces derniers concernant leur cohabitation, était la dernière chose que Lulu souhaitait. D'un autre côté, ne rien dire à Sam revenait à mentir par omission, ce à quoi elle se refusait aussi.

— Eh bien, de quoi avez-vous parlé, tes parents et toi ?

— De moi, de toi. Des triplés.

— Et que pensent-ils de la situation ?

— D'abord, sache que je ne tenais pas du tout à aborder le sujet avec eux. Ils m'ont en quelque sorte forcé la main.

Sam lui jeta un regard irrité.

— Lulu…

— Ils pensent que j'ai tort de m'occuper des triplés avec toi, dit-elle d'un trait. Ils s'inquiètent pour moi.

Elle lut de la colère dans les prunelles pailletées d'or. Et aussi de la tristesse.

— Et toi, Lulu, qu'en penses-tu ? Crois-tu aussi que tu as tort d'agir ainsi ?

Tort de l'avoir quitté dix ans plus tôt, oui.

Elle ne regrettait pas sa décision de s'occuper avec lui des triplés. Quant à vivre sous son toit, avoir fait l'amour avec lui… Seul l'avenir le dirait.

— Il ne faut pas m'en vouloir, dit-elle, partagée entre l'envie et la peur de lui parler à cœur ouvert.

— Qu'as-tu répondu à tes parents ?

— Qu'ils ne devaient pas s'inquiéter pour moi et que les triplés avaient besoin de moi comme de toi.

— C'est on ne peut plus vrai, déclara Sam d'un ton radouci en l'enveloppant d'un regard tendre.

À cet instant, elle sut qu'elle avait eu raison de tenir bon face à ses parents, tout à l'heure.

Sam et elle se rendirent dans la cuisine où ils commencèrent à préparer le repas.

— J'ai une proposition à te faire, Lulu.

Une nouvelle étreinte ? songea-t-elle, le cœur battant.

— Laquelle ?

— Tu es bien plus qu'une nounou pour les enfants. Que dirais-tu d'être leur tutrice légale au même titre que moi ?

— Écoute, s'il s'agit d'une…

— Je suis sérieux, Lulu. Ce statut de nounou ne te rend pas justice, et puis ces enfants ont besoin d'une vraie maman.

Son esprit s'affola.

— Chercherais-tu par hasard à me piéger ?

— Absolument pas, affirma-t-il.

Ils se dévisagèrent un long moment en silence.

— Te retrouver est un vrai bonheur, Lulu, reprit Sam en lui prenant la main.

— Vraiment ?

— Bien sûr. Et je me rends compte que tu m'es indispensable.

En proie au doute, elle dégagea sa main de celle de Sam.

— Tu dis ça parce que, tout à l'heure, j'ai montré que j'avais envie de toi.

Sam la regarda d'un air peiné.

— Refaire l'amour n'a rien à voir avec ma proposition, Lulu. Quand je dis avoir besoin de toi, c'est bien plus une question de sentiments que de désir physique.

Devait-elle le croire ? Et quels étaient réellement ses sentiments pour lui ?

— Supposons que j'accepte d'être tutrice des triplés et que, dans quelques mois, des difficultés surviennent entre nous ? Que se passerait-il alors ?

Sam laissa échapper un soupir.

— Eh bien, nous resterions tous deux leurs tuteurs sans pour autant nous faire la guerre, répondit-il. N'est-ce pas ce que nous souhaitons, toi et moi ?

— Si, bien sûr.

Quand Sam reprit sa main dans la sienne, cette fois, elle ne se déroba pas.

— Alors, chérie, que dis-tu de ma proposition ? Acceptes-tu d'être tutrice à parts égales avec moi ?

En faisant vibrer sa corde la plus sensible, celle de son instinct maternel, il ne pouvait qu'obtenir son accord. Une joie soudaine l'envahit à la pensée que, bientôt, son rôle serait celui d'une maman et non plus seulement d'une nounou. Exactement ce qu'elle avait souhaité, dans le bureau de leurs amis avocats, deux jours plus tôt, et que Sam, finalement, lui offrait sur un plateau.

— Oui, mille fois oui, je veux être tutrice avec toi de ces enfants ! répondit-elle avec un grand sourire.

Avoir dû quémander cette place de nounou afin de s'occuper des triplés ne serait bientôt plus qu'un mauvais souvenir.

— Bravo ! s'exclama Sam en déposant un baiser sur sa main.

Si le geste la toucha, elle éprouva le besoin de mettre les choses au clair.

— Au fait, plus question que tu me paies, décréta-t-elle.

— Voyons, bien sûr que tu seras payée !

— Et je refuserai.

— Pourquoi donc ?

— J'ai mes raisons.

Elle refusait d'être en situation de dépendance vis-à-vis de Sam, d'avoir à le remercier quand il lui donnerait son chèque.

Sam fronça les sourcils.

— Tu te donnes du mal, tu dors peu et tu t'occupes de trois enfants. Ne crois-tu pas que toute peine mérite salaire ?

— Une fois tutrice des triplés, il ne pourra être question d'argent entre nous, ni de dépendance d'aucune sorte. Du reste, ne suis-je pas hébergée et nourrie ?

Sam la regarda comme dix ans plus tôt quand, par ses propos ou ses réactions, elle avait le don de le déconcerter.

— Toi, quand tu as décidé quelque chose..., marmonna-t-il. Ai-je une chance de te faire changer d'avis ?

— Pas l'ombre d'une, cow-boy.

Il éclata de rire.

— Sacrée Lulu ! Donc, pas de salaire.

— Heureuse de te l'entendre dire !

Ainsi, une fois accomplies les formalités qui feraient d'elle la tutrice des trois frères, Sam et elle seraient vraiment sur un plan d'égalité. Plus tard, il serait temps de réfléchir à cette attirance qui les poussait l'un vers l'autre et qui, du moins pour elle, dépassait et de loin le simple désir sexuel.

Le lendemain, Sam appela Hiram Higgins et activa la fonction « haut-parleur » afin de permettre à Lulu de participer pleinement à la conversation.

D'une voix ferme, la jeune femme fit part à l'avoué de sa décision d'être tutrice des triplés.

— Très bien, déclara Higgins. J'envoie tout de suite les formulaires par fax à vos amis avocats, et tout ce que vous aurez à faire sera de signer les documents.

— Parfait ! déclara Lulu avec un sourire radieux. Dans ce cas, Sam et moi passerons chez Liz et Travis aujourd'hui même.

À peine eurent-ils pris congé de l'avoué qu'un concert de petites voix excitées leur parvint.

— À moi !

— Nooon !

Lulu et lui se précipitèrent dans le salon où, un instant plus tôt, leurs trois anges jouaient sagement.

À cheval sur Belle, Theo faisait face à ses frères qui tentaient de le désarçonner.

— Assez ! dit Sam en débarrassant Belle de son petit cavalier.

— Cette chienne est vraiment de bonne composition, remarqua Lulu en caressant la tête de l'animal impassible.

Sam installa les trois frères sur le canapé puis brandit un index réprobateur.

— Belle n'est pas un cheval, les gars. Compris ? Alors plus question de grimper sur son dos. Maintenant, allez jouer dans votre salle de jeux. Et que je ne vous entende plus.

Dix minutes plus tard, des cris retentirent, bientôt suivis de pleurs. Avant que Sam ait pu intervenir, Lulu composait déjà un numéro sur son portable.

— J'appelle Kelly, dit-elle.

Le temps que Lulu ait la communication puis revienne vers lui, il avait réussi à grand-peine à séparer les trois frères qui voulaient le même jouet et leur expliquait le sens du mot « partage ».

— Nos triplés seront les bienvenus dans la classe de Kelly, dit-elle.

— De quand à quand ?

— 9 heures à 13 heures.

Il jeta un coup d'œil à sa montre. 8 heures.

— En nous dépêchant, nous arriverons à temps pour le début de la classe ! dit-il avec enthousiasme.

— Maintenant ?

— Pourquoi cette réticence ? Que crains-tu ? N'est-ce pas une bonne idée de confier ces enfants à Kelly, ne serait-ce que pour les habituer à être avec d'autres enfants ?

— Si, mais… Ils reviennent de loin. Après la disparition de leurs parents et ces déménagements successifs, peut-être vont-ils croire qu'on les abandonne ?

— Ils connaissent Kelly, et ils vont retrouver ses enfants avec qui ils ont joué chez Jack.

Lulu ne fut pas vraiment convaincue.

— Je ne suis pas certaine que ce soit une bonne idée.

— Parlons-en aux triplés et nous verrons bien, dit-il.

Quand ils comprirent qu'ils allaient revoir Michelle, Michael et Matthew, les trois frères accueillirent la proposition avec des cris de joie. Lulu, peu enthousiaste, appela Kelly pour la prévenir tandis que Sam appelait Travis pour lui signaler que Lulu et lui passeraient signer les papiers qu'Hiram Higgins avait dû lui faxer.

À l'école, tout se déroula au mieux, et ce fut donc sans remords que Lulu et lui se rendirent au cabinet de Liz et de Travis.

— Es-tu sûre de ta décision ? demanda Liz à Lulu.

Peut-être faudrait-il que tu réfléchisses encore avant de t'engager dans une telle aventure pour de nombreuses années.

— C'est tout réfléchi, Liz. Ces enfants ont besoin de Sam autant qu'ils ont besoin de moi, d'où notre décision d'être deux pour les élever.

Elle avait l'air si sûre d'elle que Sam la crut. Et, lorsque tous deux signèrent ces nouveaux formulaires, il eut l'impression de s'engager avec elle sur un chemin qui n'avait rien à voir avec les triplés.

Quelques minutes plus tard, sur le trottoir baigné par le soleil d'été, Lulu et lui échangèrent un regard complice. Non seulement ils étaient désormais deux à s'occuper des enfants, et dans la meilleure entente possible, mais en prime le destin leur permettait, en cette fin de matinée, de se retrouver pour la première fois seuls et sans avoir, dans l'immédiat du moins, de comptes à rendre à quiconque sinon à eux-mêmes.

Jamais Lulu ne lui était apparue plus troublante, plus désirable, et il se félicita de porter un costume élégant et non, comme à son habitude, une chemise à carreaux.

— Y a-t-il quelque chose qui te ferait plaisir, ce matin ? s'enquit-il.

— Je ne sais pas, répondit-elle en rougissant. Que suggères-tu ?

Cette gorge gonflant le chemisier d'été, ce cou gracile sur lequel pulsait une veine… Il savait, lui, ce qui lui ferait plaisir : la serrer dans ses bras et la coucher dans un lit.

La prudence prévalut, et il refréna ses ardeurs.

— Une balade, si tu veux ? proposa-t-il.

— Oui mais pas trop loin, alors, au cas où les triplés auraient besoin de nous plus tôt que prévu.

La sonnerie du portable de Lulu retentit au moment précis où il s'apprêtait à enlacer cette dernière.

— L'école ? demanda-t-il en cachant sa déception.

Lulu décrocha en lui faisant signe que non et, après une brève conversation, lui sourit.

— C'était mon frère Dan. Ils ont retrouvé mes abeilles ! Je dois passer au bureau du shérif. Tu m'accompagnes ?

Lulu fut heureuse que Sam accepte de l'accompagner jusqu'au bureau du shérif où les attendait Dan.

— Où sont mes abeilles ? demanda-t-elle après avoir brièvement salué son frère.

— Dans le Wisconsin. Un agriculteur qui commercialise des melons a acheté les ruches à ton voleur. Il a appris leur provenance après et il a aussitôt appelé les autorités locales qui nous ont contactés.

— Un homme honnête ! Et dans quel état sont mes ruches ?

Son frère consulta ses notes.

— Certaines ont souffert du transport mais la plupart ont tenu le choc. Qu'est-ce que tu comptes faire ?

Elle prit quelques secondes pour réfléchir.

— Que dit le cultivateur ? s'enquit-elle.

— Il a déjà installé les ruches dans ses champs mais, bien sûr, dans la mesure où elles t'ont été volées, il est prêt à te les expédier par la route au plus vite.

Ce qui signifierait un nouveau traumatisme pour ses abeilles.

— As-tu son numéro de téléphone ?

— Oui, le voilà. Et maintenant excuse-moi mais j'ai d'autres affaires urgentes à régler. Si tu as besoin de moi, tu m'appelles.

Une fois dehors avec Sam, elle appela le cultivateur et discuta un moment avec lui.

— Alors ? demanda Sam quand elle eut raccroché.

— Il accepte de me verser un loyer pour mes ruches jusqu'à la fin de la saison. Cela évitera un nouveau voyage à mes abeilles.

— Et ensuite ? insista Sam en la prenant par la taille.

— Il va contacter un apiculteur qui pourrait me les acheter.

Sam la fixa d'un œil surpris.

— Et tu te séparerais de ces ruches qui sont toute ta vie ?

— Bien sûr, ce sera un déchirement mais ai-je le choix ?

— Les triplés ?

— Eh oui ! Ne suis-je pas désormais leur tutrice ?

— C'est vrai, mais ne vas-tu pas regretter tes ruches ? Sans compter que tu risques de perdre une clientèle qui t'était fidèle.

— Il me reste une ruche, et des amis apiculteurs vont m'aider à y implanter une reine. Voyons, Sam, comment veux-tu que je m'occupe à la fois de mes abeilles et de nos trois garnements ?

— C'est tout de même un sacrifice que tu fais, Lulu.

— Un sacrifice qui en vaut la peine, Sam, puisqu'il me permettra de prendre soin des fils de nos amis. En vendant mes ruches, j'aurais de quoi entretenir mon ranch, ce qui me permettra de ne pas avoir à me soucier de l'avenir, du moins dans l'immédiat.

Autant que Sam s'en souvienne, Lulu avait toujours été sujette à des changements d'humeur, d'idées, de projets. Aussi tenait-il à la mettre en garde contre une décision qui risquait fort de lui porter préjudice un jour.

— Es-tu sûre de ne pas avoir de regrets ? demanda-t-il alors qu'ils se dirigeaient d'un pas décidé vers le parking.

— Est-on jamais sûr de quelque chose, Sam ?

— Ne te fâche pas. Simplement, j'aimerais compter sur toi dans les semaines et les mois à venir.

Lulu s'arrêta et le fixa sévèrement.

— Où veux-tu en venir, cow-boy ?

— Je ne voudrais pas me retrouver en plan avec les triplés si jamais il te prenait l'envie de ne plus être leur tutrice.

— Ai-je bien entendu ? répliqua-t-elle sèchement. Serais-tu en train de me traiter d'irresponsable ?

— Lulu, voyons, je… Restons calmes, dit-il en effleurant d'une caresse les fins cheveux de la jeune femme. Seulement, si nous voulons mener notre mission à bien, autant mettre les choses au point, n'est-ce pas ?

— Oui, restons calmes, marmonna Lulu après un long silence. Et, si tu veux savoir, je…

Un SMS la coupa au milieu de sa phrase.

— Kelly ! Il y a du grabuge à l'école, dit-elle.

— Les triplés ?

— Exact. Ils sont dans tous leurs états, et ma belle-sœur nous réclame.

C'en était fini de leur balade !

Il profita du court trajet jusqu'à l'école pour interroger Lulu.

— Kelly ne t'a pas donné de détails ?

— Non, et c'est bien ce qui m'inquiète.

Arrivés à l'école, ils se précipitèrent à l'intérieur. Kelly les guettait et les fit entrer dans une salle, apparemment la salle de repos car les trois frères étaient assis sur un petit matelas, blottis les uns contre les autres.

Sam sentit son cœur se serrer en voyant l'angoisse et la panique sur leurs frimousses mouillées de larmes.

— J'avoue que je ne savais plus quoi faire, leur expliqua Kelly, visiblement soulagée.

Lulu s'accroupit devant les trois garçonnets qui pleuraient et trépignaient.

— Que se passe-t-il, les enfants ? Pourquoi vous être mis dans un état pareil ?

— Je veux mamaaaan ! hurla Theo, aussitôt imité par ses frères.

Et les cris et les pleurs redoublèrent.

— Nous allons rentrer à la maison, dit Sam en serrant les trois garçonnets sur son cœur.

— Noooon ! Je veux maman ! répéta Theo en s'efforçant d'échapper à son étreinte.

— Je veux mon papa ! renchérit Andrew sur le même ton.

Ethan, lui, laissa échapper un cri avant de se coucher par terre, et ce ne fut pas une mince affaire d'apaiser les triplés.

— J'ai peut-être une idée, dit Kelly en composant un numéro sur son portable.

Au terme d'une brève conversation, elle retrouva le sourire.

— Kate, la psychologue de l'hôpital, a l'habitude de ces situations de crise. Elle vient tout de suite.

Quand cette dernière arriva, les triplés appelaient leurs parents avec des accents de désespoir, criant et se roulant par terre. Elle s'adressa à eux d'une voix douce.

— Eh bien, les enfants, que diriez-vous si nous faisions connaissance ? Moi, je m'appelle Kate. Vous voulez bien aller attendre dans le jardin ? ajouta-t-elle en se tournant vers les trois adultes.

Sam hocha la tête, et Lulu, Kelly et lui sortirent, soulagés.

— Kate a la situation bien en main, alors n'ayez aucune crainte, leur assura Kelly en les quittant.

Lulu et lui s'assirent sur un banc à l'ombre.

— Je reconnais que tu avais raison, dit-il assez humblement après un court instant de silence. Il était trop tôt pour les envoyer à l'école. J'aurais dû t'écouter. Désolé.

— J'aurais bien voulu avoir tort, murmura-t-elle.

Il prit sa main dans la sienne et fut heureux qu'elle le laisse faire.

Mêler ses doigts à ceux de Sam réconforta Lulu, et diverses pensées lui traversèrent l'esprit. Sam avait bien changé, en dix ans… Jamais il n'aurait reconnu ses torts aussi vite, avant !

— Tu me pardonnes ? demanda-t-il, l'air contrit.

— Bien sûr que je te pardonne et toi, de ton côté, sache qu'en ce qui concerne nos trois petits je serai fidèle au poste.

Cette flamme de tendresse dans le regard de Sam…

— Désormais, je te ferai toujours confiance, Lulu. Et j'attends de toi que tu sois franche avec moi.

L'occasion était trop belle pour la laisser passer.

— Et ton ranch, alors ? Comment comptes-tu diriger Hidden Creek si nous devons nous occuper des triplés à plein temps ?

— Mes employés et mon contremaître savent ce qu'ils ont à faire, mais c'est vrai que ma présence sur le terrain est indispensable. Tout dépendra de la façon dont les enfants s'adapteront à leur nouvelle existence.

— Et s'ils tardent à trouver leurs marques ?

— Je suis prêt à bien des sacrifices pour assurer leur bonheur.

Les doigts toujours entrelacés, ils échangèrent un regard complice.

— Désormais et quoi qu'il arrive, nous sommes deux, ajouta-t-il d'une voix douce et ferme.

Précisément ce qu'elle pensait.

Kelly vint les rejoindre.

— Kate voudrait vous voir tous les deux. Je m'occupe des triplés. Ils sont calmés, précisa-t-elle avec un grand sourire.

Un peu intimidée, Lulu retourna avec Sam dans la salle où les attendait la psychologue.

— Tout semble s'arranger, déclara Kate en souriant. J'ai expliqué aux enfants que leurs parents étaient au ciel, ce qui est encore une notion un peu vague pour eux. Mais ils savent que ces derniers ne reviendront pas et qu'il ne faut plus compter sur eux.

— Quel déchirement pour eux, murmura Lulu.

— Le travail de deuil est très difficile pour des enfants aussi jeunes, mais j'ai bon espoir, assura la psychologue. Maintenant, dites-moi un peu comment ils se comportent à la maison.

— Les débuts ont été difficiles. Depuis peu, ils font des progrès, répondit Sam.

— Sont-ils hyperactifs ?

— Bien plus que nous l'aurions souhaité ! répondit Lulu.

— Le sommeil ?

— Des cauchemars.

Et elle expliqua les nuits agitées et le fait que les trois frères ne retrouvaient un peu de paix que dans ses bras ou dans ceux de Sam.

— Et en ce qui concerne leur nourriture ?

— Ils aiment les pancakes et les œufs brouillés mais préfèrent la confiture et les gâteaux.

— Je vois… Beaucoup de sucre, donc. Et ont-ils des colères soudaines ?

— Au moins une fois par jour, si ce n'est plus.

Kate nota tout cela sur son carnet avant de le refermer.

— À l'évidence, déclara-t-elle, le deuil pour ces trois frères est encore à faire, ce qui prendra du temps. La bonne nouvelle, c'est que nous avons développé, à l'hôpital, un programme spécifique qui pourra venir en aide à vos protégés autant qu'à vous deux.

Ils accueillirent la nouvelle avec joie.

— En plus de ce programme, comment leur faciliter la vie ? s'enquit Lulu.

— En leur proposant un environnement aussi proche que possible de celui qui a été le leur, si toutefois vous le connaissez. Répéter autant que possible des routines. Insister pour qu'ils se couchent à heure fixe, chacun dans son lit, une règle qui ne doit souffrir aucune exception.

— Je pense que vous avez raison, intervint Sam.

— Et s'ils nous questionnent sur leurs parents, que devrons-nous répondre ? demanda Lulu.

— La vérité mais en étant toujours positifs, répondit Kate. Par exemple en rappelant combien leurs parents les ont aimés et combien, en dépit de leur absence, ils doivent se sentir protégés par le souvenir qu'ils gardent d'eux.

Puis elle leur donna un paquet de fiches et un gros livre illustré.

— Pour vos enfants. Les personnages de l'histoire leur ressemblent, et le sujet traité est le deuil après la perte des parents. Lisez-leur ces historiettes chaque soir et lisez aussi les fiches sur la consultation que je donne à l'hôpital.

Lulu la remercia chaleureusement. Nul doute qu'avec l'aide de cette femme chaleureuse et professionnelle Sam et elle allaient pouvoir s'occuper au mieux des trois frères.

— Nous vous remercions pour tout, dit-elle en serrant la main de Kate.

Sam l'imita, puis Kate leur adressa un dernier sourire.

— N'hésitez pas à m'appeler au cas où vous auriez d'autres questions. Bonne chance et à bientôt.

Une fois seule avec Sam, Lulu eut une pensée pour Peter et Theresa.

— Eh bien, nous avons du pain sur la planche, murmura-t-elle en soupirant.

— Oui, de quoi nourrir une garnison ! répondit Sam avec un humour teinté de gravité.

Un long regard échangé et, une fois de plus, la certitude que cet homme allait être pour elle bien plus qu'un simple amant, ou encore que le tuteur des trois orphelins.

— Lulu ?

Dans les prunelles pailletées d'or, cette flamme si familière…

— Oui ?

— Et si tu t'installais définitivement à Hidden Creek Ranch ? suggéra Sam en souriant. Ne crois-tu pas que nous aurions tous à y gagner ?

Elle fut tellement surprise par cette proposition qu'elle ne sut quoi répondre.

— Eh bien, tu ne dis rien ? demanda Sam en la scrutant avec attention.

— Kelly et les enfants nous attendent alors, si tu veux bien, nous en reparlerons plus tard.

- 9 -

Pendant que les triplés jouaient tranquillement, Lulu prit Sam à part dans le salon du Hidden Creek Ranch.

— J'ai réfléchi à ta proposition et, si j'ai bien compris, tu voudrais que je m'installe ici ?

— En effet, Lulu. Chez moi, avec les enfants.

Comme elle hésitait, il précisa :

— Selon Kate, c'est en inculquant aux triplés des habitudes régulières que nous les aiderons à faire leur deuil. Notre double présence à leurs côtés contribuera à les acclimater à leur nouvelle vie.

Un programme auquel elle ne pouvait que souscrire.

— En somme, nous leur donnerions le confort d'un vrai foyer comme avant l'accident de Peter et de Theresa ?

Sam la gratifia d'un sourire.

— C'est exactement ça. Avec le temps, j'incarnerai la figure paternelle et toi, celle d'une maman qui leur manque sûrement beaucoup.

Tout n'était cependant pas aussi simple, car restait la question… de ses rapports privés avec Sam.

— J'ai besoin de réfléchir, dit-elle.

— Allons bon ! Est-ce donc si difficile de savoir ce que tu veux ou ne veux pas ?

Surtout, garder le contrôle de ses émotions.

— Essaie un peu de me comprendre, Sam. Venir

m'installer chez toi n'est pas anodin. As-tu pensé qu'à force de me voir tu risques de me prendre en grippe ?

— Si nous voulons élever ces enfants comme ils le méritent, être avec eux de façon permanente me semble indispensable.

— Oui, bien sûr, mais…

— Nous pourrions nous installer chez toi, mais il y a davantage de place ici, et les enfants y ont déjà leurs habitudes. Pourquoi les déraciner une fois encore ?

Argument qu'elle aurait difficilement pu contester, surtout après l'incident de tout à l'heure, à l'école.

— Eh bien, que décides-tu ? demanda Sam.

— Si je m'installe chez toi, les voisins, ma famille, les amis, vont faire des tas de suppositions.

— Et alors ?

— Et alors… ne crains-tu pas de passer à côté de ta vie ? Tu es beau et séduisant, et les femmes doivent se bousculer à ta porte. Si je suis là en permanence…

— Qui parle de femmes, Lulu ? Pour le moment, je suis célibataire et je compte le rester encore un certain temps.

Encore un certain temps ? Autrement dit, il pouvait très bien s'amouracher d'une femme… L'expression de son visage dut la trahir car il afficha soudain un sourire arrogant.

— Serais-tu jalouse, Lulu ?

— Que vas-tu donc imaginer ?

— Je te connais, alors permets-moi de te rassurer. Élever trois petits diables est une occupation à plein temps et ne me laissera guère le temps de penser à d'autres femmes.

Si ça pouvait être vrai !

— Dis-moi, cow-boy, tu fais preuve de beaucoup d'abnégation.

Il esquissa un sourire moqueur.

— Voyons, ma chérie, tu n'imagines quand même pas que j'irai conter fleurette ailleurs si tu vis chez moi ?

La question à un million de dollars !

— Qu'une autre femme que moi te plaise n'a rien d'impossible, Sam, surtout si elle s'attache aux enfants et décide de les élever avec toi.

— Pure spéculation.

— Et, moi, je prétends que c'est possible.

Le regard de Sam se fit incisif.

— Cessons de tourner autour du pot, Lulu. Pourquoi avoir recouché avec moi ? Par sentiment ? Par plaisir pur ?

Le rouge lui monta au front.

— Toi et tes questions !

— Réponds au lieu de tergiverser.

J'ai eu envie de refaire l'amour avec toi parce que je voulais croire qu'entre nous tout pourrait recommencer.

— Eh bien, Lulu ?

— Tu… Tu comptes encore pour moi.

— Et tu me désires autant qu'il y a dix ans ?

— Pas toi ? répliqua-t-elle en le défiant du regard.

Pour son plus grand bonheur, il sembla déstabilisé un instant, mais il redevint rapidement le Sam qu'elle connaissait, séducteur et sûr de lui.

— Que nous nous désirons n'est pas un secret, déclara-t-il en l'enlaçant avec fougue, mais qu'en est-il des sentiments ? Du long terme ?

Une petite voix lui souffla de rester prudente.

— Du calme, nous avons encore le temps, répondit-elle en refrénant une forte envie de presser ses lèvres sur les siennes.

— Si nous comptons adopter un jour les triplés, il faudra bien décider de quelle façon nous voulons vivre ensemble, toi et moi.

— Nous venons à peine de refaire connaissance et, déjà, tu parles d'adoption ! Tu vas un peu vite en besogne.

— Parce que tu pensais que j'allais me contenter de n'être que leur tuteur ? Et toi, tu n'aimerais pas devenir leur mère adoptive ?

Bien sûr qu'elle aimerait, d'autant plus qu'elle s'était attachée aux trois frères. Seulement la crainte d'un nouvel échec dans une relation avec Sam l'incitait à la prudence.

— À quoi bon presser les choses, Sam ? Ethan, Andrew et Theo sont si petits encore qu'ils ne feront pas la différence entre tuteurs et parents adoptifs.

Il lui jeta un regard contrarié.

— Je ne suis pas d'accord avec toi, Lulu. Ils sentiront très bien la différence.

— Bon, peut-être as-tu raison et…

— J'ai raison, Lulu. Et l'idéal serait de nous marier.

Elle ouvrit la bouche et la referma. Elle s'attendait à tout sauf à ça ! Une fois sa surprise passée, elle dut convenir qu'épouser Sam n'était pas pour lui déplaire… Pour le bien-être des trois garçons, bien sûr !

— Un mariage de circonstance, alors ?

— Pas seulement, répondit Sam avec sourire en coin.

— Ah. Et pour quoi d'autre ?

— L'exclusivité sexuelle !

— Tu es sérieux ! s'exclama-t-elle.

— Tout à fait. En nous mariant, nous couperions court aux rumeurs et puis, entre nous, tout serait plus clair. Nous nous entendons bien, en ce qui concerne l'éducation des enfants, et très très bien… dans un lit. Équipe gagnante ! Alors ?

Elle ne répondit pas tout de suite. Si le bien-être des trois garçons restait sa priorité, les perspectives qui s'ouvraient à elle concernant ses relations avec Sam n'étaient pas pour autant négligeables. En se mariant, elle pourrait donner libre cours à son désir pour Sam sans que quiconque y trouve à redire.

Oui, mais n'était-ce pas aussi tirer un trait sur ses illusions romantiques, sur sa foi en l'amour, en l'homme idéal ?

— Suppose que rien ne se passe comme nous le voudrions, Sam. Suppose que nous revivions ce qui nous avait fait tant de mal il y a dix ans ?

Sam la serra contre lui.

— Nous étions encore jeunes, naïfs, tandis qu'aujourd'hui nous sommes des adultes. Tu me plais, Lulu, et encore plus que par le passé.

Le contact des doigts à la fois doux et rugueux sur sa peau frémissante… Ce long frisson au souvenir de leur corps à corps récent…

— Toi aussi tu me plais, Sam, mais n'allons pas trop vite. Chaque chose en son temps et un jour après l'autre.

Si elle avait pu craindre une réaction dépitée du rancher, il n'en fut rien.

— Très bien, Lulu, mais promets-moi de réfléchir à ma proposition de mariage.

— J'y réfléchirai. Et, en attendant, faisons tout pour que notre cohabitation se déroule de manière harmonieuse.

Un peu plus tard, Sam, les triplés et Lulu se rendaient au Honeybee Ranch afin qu'elle prenne quelques affaires supplémentaires en vue de son installation presque définitive chez Sam. Pendant que les triplés bondissaient sur son lit, sous la surveillance de Sam, elle prit des vêtements, sans oublier… sa lingerie sexy.

— Au lieu de loucher sur ma guêpière, veille donc sur Ethan, cow-boy. Regarde, il va tomber !

Un peu confus, Sam fit face au trio bondissant.

— Bon, les gars, suffit comme ça !

Les trois garnements redoublant de cris et d'énergie, Sam les attrapa tour à tour par le fond de culotte, ce qui eut pour effet de les calmer aussitôt.

— Les garçons, vous connaissez la chanson du ouistiti ?

— Ouiiii !

Tout en bouclant son sac, Lulu écouta Sam chanter.

— Un petit ouistiti sautait de la chaise au lit et puis…

Il s'interrompit, l'index dressé.

— … et puis le ouistiti tomba et se fit mal et puis…

— Et puis ? demandèrent les trois frères suspendus à ses lèvres.

— Et puis la maman ouistiti pleura et appela le docteur et puis le docteur dit…

— Il dit quoi ?

— Le docteur dit petit ouistiti fini de sauter sur le lit.

Cette comptine sans doute entendue à l'école ou peut-être aussi chez eux illumina les petits visages des triplés et conforta Lulu dans l'idée que les conseils de la psychologue avaient décidément du bon.

— Merci, Sam. Mission « retour au calme » réussie !

— J'ai un talent inné avec les enfants, répondit-il avec un clin d'œil. Tu n'emportes que ça ? ajouta-t-il en contemplant les deux sacs posés sur la moquette.

En limitant la quantité d'affaires à emporter elle se

ménageait une porte de sortie si sa cohabitation avec Sam tournait au vinaigre.

— C'est assez pour le moment, dit-elle.

Une heure plus tard, elle rangeait ses affaires dans sa chambre au Hidden Creek Ranch puis, secondée par Sam, prépara le dîner, fit couler le bain du trio et enfin lut quelques histoires sur le canapé du salon.

Une fois achevés les exploits du petit lapin, de l'éléphant qui volait et d'autres créatures plus ou moins merveilleuses, elle décida de lire la première histoire du livre que lui avait remis Kate, un conte moderne destiné aux enfants ayant perdu leurs parents. Trois paires d'oreilles attentives l'écoutèrent sans broncher. Les triplés faisaient-ils le lien avec leur propre drame ?

Quand, enfin, les trois frères s'endormirent, il fut alors facile de les coucher dans leurs lits respectifs, à l'étage.

Comme c'était à prévoir, ils se réveillèrent en pleine nuit, et tous se retrouvèrent dans le grand lit de Sam.

Le lendemain, il fut décidé que les triplés iraient en classe chaque matin, de 9 heures à 13 heures.

Après avoir émis quelques protestations, Theo, Andrew et Ethan se montrèrent ravis de retrouver leurs camarades, aussi Sam et Lulu purent-ils les quitter sans inquiétude.

Une fois de retour au ranch, tous deux réfléchirent à la meilleure façon d'élever les trois frères conformément aux conseils éclairés de Kate.

— Il faut les aider à faire leur deuil mais sans jamais les empêcher de se référer à leurs parents ou à leur vie d'avant, dit-elle d'un ton grave.

— Tu as raison et tu me donnes une idée.

— Laquelle ?

— Allons au grenier jeter un coup d'œil sur les affaires de Peter et de Theresa.

— Excellente idée ! Et dire que je n'y avais pas pensé !

L'un des cartons contenait les affaires de Theresa, l'autre celles de Peter, et un troisième des photos diverses dont celles du mariage de leurs amis.

— Regarde ! s'exclama Sam en brandissant un cliché sur lequel tous les quatre posaient en costume cravate et robe de cérémonie.

Se revoir et revoir Sam avec dix ans de moins suscita en elle une profonde émotion.

— Rien ne manque, pas même l'œillet à la boutonnière du marié et de son témoin, murmura-t-elle. Comme nous étions insouciants, alors !

— Et aussi heureux qu'idéalistes.

Mais pas assez pour que toi et moi restions ensemble, songea-t-elle tristement.

Sur une autre photo, Theresa posait fièrement à la maternité, ses triplés nouveau-nés dans les bras. D'autres clichés évoquaient Noël, Pâques, le jardin d'enfants, les premières créations en papier mâché des petits, leurs animaux en pâte à modeler, et puis l'énorme gâteau de leur troisième anniversaire, juste avant l'accident fatal de leurs parents.

Incapable de garder plus longtemps son sang-froid, Lulu se précipita dans les bras de Sam qui la serra tendrement.

— Du calme, ma chérie. Je suis là.

— C'est tellement injuste ! Pauvre Peter et pauvre Theresa, crois-tu vraiment que nous pourrons les remplacer dans le cœur de leurs enfants ?

— Nous ne remplacerons jamais leurs parents mais l'amour que nous leur offrirons les aidera à grandir et à être heureux. Nous allons veiller sur eux comme sur nos enfants

— Tu crois que l'on y arrivera ?

— J'en suis sûr, ma chérie. La guérison se fera lentement mais sûrement, l'essentiel étant d'assurer à nos petits diables le bonheur qu'ils méritent.

La veille encore, à l'école, les triplés n'avaient-ils pas succombé à une crise de chagrin ? Et, chaque nuit, ne se réveillaient-ils pas en proie à des cauchemars ?

— Et s'ils ne trouvaient jamais leurs marques avec nous ?

— Aie confiance, répondit Sam d'un ton rassurant.

— Et si nous n'arrivions pas à les élever, dit-elle. Si nous…

Si Sam et elle se séparaient, comme il y a dix ans ?

D'un seul coup, ses larmes jaillirent.

- 10 -

Voir Lulu pleurer brisait le cœur de Sam.

— Chérie, nous n'allons pas échouer ! déclara-t-il avec toute la conviction qui l'animait.

— J'ai bien peur que si, répondit tristement Lulu. Même à deux, Sam, nous n'y arriverons pas.

— Laisse-moi te prouver le contraire. Aie foi en nous.

Et il prit la bouche qui s'offrait à la sienne.

De baisers en caresses, tous deux se retrouvèrent étroitement enlacés, la voix sensuelle de Lulu lui murmurant des mots tendres, décuplant le désir qu'il avait d'elle.

— Lulu, ma chérie… Tu es belle, si belle…

Offerte à ses regards, elle ne protesta pas quand, une main sous son chemisier, il entreprit de caresser sa poitrine.

— Encore !

Avait-il jamais désiré une femme comme il désirait Lulu ?

— Je… J'ai envie de toi, tu sais ! dit-il à court de préliminaires.

— Moi aussi, Sam, j'ai envie de toi.

Chez Lulu, tout affolait ses sens, et ce fut avec ferveur qu'il baisa ces lèvres entrouvertes et cette peau satinée en attente de nouvelles caresses.

Chaque seconde écoulée renforçait leur complicité

retrouvée, mais pas question de s'engager avec la jeune femme dans un nouveau malentendu.

— Lulu ? dit-il en s'écartant doucement d'elle.

— Quoi ?

— Es-tu sûre de vouloir aller plus loin ?

Lulu lui tendit la main.

— Viens, allons dans ma chambre.

Tous deux quittèrent le grenier.

— Entre, dit Lulu avant de fermer la porte de sa chambre.

Jupe et chemisier ôtés, elle lui fit face, le sourire aux lèvres.

— Et maintenant, cow-boy, à ton tour…

Ses vêtements retirés à l'exception de son boxer, il laissa Lulu le regarder avec admiration.

— Très prometteur, murmura-t-elle. Mais je veux le reste. Tout le reste…

— Vos désirs sont des ordres, princesse !

Ayant ôté son boxer, il se campa devant la jeune femme et plongea son regard dans le sien.

Lulu savait très bien que faire l'amour avec Sam n'allait pas régler ses problèmes ni changer sa vie. Il n'en demeurait pas moins que cette perspective était stimulante, aussi caressa-t-elle lascivement le corps viril de celui qui mobilisait ses pensées et son désir. Elle aimait tant de choses en lui et la vie était si courte que le mieux à faire était de s'abandonner à Sam et de remercier le destin qui, dix ans après leur rupture, avait cru bon de les réunir de nouveau.

— Déshabille-moi, dit-elle à voix basse.

Les doigts de Sam dégrafèrent son soutien-gorge,

effleurèrent ses seins puis, glissant sur ses hanches, la débarrassèrent de sa culotte.

— Tu es belle, Lulu ! Belle et désirable !

Ah, ces lèvres d'homme sur sa peau frémissante, ce premier baiser au creux de son intimité, ce souffle tiède comme une caresse…

— C'est bon…, laissa-t-elle échapper dans un gémissement.

— Et ce baiser-là, tu l'aimes aussi ?

— Ne me fais pas languir !

Après s'être rapidement protégé, Sam l'embrassa, et elle se retrouva plaquée contre le mur, les mains de son partenaire parcourant sa nudité de caresses brûlantes. La perspective d'appartenir corps et âme à Sam l'incita à resserrer ses cuisses autour de sa taille mince et musclée. Bientôt, un cri lui échappa et le plaisir s'intensifia, encore et encore. Un ultime soubresaut la parcourut au moment précis où Sam, tétanisé par la jouissance, laissait échapper un cri. Ivre de plaisir, elle se blottit contre Sam et soupira.

— Nous formons un vrai couple, n'est-ce pas, ma chérie ?

— C'est vrai.

Alors qu'elle se rhabillait, Sam se campa face à elle.

— Puisque nous nous entendons si bien, ne crois-tu pas que nous devrions nous marier ?

La question gâcha en partie tout le plaisir qu'elle venait d'avoir.

— Enfin, Sam, pourquoi vouloir à tout prix officialiser notre union ? De nos jours, les mentalités ont évolué et bien des gens vivent heureux sans être mariés.

L'expression de Sam se fit lointaine.

— Alors c'est toujours non ?

— Le mariage peut attendre, Sam. En ce qui concerne les enfants, je suis plus que jamais décidée à ce que nous les adoptions et leur donnions un cadre de vie sécurisant.

— Tu t'engages donc à vivre ici avec moi, avec eux, pendant des années ?

— Oui, tu as ma parole. Et plus tôt nous aurons signé les papiers officiels, mieux ce sera.

Poussé par Lulu à prendre rendez-vous avec leurs amis avocats afin de lancer au plus vite une procédure d'adoption, Sam s'était d'abord montré réticent, et puis ses doutes s'étaient progressivement estompés.

— Nous comprenons que vous teniez à protéger ces enfants, déclara Liz avec douceur, mais sachez que devenir des parents adoptifs implique des responsabilités accrues.

— C'est-à-dire ? demanda Lulu en fronçant les sourcils.

— La procédure pour devenir tuteurs ne réclamait qu'une signature de votre part mais, désormais, les choses se compliquent, intervint Travis. Pour une demande d'adoption, il vous faudra présenter un dossier au juge des affaires familiales, ce dernier ayant tout pouvoir d'accepter ou de refuser votre candidature.

— Quel genre de dossier ? s'enquit Lulu.

— Vos antécédents. Toute information touchant à votre vie privée et pouvant éclairer la décision du tribunal.

— Une sorte d'enquête de moralité ? insista Sam.

— Si vous voulez, oui, répondit Liz. Le souci du juge sera de préserver l'avenir des futurs adoptés.

Sam jeta un coup d'œil à Lulu qui lui sembla bien nerveuse.

— Quel événement dans ma vie ou dans celle de

Sam, pourrait nous valoir une fin de non-recevoir de la part du juge des affaires familiales ? s'enquit-elle.

— Par exemple ce qui relève d'un problème de comportement, répondit Liz. Une personne changeant sans cesse d'avis ne sera pas considérée comme une bonne candidate à l'adoption. Les juges n'apprécient pas non plus les divorces à répétition, ou encore les mariages sans lendemain. Enfin, ceux qui multiplient les emplois n'ont pas non plus la faveur des tribunaux.

— Chaque demande d'adoption est scrutée à la loupe et donne lieu à une enquête fouillée de la part des autorités, expliqua Travis. Vous aurez à fournir des certificats de moralité ainsi que l'historique de vos engagements matrimoniaux passés, mariages éventuels et divorces.

— Mais c'est l'Inquisition ! s'exclama Sam.

À ses côtés, Lulu s'agita sur sa chaise. Travis hocha la tête et leur sourit.

— La sécurité des enfants avant tout, Sam. La procédure d'adoption plénière n'a rien de commun avec le statut de tuteur ou de famille d'accueil. Vous devrez rendre compte de votre situation professionnelle et financière, et même de votre style de vie.

— Si nous fournissons toutes les garanties au juge des affaires familiales, notre demande a donc une chance d'être acceptée.

— Du moment que vous n'avez aucun cadavre dans le placard, alors oui, répondit Liz en souriant.

Lorsque Lulu se tourna vers lui, Sam lut tant d'inquiétude dans son regard qu'il fut sur le point de renoncer à cette demande d'adoption. Il se reprit très vite.

— Que pourrait-on nous reprocher ? s'enquit-il. Une contravention pour excès de vitesse ? Une facture non payée ?

— Non, le juge s'attachera à votre façon de vivre, aux décisions que vous auriez pu prendre par le passé, et qui témoigneraient chez vous deux d'une forme d'instabilité, répondit Liz.

Alors que Lulu et lui échangeaient un regard anxieux, Travis prit la parole :

— Plus vous serez francs, plus les renseignements fournis seront détaillés, et plus le juge sera enclin à accéder à votre demande. Tout dépendra alors des résultats de l'enquête des services sociaux.

— Bien, dit Sam. Quand aurons-nous les résultats ?

— Comptez une semaine à dix jours, répondit Travis.

Liz leur adressa un sourire rassurant.

— Vous n'avez pas tué père et mère et personne à ce jour n'a jamais critiqué votre moralité, que je sache, alors soyez confiants.

Leur moralité ? N'avait-elle pas été quelque peu écornée, dix ans plus tôt, lors de ce fameux séjour au Tennessee ?

Après avoir pris congé de leurs amis avocats, Sam entraîna Lulu dans un parc du centre-ville où tous deux dégustèrent un café glacé.

— Crois-tu que l'affaire du Tennessee pourrait compromettre cette adoption si jamais elle venait à être révélée au juge ? demanda la jeune femme d'un ton inquiet.

— Dix années se sont écoulées. Nous n'avons plus eu le moindre écho de cette affaire. L'enquête ne révélera rien de négatif nous concernant, j'en suis sûr.

Ils échangèrent un regard qui se voulait serein… mais qui ne l'était pas.

— Et le vol de mes ruches, Sam ? Va-t-on me reprocher de ne pas avoir fait équiper le ranch d'un système d'alarme ?

— Le comté de Laramie est réputé tranquille alors qui pourrait te faire des reproches ?

Lulu se rapprocha de lui, ce qui réveilla son désir pour elle.

— Oui, mais peut-être s'étonneront-ils que je n'aie pas encore décidé si je voulais ou non récupérer mes ruches. Je ne voudrais pas passer pour une écervelée, comme je l'étais il y a dix ans.

Il lui sourit et effleura sa joue d'une caresse.

— C'était sans doute vrai à l'époque mais depuis, à force de travail et d'obstination, tu es devenue apicultrice, avec le succès que l'on connaît.

Une expression de plaisir éclaira les traits fins de Lulu.

— Tu le crois vraiment, Sam ? Tu penses que j'ai changé ?

— Mais bien sûr. Aujourd'hui, tu sais prendre des décisions et, ce qui est le plus important, t'y tenir. Regarde ton engagement auprès des triplés.

Il tenta de l'embrasser mais elle s'écarta de lui.

— Quand je repense à ces vacances, j'ai honte, Sam. Pourvu que personne ne découvre la vérité.

— En principe, personne ne devrait être au courant puisque nous avons donné des instructions qui semblent avoir été respectées, assura-t-il.

— Pourquoi dis-tu « qui semblent avoir été respectées » ? Tu as des doutes ?

— Non. Ni toi ni moi n'avons reçu de courrier allant dans le sens contraire, ce qui est bon signe.

Il aurait voulu oublier cette histoire mais, hélas, elle tournait toujours dans son esprit, surtout depuis qu'il avait retrouvé Lulu…

« Nous avons commis une erreur, Sam. »

C'était en ces termes, dix ans plus tôt, qu'elle avait tenté de se justifier, disant qu'elle n'était plus sûre de rien, qu'elle voulait prendre du recul. Furieux et désespéré, il lui avait alors posé un ultimatum. Et pour quel résultat...

— Crois-tu que nous passerons entre les gouttes ? demanda-t-elle, le ramenant à l'instant présent. Que cette satanée affaire ne refera pas surface à l'occasion de cette enquête ?

Rien n'était moins sûr, mais l'angoisse manifeste de Lulu appelait une réponse rassurante de sa part.

— L'eau a coulé sous les ponts, comme on dit. On ne trouvera probablement rien à notre sujet au Tennessee, assura-t-il.

Lulu vint se blottir dans ses bras en soupirant.

— Sam, j'ai peur. Et si le juge apprenait la vérité ?

— Alors nous ferons face et du mieux que nous pourrons.

De retour au ranch, Lulu s'efforça de chasser ses inquiétudes quant à l'enquête demandée par le juge et se concentra sur les triplés. Savoir que, cinq matinées par semaine, Theo, Ethan et Andrew se trouveraient avec d'autres enfants, représentait pour elle une première victoire et pas des moindres.

— La compagnie d'enfants de leur âge ne pourra que les aider à s'adapter à leur nouvelle existence, dit-elle.

— Je le pense aussi, déclara Sam en la suivant dans l'escalier qui conduisait à la chambre des triplés.

Elle refit un lit, Sam un autre, et ils firent le troisième ensemble.

Après avoir déposé girafe, tigre et éléphant sur chacun des oreillers, Sam la regarda.

— Nous sommes en progrès, non ?

— De vrais parents, répondit-elle en souriant. J'aime ces enfants et j'aime être avec toi, ajouta-t-elle en s'approchant de lui pour déposer un léger baiser sur ses lèvres.

— Moi aussi. Et, si nos triplés apprenaient à dormir dans leurs lits respectifs, ce serait aussi pour nous deux l'occasion de mieux « profiter » l'un de l'autre.

Elle était entièrement d'accord ! Toutefois elle ne voulait pas s'aventurer sur ce chemin. Et puis le bien-être des enfants était plus important.

— J'ai peut-être une idée, Sam.

— Laquelle ?

— Par les photos, nous savons comment était agencée la chambre des petits, quand ils vivaient en famille. Reproduisons-la à l'identique.

Sam approuva et, après avoir étudié les photos ils changèrent les lits de place et refirent une décoration conforme à l'originale du mieux qu'ils purent. Restait à formuler des vœux pour que leur stratagème réussisse.

Alors qu'elle rangeait le salon avec Sam, Lulu feuilleta le livre de Kate, songeuse.

— Crois-tu que ces histoires mettant en scène des enfants qui ont perdu leurs parents soient adaptées à nos bambins ?

— En tout cas, ils ne m'ont pas paru très enthousiastes.

— Je trouve ces récits tarabiscotés, souvent obscurs, et pas adaptés à des enfants de trois ans.

— Tu as une autre idée ?

Elle haussa les épaules et réfléchit un instant.

— Pourquoi ne pas faire nous-mêmes un livre qui leur conviendrait ? suggéra-t-elle.

— Quel genre de livre ?

— Une histoire racontant la vie de Theresa et de Peter, leurs espoirs, leur joie à la naissance de leurs triplés et ainsi de suite !

— L'idée est excellente ! En plus, nous avons des photos pour illustrer ce livre.

— Nous pourrions commencer par la rencontre de Peter et de Theresa, leur coup de foudre, leur mariage et leur envie de fonder une famille.

— Il faudrait aussi parler de l'accident, tu ne crois pas ? Ce livre est censé leur permettre de faire leur deuil.

— Tu as raison. Et insister sur le fait que, même si leurs parents sont morts, ils les aiment et pensent toujours à eux.

— Nous parlerons ensuite du déracinement, de leurs difficultés à s'adapter à leurs tuteurs précédents et nous nous mettrons en scène, toi, moi et Belle ! s'exclama Sam qui, visiblement, se prenait au jeu.

— Il faudra bien choisir nos mots, mais je suis persuadée que découvrir leur histoire et celle de leurs parents les aidera à reprendre pied dans le réel.

Pleine d'espoir et d'impatience, elle saisit les mains de Sam.

— Ce livre pourrait se terminer par une scène décrivant Peter et Theresa au paradis et leurs trois enfants, restés sur terre, en train de leur envoyer des baisers ! Une fin heureuse mais pas niaise faisant comprendre à Ethan, Andrew et Theo qu'ils ne seraient jamais vraiment séparés de leurs parents.

Sam la fixa un long moment sans un mot.

— Alors, qu'en dis-tu ? demanda-t-elle.

— Eh bien, ça pourrait marcher, oui.

— Il faut que je t'embrasse !

Sam lui rendit son baiser puis, fourmillante d'idées, elle se détacha de lui.

— Je m'y mets tout de suite ! s'exclama-t-elle.

Pendant qu'elle commençait la rédaction du livre, Sam prépara les photos et documents qui illustreraient l'ouvrage.

Elle mit l'accent sur la relation d'amour qui avait lié les triplés et leurs parents, ne s'attarda pas sur la mort de Peter et de Theresa, et décrivit du mieux qu'elle put le Hidden Creek Ranch, et l'amour que Sam et elle portaient aux trois frères.

Une fois les pages sorties de l'imprimante et les photos choisies, elle retourna en ville pour la réalisation du livre et, le soir même, après leur bain, quand ils furent tous réunis sur le canapé, les triplés eurent droit à une première lecture.

— Encore ! déclara Theo avec enthousiasme quand elle eut fini.

Ethan montra les photos de Theresa et de Peter.

— Maman ! Papa !

Blotti contre l'épaule de Sam, Andrew laissa échapper un soupir.

La gorge nouée par l'émotion, Lulu posa sur les trois frères un regard attendri.

— Chaque soir, je vous ferai la lecture, leur promit-elle.

— Et maintenant, au lit ! dit Sam en emportant dans ses bras Ethan et Andrew tandis qu'elle se chargeait de Theo.

Afin d'habituer les triplés au nouvel aménagement de leur chambre, elle leur fit écouter un CD de berceuses retrouvé dans l'un des cartons.

Couchés dans leurs lits respectifs, chacun avec son doudou, les trois frères ne tardèrent pas à fermer les yeux.

Une fois sûrs qu'ils dormaient, Sam et Lulu quittèrent la chambre sur la pointe des pieds.

— Kate ne s'était pas trompée en disant qu'il fallait les aider à se réapproprier leur histoire, fit-elle remarquer.

— Ce qui vaut pour les triplés pourrait aussi valoir pour nous, Lulu. Souviens-toi…

- 11 -

Le cœur de Lulu se mit à battre la chamade.

— Me souvenir ? Et de quoi, au juste, demanda-t-elle avec une fausse innocence.

Après l'avoir enveloppée d'un regard tendre et romantique, Sam l'entraîna dans sa chambre, ferma la porte et la fit asseoir sur le lit.

— Notre première rencontre, répondit-il.

— Ah, notre première rencontre…

Quand les mains de Sam se posèrent sur ses seins, elle laissa échapper un gémissement de plaisir.

— Embrasse-moi comme la première fois…, murmura-t-elle.

Jamais baiser ne fut plus tendre, plus nostalgique que celui qu'ils échangèrent.

— Tu n'as rien oublié, dit Sam en reprenant son souffle.

— Toi non plus.

Cette première fois… Le frisson qui l'avait parcourue en découvrant combien Sam embrassait bien…

— Encore ! ordonna-t-elle en étreignant Sam.

Elle aima chaque seconde de cet époustouflant baiser. Rien n'avait changé entre eux : ils étaient toujours unis dans une même ferveur.

L'urgence de sentir les mains de Sam qui savaient si bien lui donner du plaisir explosa en elle. Elle défit fébrilement le ceinturon de son compagnon et saisit son sexe tendu.

— La première fois, tu te souviens ? s'enquit-elle.

— Oh que oui, répondit Sam en glissant une main sous sa jupe.

Au contact de ces doigts virils, elle ne put retenir un gémissement.

— Cette première fois où nous avons enfin passé toute une nuit ensemble, dit-il en commençant à se déshabiller. C'était au Tennessee, au début des vacances. Si seulement nous pouvions voyager à rebours, dans le temps…

— Et nous retrouver tels que nous étions alors ? demanda-t-elle en faisant glisser sa jupe à terre.

— Non, plutôt avec notre état d'esprit actuel.

Les bras noués autour du cou de Sam, elle lui sourit.

— Tu as mille fois raison, cow-boy. Alors… Au lit !

Sam embrassait Lulu avec fougue, se demandant comment il avait fait pour se passer d'elle aussi longtemps.

— Ma chérie…, murmura-t-il en reprenant son souffle après un très long baiser.

— Sam, je veux te sentir en moi, encore et encore.

— Vos désirs sont des ordres, répondit-il en la pénétrant d'un coup de reins.

Lulu émit un feulement qui décupla son désir.

— Tu es à moi, à moi seul, dit-il dans un souffle rauque.

Plusieurs vagues successives de plaisir les laissèrent haletants, presque hagards.

— C'était formidable, murmura Lulu avec un sourire qui lui alla droit au cœur.

— Je confirme, dit-il en caressant le dos de la jeune femme.

Avec ses cheveux épars sur ses épaules graciles, Lulu était le symbole vivant de la beauté et du mystère féminin.

— Sam, crois-tu que ça durera ?

Il tressaillit. Déjà l'amorce d'un renoncement ?

— Et pourquoi pas ? Faire l'amour comme nous le faisons, n'est-ce pas la preuve de notre attachement réciproque ?

— Si, répondit-elle d'une petite voix. Tu as sans doute raison.

— Pourquoi « sans doute » ? Pourquoi es-tu toujours aussi indécise ?

— J'ai quand même beaucoup changé, Sam. Aujourd'hui, je ne commettrais pas les mêmes erreurs que par le passé.

— En ce qui me concerne, Lulu, je n'ai jamais éprouvé la moindre gêne à te désirer.

Dans l'éclat des yeux turquoise il put lire comme un remords.

— Je sais, Sam, j'en suis consciente et je m'en veux d'avoir paniqué, il y a dix ans.

Il l'embrassa tendrement.

— Crois-tu que cette fois-ci nous aurons notre chance ?

De nouveau, dans le regard de Lulu, cette expression de doute qui lui faisait mal.

— Je l'espère, Sam. Ne nous promettons rien, si tu veux bien, car ainsi un éventuel échec sera moins cuisant.

— N'oublie pas que j'éprouve pour toi bien plus qu'une simple attirance physique, ma chérie.

— Moi aussi, mais tu sais comme je suis.

— Oui. Un jour avec, un jour sans. Un coup le grand bonheur, un coup le regret de t'être laissé aimer.

— Tu exagères !

— À peine. Quand apprendras-tu à vivre pleinement tes sentiments ? Pourquoi gâcher ce qui nous unit ?

Elle se redressa et, quand il vit sa généreuse poitrine tressauter, son désir pour elle s'accrut.

— Ne va pas imaginer que je suis indifférente, simplement j'essaie de ne pas compliquer une situation qui l'est déjà suffisamment comme ça.

— Qui ne risque rien n'a rien. Toi, tu hésites.

Le visage de Lulu se contracta.

— Si nous attendons trop l'un de l'autre, nous risquons d'aller à l'échec, comme il y a dix ans, donc, oui, je préfère être prudente.

— Très bien, alors ayons confiance en l'avenir.

Lulu se lova dans ses bras.

— J'aime faire l'amour avec toi, murmura-t-elle. Accordons-nous ce plaisir sans trop exiger l'un de l'autre, et ensuite nous verrons bien.

— Ce programme me convient tout à fait, dit-il en l'enlaçant.

Samedi matin, à l'hôpital, Lulu et Sam se rendirent à leur premier rendez-vous à l'hôpital avec Kate.

La psychologue s'enquit des progrès accomplis par les triplés, et Lulu décida de se montrer optimiste.

— Indéniablement, ils se sentent plus à l'aise au ranch.

Et elle lui expliqua comment Sam et elle avaient eu l'idée d'écrire le livre qui mettait en scène Theresa, Peter et leurs enfants.

— L'idée est merveilleuse, dit Kate avec un grand sourire.

— Les triplés sont encore sujets à des crises d'angoisse. Surtout la nuit.

— C'est assez normal, leur assura Kate. Dès qu'ils auront pris leurs marques avec vous, ils deviendront de plus en plus autonomes. Et tout ira mieux.

— Sam et moi en sommes conscients. Nous avons aménagé leur chambre comme celle qu'ils avaient chez leurs parents.

— Avec quel résultat ?

— Meilleur que prévu, répondit Sam. Hier soir, ils sont allés au lit sans pleurer.

— Ils se sont tout de même réveillés en pleine nuit, ajouta Lulu avec une grimace.

Kate leur sourit.

— Ce que vous avez déjà accompli est formidable. Persévérez, et vous verrez que tout finira par s'arranger.

Un peu plus tard, Lulu se rendit au traditionnel déjeuner en famille, chez Jack, avec Sam et les enfants.

Pendant que ces derniers jouaient tous ensemble, les adultes se regroupèrent dans la grande cuisine pour préparer le repas.

— Nous venons d'avoir un entretien avec la psychologue, dit Lulu avant d'en donner un compte rendu succinct.

— Kate a raison de vous conseiller la fermeté, remarqua Jack tout en surveillant d'un œil les allées et venues des six enfants.

— Chaque cas est particulier, Lulu, intervint Bess,

une amie de Jack. Je ne suis pas si sûre que vos trois bambins s'habitueront à dormir dans leurs lits respectifs.

— Chercherais-tu à me décourager, par hasard ? répliqua-t-elle en achevant de tartiner les toasts destinés aux enfants.

— Je dis ce que je pense, voilà tout, répondit Bess en mettant la touche finale à sa spécialité, le poulet braisé au miel.

— Tu l'ignores sans doute, sœurette, mais un enfant, surtout à cet âge-là, focalise ses peurs et ses angoisses au moment du coucher et pendant la nuit, fit remarquer Jack. Crois-moi, j'en sais quelque chose.

Lulu posa la main sur son bras. La disparition prématurée de Gayle, son épouse et la mère de ses trois filles, avait été pour lui un coup très dur.

— Nous sommes tous là, avec toi, murmura-t-elle.

— Je sais et j'en suis heureux, répondit Jack avant de s'éloigner de quelques pas.

Bess la prit à part.

— Lulu, sais-tu quel jour nous sommes ?

— Non.

— La fête des Pères.

Jack, qui avait entendu, fronça les sourcils.

— Bess…

La jeune femme haussa les épaules.

— Pourquoi nier que, ce jour-là, tu es morose et mélancolique ?

— Tes filles t'adorent, Jack, intervint Lulu. Ne t'ont-elles pas offert des dessins et des objets confectionnés en classe ?

— La fête des pères me rappelle celle des mères et c'est à Gayle que je pense alors, à ce que nous avons partagé et que nous ne partagerons plus jamais, rétorqua Jack d'une voix sourde.

Lulu, émue, s'approcha de son frère et l'étreignit.

— Gayle me manque, à moi aussi, mais il faut que la vie continue.

— Bon, ce n'est pas tout, ça ! lança Jack. On déjeune dehors ou dedans ?

Comme il faisait beau, la table fut dressée à l'extérieur et chacun fit honneur aux divers plats, y compris les six enfants qui engloutirent des montagnes de toasts.

L'après-midi se déroula dans la bonne humeur, au milieu des rires des enfants. Lulu se prit alors à songer qu'une famille avec Sam était ce qu'elle souhaitait le plus au monde…

Quand vint l'heure du départ, alors que Sam l'aidait à rassembler cabas et sacs, Jack vint les rejoindre.

— Si j'ai un conseil à vous donner, c'est de cantonner les petits à leur chambre, quoi qu'il arrive. Soyez à leur chevet s'ils pleurent, mais insistez pour qu'ils se rendorment dans leurs lits respectifs.

— Plus facile à dire qu'à faire, répondit Sam.

— Cette étape est indispensable si vous ne voulez pas vous épuiser. Ne cédez en aucun cas.

— Et s'ils refusent de se rendormir ? demanda-t-elle.

— Installez des lits de camp dans leur chambre et tenez-leur compagnie, le temps pour eux de se calmer. Voilà ce que l'expérience m'a enseigné. Ne vous découragez pas.

Plus tard, durant le trajet du retour, Lulu ne cessa de penser à son frère qui avait la charge de trois fillettes et, de fil en aiguille, il lui vint une idée…

— Dis-moi, Sam, peux-tu faire un détour par le

Honeybee Ranch et nous y déposer, les enfants et moi ? Tu reviendras nous chercher dans une heure ou deux.

— Maintenant ?

— Oui, maintenant.

Sam hocha la tête.

— Très bien. Pendant ce temps, je mettrai à jour quelques dossiers et je ferai le point avec mes employés.

Arrivé devant le Honeybee Ranch, Sam se tourna vers elle.

— Nos trois diablotins ne vont-ils pas te donner trop de fil à retordre, une fois que tu seras seule avec eux ?

— Rassure-toi, je m'en tirerai très bien.

Peu après, les triplés s'en donnaient à cœur joie, dans sa cuisine, avec les tubes de colle et de peinture lavable, la poudre d'argent et d'or et cent autres accessoires d'art créatifs destinés jusqu'alors à ses nièces et neveux en visite.

À son retour, deux heures plus tard, Sam fut accueilli par les clameurs de Theo, Ethan et Andrew.

— Bonne fête !

Les doigts encore maculés de couleurs et de colle, les trois frères se précipitèrent vers lui avec un dessin ou un collage plutôt maladroit mais riche de bonnes intentions.

— Oh ! la la ! C'est pour moi tout ça ?

— Ouiiii !

Lulu eut bien du mal à retenir ses larmes tant l'émotion manifestée par Sam faisait plaisir à voir.

— Bonne fête des Pères, Sam, dit-elle. Même si tu n'es encore que leur tuteur, les enfants ont voulu te témoigner leur affection.

Après avoir embrassé les triplés, Sam la regarda avec tendresse puis l'enlaça et déposa un baiser sur son front.

— Je te donne rendez-vous à la prochaine fête des Mères, ma chérie…

Elle sentit son cœur s'emballer.

Une famille.

Tout ce dont elle avait rêvé…

- 12 -

Le lendemain, alors que les trois frères jouaient dans la pièce voisine, Sam s'assit à la table de la cuisine où Lulu avait commencé à préparer le petit déjeuner. En short, les cheveux encore humides de la douche, jamais la jeune femme n'avait été plus belle. Son parfum printanier attisa un peu plus encore le désir qu'il avait d'elle.

— Quelle victoire, Sam ! Les enfants ont passé toute la nuit dans leurs lits respectifs. Pour la première fois !

— C'est vrai qu'ils progressent, mais nous avons quand même dû rester avec eux à deux reprises, quand Ethan et Theo se sont réveillés en pleurs.

— D'accord, mais cela n'a duré qu'une demi-heure, et puis ils se sont rendormis.

— C'est un progrès, en effet.

— Non, c'est une victoire. Rappelle-toi que, pour la première fois, nous n'avons pas été obligés de les prendre dans nos bras.

— Ni de marcher de long en large dans la chambre jusqu'à ce qu'ils se rendorment. Tu as raison, c'est une victoire.

— Les conseils de Jack étaient fondés. Plus le temps passe, et plus nos triplés prennent leurs marques ici.

— Ils se sentent chez eux.

— Exactement. Et je crois qu'ils se sont habitués à

nous, précisa-t-elle en le frôlant pour poser un pot de confiture sur la table.

Pour sa part, il s'était habitué à la présence de Lulu chez lui, songea-t-il en la prenant par la taille pour la faire basculer sur ses genoux. Incapable de s'arrêter en si bon chemin, il prit ses lèvres dans un baiser fougueux.

— Sam ! s'exclama-t-elle en se dégageant.

— Et si nous… ?

Elle lui caressa la joue d'un air désolé.

— Pas maintenant, Sam. Il faut préparer les enfants pour l'école. Au fait, j'ai oublié de te dire qu'aujourd'hui chaque élève peut apporter un objet familier en classe et expliquer pourquoi il a choisi ça.

— Dans quel but ?

— Pour aider à la prise de parole.

— Nos triplés n'ont que trois ans !

— L'expérience vaut la peine d'être tentée.

Pendant qu'il préparait les sacs à dos des petits, Lulu s'occupa des sandwichs au beurre de cacahuètes, crackers et jus de fruits.

— Et quels objets nos triplés ont-ils choisi d'apporter ? demanda-t-il.

— Aux dernières nouvelles une peluche, un frisbee et une construction en Lego. Vérifions quand même qu'ils n'ont pas changé d'avis.

Il s'approcha de la fratrie.

— Alors les enfants, quels objets apportez-vous à l'école, ce matin ?

— Je sais plus, répondit Ethan tandis que ses frères échangeaient des regards dubitatifs.

— Voyons, les enfants, souvenez-vous, intervint Lulu. Ethan, tu as choisi ton panda en peluche, Andrew un frisbee et Theo, une maison en Lego.

D'un seul élan, les triplés allèrent caresser Belle.

— Elle vient à l'école !

— Mais Belle n'est pas un objet, dit Sam. Et puis elle ne peut pas aller à l'école avec vous.

— Si ! s'exclama Theo en fronçant les sourcils.

— Belle à l'école ! déclarèrent d'une même voix Andrew et Ethan.

Sam se tourna vers Lulu qui semblait aussi embarrassée que lui. Un chien à l'école, surtout un saint-bernard, quelle drôle d'idée !

— Appelons Kelly, suggéra-t-il. On verra bien ce qu'elle nous dira.

— Très bien, je m'en charge, dit Lulu.

Quelques minutes plus tard elle revint, un grand sourire aux lèvres.

— C'est arrangé ! Kelly accepte que nous amenions Belle pour autant que ses vaccins soient en règle.

— Ils le sont, dit-il, soulagé.

Peu après, tous se mirent en route pour l'école.

Dès que tout le monde fut installé dans la classe, Sam se présenta avec la chienne.

Les cris enthousiastes des enfants devant Belle ne durèrent que quelques instants, car Kelly ramena rapidement le calme et demanda aux triplés de venir à côté d'elle et de la chienne.

— Theo, Andrew et Ethan ? Parlez-nous de Belle, de vos jeux avec elle.

Comme toujours, ce fut Theo qui parla le premier.

— Elle est gentille, dit-il en flattant le cou de l'animal.

— C'est pas un cheval, ajouta Andrew.

Kelly tourna vers Sam un regard interrogateur.

— Andrew veut dire qu'il ne faut pas grimper sur

Belle comme sur un cheval, répondit-il en riant. Elle adore être caressée et elle est très affectueuse.

Des « oh » et des « ah » fusèrent jusqu'à ce que Kelly se lance dans un discours sur les différentes races de chiens.

— Des questions à poser ? demanda-t-elle.

Après avoir désigné Lulu, l'une des élèves demanda :

— C'est qui la dame ?

Theo se précipita vers Lulu et l'étreignit avec force.

— C'est ma maman !

Aussitôt après, une autre question fusa.

— Et le monsieur ?

Le cœur de Sam battit un peu plus vite.

— Papa ! s'exclama Andrew en venant s'accrocher à sa jambe.

S'il avait été tout seul, Sam aurait sûrement laissé échapper une petite larme…

Un sourire jusqu'aux oreilles, Lulu étreignit les trois frères et se tourna vers lui.

— Oui, les enfants, nous formons une famille, Sam, vous trois et moi, dit-elle, la voix tremblante. Sans oublier Belle !

Trop ému pour parler, Sam serra un peu plus fort la laisse de Belle. Une sérénité nouvelle l'envahit, et il pria pour que Lulu s'en tienne à ses résolutions.

Le soir venu, les triplés allèrent se coucher sagement dans leurs lits respectifs et s'endormirent rapidement. Comme Lulu se sentait heureuse dans sa nouvelle vie…

— Qui aurait cru qu'aujourd'hui nous apporterait tant de joie ! dit-elle à Sam, une fois qu'ils furent redescendus.

— En effet, mais nous ne sommes pas au bout de nos peines.

Avait-il des doutes ? Des regrets peut-être ?

— N'es-tu pas heureux que les enfants nous considèrent déjà comme leurs parents ?

Sam lui caressa le visage.

— Si, mais ne crions pas victoire trop tôt, Lulu.

Durant quelques secondes, tous deux gardèrent le silence.

Elle comprit soudain le malaise de Sam.

— Tu penses à l'enquête du juge ? demanda-t-elle.

— Oui. Mais que cela ne nous empêche pas de vivre et de nous donner du plaisir…

Il plongea son regard dans le sien et l'embrassa avec passion. Pourraient-ils retomber amoureux tout en offrant à leurs trois protégés un foyer stable et sécurisant ? Une sonnerie de portable interrompit leur étreinte. Sam consulta le numéro s'affichant sur l'écran.

— Salut Travis, dit-il en décrochant. Tu as du nouveau pour nous ? Attends. Lulu est à mes côtés. J'active le haut-parleur pour qu'elle suive notre conversation. Alors, quoi de neuf concernant l'enquête ?

— Elle avance, mais elle n'est pas terminée. Liz et moi avons pour règle de ne jamais donner de renseignements avant d'avoir eu connaissance du rapport complet, la meilleure façon, selon nous, de ne susciter chez nos clients ni faux espoirs ni désespoir infondé.

Lulu jeta un regard inquiet à Sam. Les enquêteurs auraient-ils découvert ce qui avait conduit Sam et elle à la rupture, dix ans plus tôt ?

— Bien sûr. Lulu et moi comprenons, déclara Sam.

— Liz et moi sommes confiants, dit Travis. Mais

je ne te téléphonais pas pour ça. Alors, dois-je vous appeler désormais « papa-Sam » et « maman-Lulu » ?

Sam se mit à rire.

— Et qui t'a mis au courant ?

— Liz, voyons ! Nos enfants fréquentent la même école que vos triplés.

— Sam et moi, nous sommes fiers et heureux d'avoir gagné la confiance et l'affection de nos petits diables, intervint Lulu.

— Qui ne le serait pas ? répondit Travis d'un ton chaleureux. Et, croyez-moi, c'est un atout supplémentaire en faveur de votre demande d'adoption.

— Tant mieux ! dit Sam. Au fait, quand l'enquête se conclura-t-elle ?

— En début de semaine prochaine. Dès que nous aurons le rapport en main, vous serez les premiers informés.

— OK, Travis, et merci, déclara Sam en raccrochant.

Un grand sourire aux lèvres, il se tourna vers elle.

— Nous approchons du but, non ? Une fois ce dernier obstacle franchi, nous devrions y voir plus clair.

— Reste à le franchir, ce dernier obstacle…

Sam fronça les sourcils.

— Tu es inquiète ?

— Suppose que l'enquêteur ait découvert…

Les bras musclés de Sam l'enlacèrent avec force.

— Que pourrait-il découvrir puisque tout a été annulé en bonne et due forme ?

— Sait-on jamais, Sam. Suppose que les documents aient tout de même été transmis aux autorités ?

— Restons optimistes et pensons plutôt que, bientôt, nous serons officiellement les parents de nos trois têtes blondes !

Parents…

— Oh Sam, c'est donc vrai ? Nous allons former une famille et rester ensemble, tous les cinq ?

Sam l'embrassa avec une tendresse infinie.

— Bien sûr, ma chérie, alors cesse de te tracasser pour rien. Que dirais-tu d'une bonne douche en amoureux ?

Son pouls s'accéléra. L'immense douche à l'italienne avec son banc était l'endroit idéal pour un moment de détente…

— Je suis partante, cow-boy !

Une fois nus, Sam et elle s'enlacèrent sous le jet tiède, une pratique avec laquelle ils renouaient pour la première fois depuis leur séparation, dix ans plus tôt.

Elle savonna la virilité de Sam, le laissa la savonner et prit appui sur le banc, dos tourné vers lui.

— Caresse-moi partout…, murmura-t-elle.

Sam ne se le fit pas dire deux fois et quand, gémissante, elle fut sur le point de céder au plaisir, il l'obligea à se retourner vers lui, et leurs lèvres communièrent en un long et intense baiser.

Après avoir mis un préservatif, Sam s'assit sur le banc et l'attira sur lui sans cesser de l'embrasser.

Heureuse comme jamais, ce fut avec ferveur qu'elle se donna à lui, jusqu'à la jouissance finale.

Plus tard, alors qu'ils étaient couchés l'un contre l'autre, dans la douceur des draps, elle formula des vœux pour que leurs sentiments redeviennent ce qu'ils avaient été, dix ans plus tôt. Car, sans amour réciproque entre Sam et elle, la nouvelle famille qu'ils étaient en train de construire avec les triplés risquait fort de s'effondrer tel un château de cartes au moindre coup de vent.

- 13 -

Une semaine entrecoupée de moments voluptueux s'était écoulée.

Lulu sentait grandir ses sentiments pour Sam chaque jour un peu plus, et ce matin-là, en entrant dans la cuisine avec les enfants, ce fut avec un regard énamouré qu'elle le regarda préparer ses fameux pancakes aux myrtilles.

Tous deux étaient encore en pyjama, elle pas coiffée et Sam pas encore rasé, ce qui ajoutait à son charme viril.

— On va à l'école ? demanda Theo.

— Je veux jouer ! renchérit Andrew.

— Aujourd'hui, c'est samedi, les garçons, et votre école est fermée. Lulu et moi, nous allons nous occuper de vous.

Cette annonce ne souleva pas grand enthousiasme chez les trois frères.

Sam grimaça.

— On va jouer, dit-il. Je suis sûr que nous allons bien nous amuser ! N'est-ce pas Lulu ?

Elle approuva avec un enthousiasme feint. La vie avec Sam et les enfants avait beau la combler, la question des loisirs durant les jours de repos restait le point noir de leur organisation familiale.

— Aurais-tu une idée en tête ? demanda-t-elle. Si nous ne faisons rien, dans une heure, nos trois lascars risquent fort de nous mener la vie dure.

— Je veux l'école ! cria Theo. Je veux jouer !

Entraînant ses deux frères au salon, il prit d'assaut le canapé puis se laissa glisser sur le dossier comme sur un toboggan.

— Si ça continue, ils vont démolir le canapé, fit remarquer Lulu. Et nous ne sommes qu'au début de la journée !

Sam se gratta la tête.

— Une grande surface propose des balançoires et autres équipements de plein air à San Angelo, dit-il. Allons-y.

Au salon, les trois frères effectuaient à présent des roulades sur le tapis. Puis, mettant un terme à leurs acrobaties, ils trouvèrent une nouvelle activité : se précipiter les uns vers les autres pour se faire tomber.

Lulu pâlit.

— Tu as raison, Sam. Nous devons leur organiser un espace de jeux où ils pourront se défouler sans risque.

— Exactement, ma belle. Et une fois notre mission remplie, il sera temps de penser *aussi* à nous, précisa-t-il en l'enlaçant.

— Ah bon ? Et à quoi penses-tu exactement ?

— Sans doute à la même chose que toi…

Elle fit mine de le repousser.

— C'est à ce moment que je dois m'offusquer ? s'enquit-elle, mutine.

— Oh non. Plutôt te féliciter d'être aussi bien comprise par ton partenaire… qui t'apprécie chaque jour un peu plus.

Elle sentit sa gorge se nouer et se retint de pleurer.

— Moi aussi je t'apprécie, Sam, mais je me fais du souci à cause de l'enquête.

— Pour l'instant ils n'ont rien trouvé, alors pourquoi

te gâcher l'existence ? Vivons ce que nous avons à vivre, toi et moi, et rendons notre petite famille heureuse.

Le spectacle des triplés roulant de nouveau sur le tapis apaisa ses craintes.

— Tu as raison, cow-boy. Allons chercher des jeux pour ces enfants avant qu'ils démolissent le salon !

Le petit déjeuner se déroula dans un calme tout relatif. Quant au trajet jusqu'à San Angelo, ce fut l'occasion de chants divers repris en chœur, preuve, si Lulu en voulait une, que tous les cinq formaient déjà une vraie petite famille.

Les balançoires, trampolines, piscines en kit, golfs miniatures et bien d'autres merveilles fascinèrent Ethan, Theo et Andrew.

Sam et Lulu discutèrent quelques minutes puis passèrent commande pour un grand bac à sable, un portique à trois balançoires et un tapis en mousse amortisseurs de chutes.

Sur le chemin du retour, ils s'arrêtèrent sur une aire de jeux, déjeunèrent de sandwichs, et le reste de la journée fut occupé par une sieste des triplés – trop courte ! –, des jeux divers et un dîner plutôt calme.

Une fois leur bain pris, leur pyjama enfilé, les trois frères s'installèrent sur le canapé du salon et réclamèrent leur histoire. Sam leur raconta une nouvelle fois leur vie avec leurs parents, puis les aventures des petits lapins bleus et verts qui vivaient dans un pays imaginaire mais, par des moues et des bâillements, les trois frères exprimèrent une satisfaction mitigée.

— Histoire avec Belle, dit Theo.

— Ouiiii ! s'exclamèrent en chœur Andrew et Ethan.

Sam et Lulu échangèrent un regard surpris.

— Vous voulez une histoire qui parle de chiens ? leur demanda Sam.

— Non ! Belle ! répondit Theo en fronçant les sourcils.

Soudain, Lulu comprit.

— Vous voulez une histoire qui parle de Belle, avec des photos d'elle ?

— Ouiiii ! Le livre de Belle !

Ne restait plus qu'à rédiger l'histoire du saint-bernard...

— Je crois que nous pourrons vous satisfaire bientôt, dit-elle, mais pour ce soir faites-moi le plaisir d'aller au lit.

Theo, Ethan et Andrew s'endormirent presque tout de suite et ce fut avec une satisfaction marquée que Sam et elle quittèrent la chambre sur la pointe des pieds.

— Quelle journée ! dit-elle. Et maintenant...

— Au lit !

Le regard de Sam lui promettait des merveilles qu'elle n'avait aucune intention de refuser.

Lorsque Lulu le dévisagea, Sam revint des années en arrière, quand il sortait avec elle. Elle avait le même regard troublant que maintenant, celui d'une femme amoureuse.

— Viens ! dit-il en l'entraînant dans sa chambre.

Leurs lèvres jointes, leurs corps serrés l'un contre l'autre, et Lulu creusant toujours plus ses reins...

— Tu me désires tant que ça, cow-boy ?

— Tu n'imagines pas à quel point...

Une fois qu'ils furent nus sur le lit, il caressa avec frénésie ce corps qui s'offrait à lui.

— Encore, Sam !

— Comme ça, ma chérie ? Tu aimes ?

— Oh oui...

Lulu prit son visage entre ses mains douces et

l'embrassa tandis qu'il la soulevait pour mieux presser sa bouche contre la sienne.

— Un instant, dit-il avant de prendre une protection dans le tiroir de la table de nuit.

— Vite, Sam !

Jamais leur plaisir ne fut si violent, si sincère, que cette nuit-là, une nuit qu'il aurait voulue éternelle.

Lulu venait de s'habiller quand Sam, déjà en jean et chemise, s'approcha d'elle, le regard tendre, le sourire aux lèvres.

— Il m'est venu une idée pour aujourd'hui, dit-il.

— Laquelle ?

— D'abord, faire visiter les enclos des vaches et des chevaux aux triplés.

— Ils vont adorer.

— Et puis, nous pourrions leur acheter des tenues de cow-boy dans la boutique Monroe's Western Wear.

Imaginer les triplés vêtus de bottes, jeans et chapeaux à large bord, la mit en joie.

— Rien ne pourrait leur plaire davantage, j'en suis sûre !

Elle s'attachait chaque jour un peu plus à Sam et aux enfants, et si parfois l'incertitude sentimentale qui était la sienne l'empêchait de faire des plans d'avenir, au moins faisait-elle équipe avec un partenaire fiable.

Comme elle l'avait prévu, les triplés adorèrent voir les vaches et les chevaux, et elle fut presque aussi heureuse qu'eux en les voyant rire aux éclats alors que Sam les installait avec lui sur sa selle pour leur faire faire à chacun un tour d'enclos.

Après avoir été leur acheter des tenues de cow-boy

qui les mit en joie, ils allèrent dîner chez Cullen, l'un de ses frères, et Bridgett, sa belle-sœur. Les triplés jouèrent avec Robby, son neveu de dix-huit mois, et avec le beagle de la maison.

— Ils ont l'air de s'être bien adaptés, remarqua Bridgett.

— J'avoue que cela me surprend, mais oui. Même s'ils se réveillent encore la nuit, ils se rendorment vite.

— C'est vraiment touchant de vous voir tous les cinq.

Elle lui sourit sans répondre. Pourvu qu'ils puissent rester tous les cinq ensemble… L'enquête pour l'adoption devait être terminée, maintenant.

De retour au ranch, Sam et Lulu offrirent aux triplés une lecture particulière : la première aventure de Belle, qu'elle avait commencée ce matin et terminée quand Sam surveillait le bain des enfants.

— Encore ! s'exclama Andrew à la fin de l'histoire.

— Encore Belle ? demanda-t-elle.

Les triplés pointèrent leur doigt d'abord sur Sam puis sur elle.

— Non ! Papa-Sam et maman-Lulu !

— Une histoire de Sam et de moi ? demanda-t-elle, très émue.

— Ouiiii !

Les trois frères se jetèrent à son cou, avant de sauter sur Sam avec le même enthousiasme.

Lulu, la gorge nouée par l'émotion, jeta un coup d'œil à Sam… et aurait juré qu'il avait les yeux humides.

Deux jours plus tard, à la satisfaction de Lulu, la maquette du livre racontant son histoire et celle de Sam et, bien sûr, celle de leur rencontre avec les triplés, fut prête pour l'impression.

— Qu'en dis-tu, Sam ?

Ce dernier lui adressa un regard mi-tendre, mi-moqueur.

— J'en dis que, si tu pleures encore, tes larmes vont abîmer ce bel ouvrage…

Elle lui donna une tape sur le bras.

— Toi alors ! Ose dire que tu n'as pas été aussi ému que moi !

— C'est vrai que la démonstration d'amour des triplés était touchante.

— Un beau cadeau, non ? dit-elle en saisissant la main de Sam et en cherchant son regard.

Les prunelles pailletées d'or exprimaient ce qu'elle espérait bien y lire, et des larmes perlèrent à ses paupières pendant que Sam l'attirait à lui.

— J'aime ces petits autant que tu les aimes, ma chérie.

Les lèvres chaudes de Sam sur son front et ce sentiment d'avoir enfin avec lui un espoir de vie heureuse la firent soupirer de bonheur.

Ne restait plus qu'à attendre des nouvelles de leurs avocats et, bien sûr, de l'enquête dont dépendraient leurs chances de voir la demande d'adoption acceptée.

Ce matin-là, Lulu aurait volontiers passé une heure de plus dans les bras de Sam, mais l'heure du lever venait de sonner.

Après la douche, le petit déjeuner les réunit tous les cinq à table et, entre deux tartines à beurrer, son regard s'égara plus d'une fois en direction de Sam si beau, si viril…

— Qui conduit les petits à l'école ? demanda Sam. Toi ou moi ?

— Toi si tu veux bien. J'en profiterai pour aller visiter mon ranch et la ruche qui me reste.

Elle éprouva une sensation étrange en revoyant son ranch, celle d'être en terre inconnue avec cependant, ici et là, des bribes d'un passé encore proche : le rucher vide, son camion-restaurant immobilisé dans la grange.

Avec émotion, elle enfila sa tenue d'apicultrice, prépara son enfumoir, puis s'approcha de l'unique ruche encore en service. Ses amis apiculteurs lui ayant procuré une nouvelle reine, et cette dernière ayant été acceptée par le reliquat de sa colonie d'abeilles, elle pouvait espérer reconstituer lentement ce qui lui avait été volé.

Une fois la fumée vaporisée sur la ruche, elle souleva le couvercle, inspecta les rayons de couvain, vérifia la qualité du miel, rajouta un peu d'eau, puis remit le couvercle en place.

Alors qu'elle s'apprêtait à ôter sa tenue, elle vit arriver le pick-up de Sam. Inquiète, elle se dirigea aussitôt vers lui.

— Que se passe-t-il ?– Tu me manquais tellement que je n'ai pas eu le courage d'attendre ton retour, répondit-il en lui tendant un énorme bouquet de roses.

- 14 -

Après s'être dépouillée de sa tenue d'apicultrice, Lulu examina le bouquet puis lui sourit.

— Merci, Sam. C'est en quel honneur ?

— Je… Ma foi…

Voilà qu'il bafouillait ! Quand donc oserait-il s'avouer qu'il était retombé amoureux de Lulu ? Peut-être même qu'il n'avait jamais cessé de l'être…

— Eh bien, serais-tu devenu timide ? s'enquit-elle d'un ton moqueur.

— Je voulais te faire une surprise.

— C'est réussi et, en plus, j'adore les roses. Mais tout cela n'explique pas ton geste galant.

Pour un peu, il se serait cru revenu à l'adolescence et à sa première rencontre avec elle !

— Disons que… j'avais envie te passer du temps avec toi.

Dans les yeux turquoise, cette flamme de désir qu'il connaissait bien s'alluma.

— Tu aurais pu me prévenir pour que je me fasse belle. Mais bon, puisque tu es là… prends-moi dans tes bras.

Tout en anticipant le plaisir à venir, il l'enlaça et l'embrassa avec fougue. Elle répondit à son baiser avec une ardeur égale à la sienne.

Tous deux n'étaient-ils pas proches de l'entente parfaite ?

Restait à espérer que, cette fois-ci, tout ne finirait pas en catastrophe car, s'il était sûr de l'engagement total de Lulu auprès des triplés, il avait quelques doutes quant à son engagement sentimental.

— Que rumine donc mon beau cow-boy ? murmura-t-elle d'une voix câline à son oreille.

— Oh... Rien d'important. Au fait, je t'aime en tenue d'apicultrice mais je te préfère encore sans.

Le rire un peu rauque de Lulu décupla le désir qu'il avait d'elle.

— Et même sans rien du tout, je parie ! s'exclama-t-elle.

Leur baiser fut long, intense, puis Lulu se détacha comme à regret de lui pour consulter sa montre.

— Tu sais que nous ne disposons que de deux heures à peine avant la sortie des classes, rappela-t-elle.

— J'ai demandé à Kelly de s'occuper des enfants. Elle les gardera le temps qu'il faudra.

Lulu eut une moue malicieuse.

— Et elle a été d'accord ? demanda-t-elle.

— Oh oui ! Elle était ravie d'apprendre que je voulais un peu d'intimité avec toi.

Il suivit Lulu dans la cuisine et accepta le verre de limonade fraîche qu'elle lui offrit.

— Tu sais, dit-il en la regardant arranger les roses dans un vase, je ne te remercierai jamais assez de m'aider à élever les triplés.

Il la vit tressaillir.

— Peter et Theresa étaient mes amis autant que les tiens, Sam, alors il est normal que je souhaite m'occuper de leurs enfants.

Le ton neutre le surprit. Elle s'était montrée bien plus

enthousiaste quand elle avait voulu avoir la garde des triplés. Qu'avait-elle donc en tête ?

— Bon, dit-il en s'éclaircissant la voix. Alors que faisons-nous, maintenant ?

— Ma foi…

— Un déjeuner au restaurant ?

— Oh non…

— Un cinéma ? Du lèche-vitrines en ville ?

Sans doute avait-il visé juste car les yeux turquoise s'illuminèrent.

— J'aurais parié que tu détesterais les boutiques, dit-elle en riant.

— Et si te faire plaisir était une joie pour moi ?

— Galant homme ! Sam, je…

La sonnerie de son portable l'interrompit.

— L'école ? demanda-t-il après qu'elle eut raccroché.

— Non, nos avocats. Ils veulent nous voir tout de suite. Lulu affronta le regard de Sam, essayant de garder son calme.

— C'est au sujet du rapport du juge ? poursuivit-il.

— Oui, répondit-elle d'une voix blanche, mais je n'en sais pas plus pour l'instant. Le temps de prendre une douche et nous partons.

Une demi-heure plus tard, Liz et Travis les firent asseoir dans leur bureau.

— Et si vous alliez droit au but ? suggéra Sam.

— Il y a un pépin, répondit Travis avec une grimace.

— Et même un gros, précisa Liz en les observant avec attention. Vous êtes mariés.

Lulu sentit le sol s'ouvrir sous ses pieds.

— Comment ça, mariés ? lança-t-elle, hébétée.

— Impossible, déclara Sam.

— Très possible, au contraire, répondit Travis.

— Certain, même, renchérit Liz, la mine sombre.

Lulu respira profondément avant de demander :

— D'où sort cette information ?

— État civil du Tennessee, répondit Travis en lui montrant un document officiel. Mariage sans bans entre Sam Kirkland et Lulu McCabe à Memphis, lundi 14 mars, il y a plus de dix ans. Les témoins étaient Peter et Theresa Thompson qui venaient de se marier.

— Impossible, voyons ! s'exclama Lulu.

Car si ce mariage avait bel et bien été célébré par un pasteur, dans la petite chapelle où leurs amis venaient de prononcer leurs vœux, il n'aurait jamais dû être enregistré par l'état civil du Tennessee, Sam et elle ayant détruit les documents qui attestaient de leur union.

— Calme-toi, dit Sam en lui prenant la main.

— Dis-leur que nous n'avons jamais voulu rester mariés !

Sam s'éclaircit la gorge et se tourna vers les deux avocats.

— Lulu a raison. Quatre jours après nos vœux, nous avons changé d'avis et au lieu de transmettre les documents de mariage aux autorités compétentes, afin qu'ils soient enregistrés, nous les avons détruits.

— Notre mariage ne peut donc être valide. Il s'agit à coup sûr d'une erreur, décréta Lulu en reprenant espoir.

— Je crains que non car, croyant bien faire, le responsable de la chapelle où vous avez été unis s'est chargé d'envoyer les doubles du certificat et de la licence aux autorités compétentes qui les ont validés, expliqua Travis. Vous êtes bel et bien mariés depuis plus de dix ans.

Liz attendit un peu avant d'ajouter :

— Je ne vois pas comment vous pourriez contester

ce mariage et, aujourd'hui, votre seul recours serait le divorce en bonne et due forme.

— Jamais Lulu et moi n'avions pensé être encore mariés, déclara Sam.

Au regard qu'elle échangea avec lui, Lulu se demanda si Sam était réellement mécontent d'être son mari. Et en ce qui la concernait, le premier moment de surprise passé, savoir qu'elle était légalement Mme Kirkland ne manquait pas de la troubler…

Mais ce n'était pas le moment d'être sentimentale. Leur demande d'adoption était peut-être à deux doigts de l'annulation. Et, ça, il n'en était pas question !

— Le mieux serait de dire la vérité et d'obtenir l'indulgence des autorités concernées, puis une annulation du mariage, dit-elle.

— Et pour quel motif ? lui demanda Travis.

— Ma jeunesse. J'avais à peine dix-neuf ans.

— Ne comptez pas sur une annulation si tardive, intervint Liz. Dans votre cas, divorcer serait sans doute un moindre mal.

Mariés depuis dix ans sans le savoir, aucune vie de couple et un divorce ? La journée des surprises ! Sans oublier la visite de Sam au ranch avec un bouquet de roses.

Mariée, elle était mariée à Sam Kirkland…

— Pourrions-nous obtenir le divorce sans que personne n'en sache rien ?

— Hélas non, répondit Liz. Un divorce donne lieu à une publication officielle dans la presse.

Sam posa sa main sur le bras de Lulu, tentant de la rassurer. Elle le remercia d'un rapide sourire.

— Concrètement, notre demande d'adoption risque-t-elle d'être compromise à cause de ce mariage ? s'enquit-elle.

Liz tapota la table avec son stylo avant de répondre :

— Je crains que oui. Que vous soyez mariés sans avoir jamais vécu ensemble ne plaidera pas en votre faveur.

— Qu'avons-nous fait de mal ? demanda-t-elle.

— Dans l'absolu, rien, répondit Travis. Mais il y a une différence entre tuteurs et parents adoptifs. Dans le premier cas, il s'agit d'une mesure temporaire, et de plus vous aviez l'aval des parents des triplés qui vous mentionnaient dans leurs dernières volontés. L'adoption, elle, est un acte définitif qui donne à un enfant qui n'est pas de vous les mêmes droits que votre fils ou votre fille biologique.

— Et c'est ce qui rendra le juge chatouilleux ?

— J'en ai peur, oui, répondit Travis. Il s'étonnera qu'après avoir déclaré vos vœux devant un pasteur vous ayez si rapidement changé d'avis et voulu annuler votre mariage. Ce qui est une preuve d'instabilité.

— C'est le seul point noir du dossier, déclara Liz d'un ton soucieux. Pour le juge, le mariage est un sacrement, et votre attitude pour le moins insouciante risque fort de l'irriter.

Lulu soupira. Depuis dix ans, elle se demandait si ce mariage consenti puis annulé dans la foulée, n'avait pas été la plus grave faute de sa vie. Aujourd'hui, elle en était sûre ! Le temps était venu de payer la facture.

— Que pouvons-nous faire pour sortir de cet imbroglio ?

Si elle devait renoncer à adopter Theo, Ethan et Andrew à cause d'un micmac administratif, elle ne s'en remettrait jamais !

— Il y aurait peut-être une solution, déclara Liz après avoir réfléchi un instant. Vous pourriez reconnaître les faits, invoquer votre jeunesse de l'époque, divorcer à l'amiable puis convaincre les autorités que vous formez désormais un vrai couple.

Divorcer pour mieux prouver que Sam et elle formaient désormais un vrai couple, c'était absurde ! Mais s'il fallait en passer par là…

— Combien de temps prendrait cette procédure ? demanda Sam.

Travis soupira.

— Des mois. Peut-être même des années. Convaincre un tribunal spécialiste des affaires familiales n'est pas chose aisée.

— Et si Lulu et moi restions mariés, aurions-nous davantage de chances d'adopter les triplés ?

— Peut-être, à condition de persuader le tribunal de votre bonne foi, de votre volonté de réparer l'erreur du passé, et ce en vous comportant désormais en couple modèle, en mari et femme désireux de rendre trois petits orphelins heureux, répondit Liz.

Lulu pâlit.

— Et comment nous y prendrons-nous puisque Sam et moi n'avons jamais vécu ensemble, jusqu'à récemment ? s'enquit-elle.

Liz et Travis échangèrent un regard.

— Nous pouvons vous aider administrativement, mais la suite est de votre ressort, répondit Liz.

Après avoir déjeuné en ville, Sam et Lulu regagnèrent le ranch pour y faire le point.

— Eh bien, quelle douche froide ! s'exclama Lulu, en lui lançant un regard courroucé.

Sa réaction était prévisible pourtant il n'était pas le

seul fautif dans cette histoire ! Mais mieux valait ne pas remettre ce détail sur le tapis.

— Que tu le veuilles ou non, toi et moi sommes mari et femme depuis déjà dix ans, déclara-t-il.

— Nous pensions notre mariage annulé, Sam, alors inutile de chercher à me culpabiliser.

Une colère contenue depuis dix ans l'envahit.

— Je ne cherche pas à te culpabiliser, Lulu, mais admets que ta conduite d'alors avait laissé à désirer.

— N'insiste pas !

— Si, au contraire, j'insiste. Quand, pour imiter Peter et Theresa, nous avons échangé nos vœux, j'étais sincère, moi, et j'y croyais dur comme fer. J'étais amoureux de toi, Lulu.

— Et qui te dit que je ne l'étais pas ?

— Alors comment expliques-tu que, quatre jours après le mariage, la toute fraîche Mme Kirkland ait changé d'avis ?

Il la vit perdre toute sa superbe, et son embarras lui fit de la peine.

— Tu es cruel, Sam. Je n'ai jamais dit ne plus t'aimer, je voulais juste garder notre mariage secret.

— Tu regrettais, voilà tout ! Tu avais honte.

— Non, Sam, je te jure que non !

Devait-il la croire ?

— Alors pourquoi avoir voulu garder notre mariage secret ?

Lulu noua et dénoua nerveusement ses doigts.

— Essaie de me comprendre, Sam… Ma famille… En fait, tout ce que je demandais alors était de garder le secret pour un temps. Deux ou trois ans, par exemple.

Il s'efforça de rester calme.

— Deux ou trois ans, autrement dit une éternité pour

les jeunes gens que nous étions alors, fit-il remarquer. Et tu t'étonnes que j'aie du mal à te croire, aujourd'hui, quand tu m'affirmes quelque chose ?

— Je sais, Sam, et j'en suis désolée.

Désolée ?

Déjà, à l'époque, elle avait employé ce mot pour lui expliquer qu'elle ne voulait plus être mariée avec lui.

— Arrête d'être désolée, Lulu ! Personne ne t'a obligée à m'épouser, il y a dix ans. Ta dérobade, quatre jours après notre union, avait tout d'une fin de non-recevoir !

— Tu te trompes, Sam. Je t'aimais, je voulais être ta femme mais, ensuite, l'idée d'annoncer la nouvelle à ma famille m'a fait changer d'avis.

— Avais-tu donc si peur des tiens ?

— Je ne sais pas, Sam… C'est si loin tout ça, mais oui, j'avais peur. Je craignais de décevoir mes parents en leur annonçant ce mariage auquel ils ne s'attendaient pas.

— Es-tu en train de me dire que tu as voulu rompre nos vœux uniquement parce que tu t'attendais à une réaction négative de ta famille ?

— Eh bien, oui !

N'était-ce pas absurde ? Bête à pleurer ?

Elle aurait renoncé à être sa femme par peur de sa famille ?

— Tes parents auraient peut-être été ravis de te savoir mariée si seulement tu n'avais pas été aussi froussarde, marmonna-t-il.

Lulu le défia du regard.

— Assez, Sam ! Tout ce que je demandais, c'était de garder notre mariage secret au moins pour un temps. Je ne pouvais pas prévoir ta réaction !

Au souvenir de leur dispute, il serra les poings.

Lulu, suspendue à son cou alors qu'ils venaient de faire l'amour, le suppliant de ne pas rendre leur mariage public… Et lui, furieux, avec l'impression qu'elle s'était bien fichue de lui en l'épousant.

Il aurait pu accepter sa proposition et ils auraient regagné le Texas. Mais voilà, sa fierté avait pris le dessus, en même temps que ses doutes sur les sentiments de la jeune femme à son égard.

Pour la première fois depuis le début de cette discussion, le sentiment d'avoir eu des torts, lui aussi, lui fit baisser les yeux.

— Souviens-toi de ta colère d'alors, Sam. Tu m'avais donné le choix entre rester mariés en programmant une fête à notre retour au Texas et une rupture si je persistais à vouloir garder notre union secrète.

Ce qu'elle disait était vrai, et dans les moindres détails. Sans doute aurait-il dû patienter, se montrer plus compréhensif.

— Je reconnais avoir été intransigeant, Lulu, mais peux-tu me le reprocher ?

— Oui, car tu as voulu décider seul sans te soucier de savoir si j'étais partante ou non. C'est ton ultimatum qui a tué nos chances de bonheur. Un mariage est l'affaire de deux personnes, Sam.

Le reproche était mérité.

— Je suis désolé, Lulu, et je m'en veux.

— Tu penses vraiment ce que tu dis ?

— Dans cette affaire, nous sommes tous deux coupables, et j'estime qu'il est temps de tourner la page.

— Et qu'allons-nous écrire sur la nouvelle page ?

— Tout simplement que mariés nous étions, mariés nous sommes et mariés nous resterons.

Lulu fixa Sam d'un air incrédule.

— Tu parles sérieusement ?

Pour elle, ce mariage n'en était plus un, et ce depuis déjà dix ans.

— Mais oui, répondit-il avec un sourire.

— C'est bien ce qu'il m'avait semblé.

— Ne comprends-tu pas que le meilleur moyen d'obtenir l'aval des autorités est encore de rester mariés ?

— Oui, cela simplifierait tout, répondit-elle sans le moindre entrain.

Et dire qu'elle était mariée depuis plus de dix ans à un homme qui ne l'aimait sans doute pas !

Oui mais, elle, elle l'aimait…

Vite ! Chasser de son esprit cette pensée parasite.

— Et si nous gardions les pieds sur terre, Sam ? Comment pourrions-nous vivre en couple alors que, depuis dix ans, nous sommes des étrangers l'un pour l'autre ?

Ce sourire de Sam, comme une caresse…

— À ton avis, que faisons-nous depuis que tu t'es installée chez moi ?

— Serais-tu en train de dire que nous vivons déjà comme un couple marié ?

— Précisément, et les triplés nous considèrent comme leurs parents puisque nous habitons ensemble. Voudrais-tu par hasard les priver de notre double présence ?

Certes non, mais, si elle se rendait à ses arguments, le risque serait de lui montrer qu'elle l'aimait toujours et que, si elle était restée célibataire, c'était bien parce qu'aucun autre homme ne l'avait supplanté dans son cœur…

— Le bonheur des triplés m'importe plus que tout au monde, Sam, mais si nous redevenons mari et femme, n'allons-nous pas être la risée de tous ?

Elle imaginait déjà les commentaires moqueurs !

— Et pourquoi se moquerait-on de nous ? rétorqua Sam. Ne donnons-nous pas l'image d'un certain bonheur ?

— Sans doute, mais je pensais à ma famille. Que diront-ils en apprenant que, nous, nous nous sommes mariés en cachette, au Tennessee, pour aussitôt après annuler notre mariage… qui est toujours valide aujourd'hui.

— Ils diront que nous nous aimions assez, à l'époque, pour prononcer nos vœux.

Si le regard de Sam lui rendit une partie de son courage, la tristesse et la lassitude prirent le dessus.

— Nous étions si jeunes, Sam, bien trop jeunes pour nous aimer d'amour, et la meilleure preuve est que nous avons annulé ce mariage quatre jours après avoir prononcé nos vœux !

Elle regretta ses mots dès qu'elle vit l'agacement traverser le regard de Sam.

— Bon, très bien, marmonna-t-il. Que proposes-tu alors ? On divorce, c'est ça ? Et puis on réenclenche la procédure d'adoption, une fois officiellement séparés ?

— C'est la seule…

— Tu as entendu Travis. Divorcer prendra du temps et risquerait fort de ruiner nos chances d'adopter les triplés par la suite. Notre réputation sera remise en cause et le tribunal estimera que pour avoir agi ainsi, dix ans plus tôt, nous ne sommes pas des personnes fiables, donc responsables. Nous perdrions nos chances d'adopter les triplés et rien ne dit que le juge ne nous retirera pas, en plus, leur tutelle.

Il n'avait pas tort, songea-t-elle, sentant la panique l'envahir et des larmes lui brouiller la vue.

— Vivre séparée de Theo, d'Ethan et d'Andrew ? Non, je ne le supporterais pas, murmura-t-elle.

— Je ne le supporterais pas non plus, décréta Sam, mâchoires serrées.

Sous peine de ne plus voir les triplés, avait-elle d'autre choix qu'accepter sa proposition ?

— Très bien, alors restons mariés puisqu'il le faut, dit-elle.

Sam, qui ne semblait guère ravi, hocha la tête.

— Il n'y a pas d'autre solution possible, Lulu.

— En effet, murmura-t-elle tout en réfléchissant à la façon de mettre sa famille au courant de leur mariage, une épreuve que, par avance, elle redoutait infiniment.

- 15 -

Aucune autre solution que l'aveu pur et simple n'était venue à l'esprit de Lulu qui, pendant des heures, avait tourné et retourné la question dans sa tête.

Dan et Kelly ayant accepté de veiller sur les triplés, Sam et elle se rendirent donc au domicile de ses parents.

La gorge serrée, attablée devant un café dans la vaste cuisine familiale, elle prit une profonde inspiration avant de se lancer.

— Vous vous souvenez de mes vacances universitaires alors que j'étais en deuxième année ?

Ses parents échangèrent un regard inquiet.

— Tu avais prétendu être au Tennessee avec le groupe féminin de country music de ton université alors qu'en réalité tu as passé ces vacances avec Sam, répondit sa mère.

— En effet, maman, et pour tout vous dire, Sam et moi, nous… nous sommes mariés, là-bas.

— Je vous présente mes excuses, intervint Sam. Nous n'aurions pas dû agir en douce, mais ce qui est fait est fait.

Lulu vit son père se crisper.

— Et si vous nous racontiez tout depuis le début ? demanda-t-il.

Lulu expliqua la fascination exercée sur Sam et elle

par Peter et Theresa et, après avoir été témoins à leur mariage, leur envie de faire de même.

Sa mère fronça les sourcils.

— Je n'arrive toujours pas à y croire…

— C'est pourtant la vérité, répondit-elle, de plus en plus gênée. Il y a eu double mariage, celui de Peter et de Theresa, celui de Sam et de moi, mais les choses se sont un peu compliquées par la suite.

— Lulu et moi étions très amoureux l'un de l'autre, expliqua Sam. Personnellement, j'étais aussi enthousiaste qu'elle quand j'ai prononcé mes vœux.

— Pour moi, épouser Sam sans mettre personne d'autre au courant représentait alors le comble du romantisme.

Sa mère la regarda avec attention mais aussi avec une certaine tristesse qui lui serra le cœur.

— Il aurait été plus simple de dire la vérité et nous aurions célébré votre union en famille, ma chérie.

— Je… Tu sais comment j'étais, à l'époque, maman. Un peu fofolle. Je me suis sentie adulte en épousant Sam, seulement, au fur et à mesure qu'approchait la date du retour, l'idée de devoir vous mettre au courant de ce mariage a provoqué chez moi une véritable panique.

— Mais pourquoi, ma chérie ? Ton père et moi aurions été heureux de te savoir heureuse.

Si elle l'avait su, à l'époque, aurait-elle pour autant été sereine ?

Restait à révéler la suite…

— Peu importent les raisons de ma panique d'alors, maman. Dans tous les cas, Sam et moi avons décidé d'annuler notre mariage à peine quatre jours après avoir prononcé nos vœux.

Comme elle ne disait plus rien, sa mère lui caressa la main d'un geste tendre.

— Continue, ma chérie.

— Sam ne voyait pas du tout les choses comme moi. Il… Je lui avais demandé de garder notre mariage secret, au moins pour quelques mois, peut-être même quelques années, et comme il n'était pas d'accord, nous nous sommes disputés.

— Il n'était pas question pour moi de vivre marié avec toi dans l'ombre, intervint Sam.

— Je sais, Sam, je sais. Sam et moi avons donc conclu qu'il fallait rompre et c'est pourquoi nous avons demandé au pasteur de ne pas envoyer le document attestant de notre mariage au service de l'état civil du Tennessee, poursuivit-elle à l'intention de ses parents. Seulement ce document a quand même été transmis, et Sam et moi sommes donc toujours mariés.

Elle s'attendait à ce que ses parents manifestent de la colère, du dépit, ou encore qu'ils l'abreuvent de reproches, mais ce fut un regard bienveillant qu'ils posèrent sur elle.

— Quel imbroglio administratif ! déclara sa mère en haussant les sourcils.

— Et avec en plus cette demande d'adoption en cours, ajouta son père.

— C'est en effet ce qui nous tracasse, papa, mais nous trouverons une solution.

Un court silence s'installa avant que sa mère reprenne d'une voix douce :

— Si vous étiez venus nous voir, à l'époque, nous aurions pu vous aider.

— J'avais si peur, maman.

— Tu n'aurais pas dû, ma chérie. Mariée ou pas mariée, je t'aurais aimée de la même façon.

— Et moi aussi, renchérit son père.

Après avoir pris sa main et celle de Sam, sa mère leur adressa un regard chaleureux.

— Au lieu de faire n'importe quoi, il fallait écouter votre cœur, un point c'est tout.

— Maman !

— Nous aurions respecté votre choix. Et maintenant, que comptez-vous faire ? Allez-vous divorcer ?

— Non. Sam et moi allons rester mariés.

— L'adoption des triplés est notre priorité, déclara Sam.

Avec une brusquerie qu'elle ne lui connaissait pas, son père se leva.

— C'est bien beau tout ça, mais vous entendrez-vous durablement après cette parenthèse de dix années ? demanda-t-il. Sans compter que vos trois protégés vont grandir et vous causer de nouveaux soucis.

Lulu ne répondit pas tout de suite. En se tournant vers Sam, elle comprit qu'il lui laisserait la parole en premier. Si le sort des triplés lui importait plus que tout, n'avait-elle pas aussi, en secret, l'espoir de reconquérir son amour de jeunesse ?

— Sam et moi avons des atomes crochus et chaque jour qui passe nous rapproche un peu plus l'un de l'autre, répondit-elle.

Sa mère hocha la tête et la regarda avec attention.

— Le mariage est une chose sérieuse et j'aimerais que nous célébrions votre union par une véritable cérémonie avec musique, fleurs, demoiselles d'honneur, dit-elle.

— Maman, je…

— Tes parents ont raison, déclara Sam en lui prenant la main.

Un vent de panique la fit vaciller.

— C'est que…

— Pense à nous, à tes frères, à la famille, déclara sa mère d'un ton grave. En renouvelant vos vœux devant nous tous, vous vous fixerez comme but d'être heureux et de veiller au bonheur de votre petite famille. La meilleure façon d'effacer à jamais les erreurs du passé.

Une semaine plus tard, à la nuit tombée, installée sous le porche du ranch de Sam, Lulu s'efforçait de faire la liste des invités à leur « remariage ».

Quand le découragement la saisissait, elle levait les yeux de son écran et contemplait la nouvelle balançoire et le bac à sable qui, depuis leur récente installation sur la pelouse, faisaient le bonheur des triplés.

Heureusement qu'ils étaient là, ces petits diables ! N'était-ce pas en partie pour eux qu'elle consentait à ce remariage absurde ? Les fleurs, l'orchestre, les invités par dizaines...

Alors qu'elle grommelait, Sam vint s'asseoir auprès d'elle.

— Que se passe-t-il, Lulu ? Tu sembles en colère.

— Je le suis. Ces invitations adressées à des cousins perdus de vue depuis des lustres ! C'est ridicule !

— Pense à tes parents. Ils se réjouissent de nous voir officiellement unis l'un à l'autre.

Il avait raison. Mais elle avait l'impression qu'on lui avait forcé la main et ça...

— Les enfants ? demanda-t-elle.

— Ils dorment à poings fermés.

Au moins une bonne nouvelle !

Depuis cinq nuits déjà, Ethan, Andrew et Theo s'étaient habitués à un nouveau rythme de sommeil, et les réveils en fanfare se faisaient rares.

— Lulu, cesse de te torturer l'esprit pour ce mariage.

— Je ne peux pas ! D'autant qu'un mariage en grande pompe est inutile. Tout le monde ici est au courant de notre situation.

— Du calme, voyons.

— L'autre jour, chez mes parents, si tu m'avais soutenue, j'aurais trouvé le courage de refuser cette mascarade.

— J'ai pensé aux triplés, Lulu. Ils ont besoin de sécurité, de stabilité. Quoi de mieux qu'un grand mariage en fanfare pour célébrer leur nouvelle vie ?

Une telle réaction de la part de Sam, si indépendant et rebelle, lui fit peur.

— Mais ils sont jeunes ! s'exclama-t-elle. Tu crois vraiment qu'ils sont capables de faire la différence entre nous maintenant et nous une fois mariés ?

— Aujourd'hui non, mais quand ils seront plus grands, sûrement. Un jour ils apprendront notre mariage caché et ils se poseront des questions. Ils ont déjà perdu leurs parents biologiques, Lulu.

L'argument de Sam lui donna à réfléchir.

— Tu as raison. Je n'avais pas pensé à ça. Mais crois-tu que porter une robe blanche et un smoking suffira à effacer le micmac de notre mariage manqué ?

Sam l'enlaça et, comme chaque fois, elle se sentit mieux.

— Ce remariage officiel devant ta famille et nos amis remettra les pendules à l'heure et fera de nous un couple respectable désireux de s'intégrer dans la communauté.

— Tu crois que…

— J'en suis sûr, Lulu. Nous serons vraiment mari et femme, et non plus amants.

— Et ce remariage pourrait contribuer à faciliter l'adoption future, oui je sais, marmonna-t-elle.

— C'est ce que j'espère du fond du cœur. Oh ! tout ne sera pas gagné pour autant et le tribunal jugera sur notre capacité à vivre ensemble, en couple uni.

Un avertissement qui ne manqua pas d'émousser le charme de cette nuit étoilée. Sam venait de réactiver en elle l'inquiétude d'un refus d'adoption.

— Et si, malgré nos efforts pour remettre les pendules à l'heure, comme tu dis, notre demande était rejetée ? demanda-t-elle avant de se lever pour faire quelques pas sur la pelouse.

Après s'être levé à son tour et l'avoir suivie, Sam darda sur elle un regard brûlant de désir.

— Faisons confiance à Liz et à Travis, ma chérie. Si nous nous remarions dans les formes, si nous pouvons convaincre le tribunal que notre union est solide, que nous avons des sentiments l'un pour l'autre et qu'il ne s'agit pas d'une manœuvre opportuniste, alors notre demande devrait recueillir un avis favorable.

Le souffle tiède de Sam sur sa joue, ses mains si caressantes… Oui, elle aurait pu se laisser aller, oublier ses soucis, demander à Sam de lui faire l'amour, mais voilà, sa révolte intérieure fut plus forte que tout.

— Des mots, tout ça !

— Tu te trompes, Lulu, répondit Sam d'une voix douce.

Elle se détacha de lui et alla s'appuyer contre le portique de la balançoire.

— Quelle mascarade que ce remariage, Sam. La robe blanche, l'orchestre, des extra pour assurer le service quand nous aurions pu échanger nos vœux en jean et T-shirt, et dans l'intimité !

— Voyons, Lulu, tu es la seule fille, chez les McCabe, et ta mère tient aux traditions. Les invités seront des proches, tes frères, tes belles-sœurs, qui se réjouissent déjà, j'en suis sûr, à l'idée de nous voir unis pour de bon.

— Tu parles toujours de ma famille mais jamais de la tienne.

— Tu sais bien que mes sœurs travaillent à l'étranger et ne peuvent se déplacer aisément. Et tu sais aussi que, s'ils avaient été encore de ce monde, mes parents auraient été ravis d'assister au mariage « officiel » de leur fils.

— C'est vrai, murmura-t-elle, confuse. Je suis navrée. Pardonne-moi.

— N'en parlons plus. Tu sais, de là-haut, mes parents espèrent nous voir heureux, toi et moi, et particulièrement le jour de ce mariage.

Le message était clair.

— Promis, je ferai un effort, répondit-elle sans grand enthousiasme.

Pour Lulu, les jours qui suivirent furent une suite d'essayages interminables et de coups de fil.

— N'oublions pas le gâteau et les bouquets, lui rappela Sam, alors que les enfants dormaient déjà et que tous deux se déshabillaient dans la salle de bains.

— Et l'orchestre, ajouta-t-elle non sans une pointe d'amertume.

— Et nos vœux.

Elle grimaça. Les vœux, oui, son souci majeur…

— Franchement, je ne sais pas si j'aurai le courage de parler devant tous ces gens, dit-elle.

Autant elle était la maîtresse consentante et heureuse

de Sam, autant la pensée d'officialiser leur relation la jetait dans l'embarras le plus noir.

Sam lui jeta un regard inquiet.

— Et pourtant, Lulu, il le faudra bien, sinon quel sens donner à cette cérémonie ?

Était-ce l'annulation si brutale de leur mariage, dix ans plus tôt, qui lui donnait l'impression, aujourd'hui, de se livrer à une mascarade qui frôlait le sacrilège ?

— Écoute, Sam, j'ai peur de ne pas y arriver, voilà tout. Je préférerais te dire « oui » de bon cœur devant un juge de paix plutôt que devant toute ma famille réunie.

Sam lui adressa un regard las qui n'ôtait rien à son charme viril. Surtout lorsqu'il était en boxer moulant et torse nu…

— Et pourquoi ? demanda-t-il.

— Ces vœux, nous les avons prononcés déjà une fois, en toute sincérité.

— Et nous avons annulé ce mariage quatre jours après.

Ah non ! Elle en avait assez de ressasser ces souvenirs qui la remplissaient de honte chaque fois !

— Nous étions jeunes, Sam ! À l'époque, je redoutais la réaction de ma famille, mais ces vœux prononcés étaient sincères. En recommençant aujourd'hui, j'aurais l'impression de tricher.

Sam la fixa avec colère.

— Là, je ne te comprends plus, Lulu. Moi aussi, à l'époque, j'ai prononcé mes vœux avec sincérité et je ne vois pas en quoi ce serait gênant de les réitérer en public, aujourd'hui.

Une question embarrassante…

— Il y a dix ans, nous étions jeunes, romantiques, épris d'idéal, fous amoureux, répondit-elle.

— Que l'on ne soit plus « fou amoureux » comme à

vingt ans, passe encore, mais est-ce que tu sous-entendrais que nous n'avons plus de sentiments l'un pour l'autre ?

— Ne te fâche pas, Sam. Je dis juste que nous n'avons plus aujourd'hui les mêmes rêves qu'alors.

— J'avais compris. Aujourd'hui, nous sommes adultes.

— Et très bien accordés l'un à l'autre.

— En somme, dit Sam d'un ton rogue, tu te contenterais d'un mariage de raison.

— Je dirais plutôt un mariage pour le bien des enfants. Oh ! Sam, ne m'oblige pas à prononcer des vœux devant tout ce monde…

— Un mariage sans échange de vœux n'est pas un vrai mariage, Lulu.

— Alors je vais les écrire et te les donner, et non les dire devant tous ces gens.

La bouche sèche, les joues empourprées, elle s'attendait à une attaque en règle… qui ne vint pas.

Sam soupira d'un air las mais lui offrit un sourire bienveillant.

— OK, Lulu, tu as gagné. Nos vœux seront sous enveloppe. J'en parlerai au pasteur.

Elle lui sauta au cou et prit ses lèvres dans un baiser aussi rapide que fougueux.

— Merci du fond du cœur, Sam !

Le regard embrumé de désir de Sam, leur étreinte, cette main d'homme ébouriffant ses cheveux…

— Tu sais, Lulu, garder nos vœux sous enveloppe me convient tout à fait, finalement.

Elle aurait couvert Sam de fleurs pour l'avoir ainsi comprise, mais devait-elle croire en sa sincérité ?

Rédiger ses vœux par écrit s'avéra être, pour Lulu, au moins aussi difficile que de devoir les prononcer lors de la future cérémonie ! Comment exprimer des pensées toujours plus confuses, plus contradictoires aussi, dès qu'elles touchaient à ses sentiments pour Sam ? Des essais poétiques, une façon de contourner la difficulté, ne furent guère plus fructueux, pas plus que ses tentatives d'envolées lyriques.

Et le temps qui passait ! Dans trois jours, le mariage...

À l'étage, les enfants dormaient et, elle, elle se torturait l'esprit et voyait arriver une nuit blanche. Sam la rejoignit sur le canapé où, portable sur les genoux, elle tapotait sur son clavier.

— Alors ?– Alors rien ! marmonna-t-elle avec mauvaise grâce.

Sam l'enveloppa de son bras.

— Que se passe-t-il donc, ma chérie ?

— Ces satanés vœux, je n'y arrive tout simplement pas.

— Veux-tu que je t'aide ?

La tentation fut forte d'accepter mais, par pudeur, elle refusa d'un signe de tête et vint se blottir contre Sam.

— Merci de me réconforter mais, ces vœux, c'est à moi et à moi seule de les écrire.

— Tout viendra en son heure, ma Lulu.

Oui, mais les heures filaient trop vite ! Trouverait-elle enfin les mots justes ?

— Et si ça ne vient pas, Sam ? Que ferons-nous ?

Et si ça ne vient pas ?

Une fois de plus Sam se retrouvait confronté aux hésitations de Lulu.

Tout recommençait comme il y a dix ans mais, cette fois, il était déterminé à se battre pour garder Lulu.

— Rien ne nous force à écrire nous-mêmes nos vœux, dit-il en caressant la joue de la jeune femme, et il existe des modèles de textes standards qui feront l'affaire.

Ce qui l'arrangeait d'autant plus qu'il n'avait pas trouvé le premier mot de sa propre déclaration !

Lulu se redressa d'un bond.

— Non, Sam, impossible ! Je ne m'imagine pas récitant des formules passe-partout devant ma famille et nos amis !

Il fut ému de sa réaction, mais cela ne résolvait pas le problème pour autant.

— Tu n'es pas obligée de faire un long discours, quelques phrases suffiront, suggéra-t-il.

— Justement, non ! Tu en parles comme d'une formalité mais, pour moi, ces vœux doivent comporter une signification profonde et non débiter une suite de lieux communs.

Il soupira. Cette histoire de vœux s'embourbait chaque jour davantage. Aider Lulu à surmonter l'obstacle devenait urgent.

— Il s'agit là d'une tradition, ma chérie, rien de plus.

— Peut-être bien, mais pour ma part je veux que mes paroles soient en accord avec mes pensées.

Il allait répondre qu'elle trouverait bientôt lorsque la vérité, triste et cruelle, lui apparut.

— Serais-tu en train de dire que tu ne ressens pas pour moi ce qu'une épouse ressent en principe pour son mari ?

Lulu lui jeta un regard affolé et ne répondit pas.

— Voyons, si je tombais malade ou si j'étais ruiné, m'abandonnerais-tu à mon sort ? demanda-t-il.

— Bien sûr que non ! répondit-elle avec indignation.

— Tu m'en vois ravi ! Alors, où est le problème ? Tu écris quelque chose dans ce sens et, le jour de la cérémonie, il te suffira d'approuver ce que dira le pasteur concernant le devoir de fidélité, d'aide et d'assistance qui incombe aux époux.

De nouveau, ce silence plus explicite qu'un long discours.

— Tu ne dis rien ? Tu ne veux pas m'aimer comme une femme aime son mari ?

— Eh bien, je…

Elle se tut, gênée.

— Eh bien, quoi ?

— Mais si, Sam, je t'apprécie, et même beaucoup. Nous pouvons être des… grands amis. Mari et femme, et amis.

Le choc fut rude. Il avait mal entendu. Elle ne pouvait pas penser *ça*. Il prit quelques secondes pour être sûr de garder son calme et reprit :

— Voyons, il y a bien plus que de l'amitié dans le mariage.

Lulu, elle, n'était pas calme du tout…

— Je m'en veux, Sam ! Comprends-tu à présent pourquoi j'ai tant de mal à rédiger ces vœux ?

Non. Il ne comprenait pas. Il ne comprenait plus rien, d'ailleurs. Enfin, si, il voyait très bien où elle voulait en venir, et cela lui donna des sueurs froides.

— Cesse de parler par énigmes, Lulu, et dis ce que tu as vraiment à dire.

Il la vit pâlir puis prendre une profonde inspiration.

— En vérité, Sam, je… je ne sais plus où j'en suis. Tout est trop rapide, trop confus aussi. J'ai du mal à analyser notre relation et j'aurais encore plus de mal à la définir.

Il retint un juron. L'aveu de Lulu lui faisait perdre ses dernières illusions.

Mais il n'abandonnerait pas la partie sans avoir combattu jusqu'au bout !

— Donc, si je te comprends bien, Lulu, tu nous déclares vaincus par avance ? D'après toi, ce remariage ne tiendra pas la route ?

— Nous resterons les parents des triplés tant que notre présence leur sera utile. Puisque nous nous sommes bien entendus jusqu'à présent alors même que nous ignorions être encore mariés, pourquoi vouloir tout chambouler ?

— Parce qu'il est aujourd'hui établi que mariés, nous le sommes, officiellement, et ce depuis dix ans, Lulu !

— Eh bien restons-le ! Mais sans tout ce cirque de robe blanche, d'orchestre et de vœux ! Crois-tu que ce soit vraiment nécessaire, Sam ? N'étions-nous pas bien ensemble jusqu'à présent ? Quel besoin d'officialiser ce qui nous rend déjà heureux ?

La colère le prit.

— Un divorce mettrait les compteurs à zéro.

Une expression de panique apparut sur les traits de Lulu.

— Non, pas le divorce, Sam ! Mais pas non plus cette mascarade alors que nous sommes déjà mariés.

— Tu oublies ce que nous ont conseillé Liz et Travis. Un remariage aurait de grandes chances d'influencer le juge dans le bon sens, pour notre demande d'adoption.

— Nous trouverons un moyen de le convaincre que nous sommes aujourd'hui des adultes responsables. Et il pourra faire toutes les enquêtes qu'il voudra, il verra bien que les triplés sont heureux avec nous.

Décidément, elle avait réponse à tout, songea-t-il, dépité.

— Que fais-tu des traditions ? demanda-t-il. De ta famille ?

— Ma famille, toujours elle ! Mais c'est *nous* les mariés, Sam, pas eux !

— Oui, mais pense un peu à ta mère, à ton père…

Il avait dû toucher une corde sensible car il vit les yeux de Lulu s'embuer de larmes.

— Je sais, Sam, ils seront déçus. Mais je refuse ce simulacre de mariage public. Si tu veux, fuguons en amoureux, comme il y a dix ans, et remarions-nous dans le lieu de ton choix, sans témoins !

En d'autres circonstances, l'idée aurait pu le séduire mais, dans la situation présente, elle n'aurait fait que compliquer les choses.

— Et pour prouver quoi ? répliqua-t-il. Que nous sommes toujours aussi irréfléchis et aussi immatures qu'il y a dix ans ?

Lulu lui jeta un regard chagriné.

— Pour ma part, j'ai le sentiment d'être adulte et de vivre comme j'en ai envie, dit-elle. Après tout, faire l'amour comme nous le faisons depuis quelque temps, sans se préoccuper de rendre des comptes, n'est-ce pas déjà une preuve de maturité ?

— Très bien, mais souviens-toi de nos vacances au Tennessee qui avaient si bien commencé et qui se sont si mal terminées.

— Nous n'avions pas l'âge des décisions définitives, rétorqua-t-elle.

Il voulut l'enlacer, mais elle se leva et quitta le salon, ce qui le rendit furieux.

Il la suivit dans la cuisine, où elle sortit du réfrigérateur une bouteille d'eau minérale dont elle remplit deux verres.

— Et aujourd'hui non plus, apparemment ! rétorqua-t-il.

— Tu exagères, cow-boy. Ne me suis-je pas engagée durablement auprès de nos triplés ? Comme toi.

Refusant le verre d'eau, il se servit une bière et en avala une longue gorgée.

— Ce n'est pas le sujet, dit-il. Je te parle de nous, là. Tout comme il y a dix ans, tu veux bien rester mariée avec moi mais en toute discrétion, comme si notre union était une maladie honteuse.

— Ne suis-je pas sous ton toit, Sam, et au vu de tous ?

— Parce que c'est plus pratique pour t'occuper des triplés !

— Et qui m'a proposé de venir m'installer ici ? répliqua-t-elle, un petit sourire crispé aux lèvres. Pourquoi te fâcher contre moi, Sam, pour une fois que je dis ce que je pense ? Refuser cette cérémonie officielle est bien la preuve que je fais mes choix sans me soucier de l'opinion d'autrui.

Quelque temps plus tôt, un tel acte de courage de la part de Lulu l'aurait comblé d'aise mais, aujourd'hui, il avait le sentiment de n'avoir droit qu'à un prix de consolation.

Lulu dut deviner ce qu'il pensait car elle s'approcha de lui et posa sa main sur son bras.

— Sam, il faut me croire. Tout ce que je demande, c'est que toi et moi vivions dans une vérité qui nous est propre.

— Quelle vérité, Lulu ?

— Oublions la mascarade que la société et mes parents veulent nous imposer, et vivons comme nous le faisons depuis que le destin nous a réunis.

— C'est-à-dire mariés en faisant comme si nous l'ignorions ?

— Oui, et sans rien changer à nos habitudes.

Serrant sa main dans la sienne, elle posa sur lui un regard implorant.

— Oh Sam, n'étions-nous pas heureux avant l'enquête du juge ? Apprendre que notre mariage était toujours valide a tout gâché, tu ne crois pas ?

Le contact des doigts chauds sur les siens ne suffit pas à le réconforter.

— La vérité, Lulu, c'est que tu ne sais ni ce que tu veux ni quels sentiments tu éprouves pour moi.

— Mais c'est faux !

— Non, c'est très vrai, au contraire. Tu es prête à rester mariée avec moi mais surtout sans que ce soit officiel, sans cérémonie, sans devoir admettre devant tout le monde que cette union est solide, qu'il s'agit d'un engagement corps et âme.

L'expression indignée de Lulu ne le coupa guère dans son élan.

— Si nous n'avions pas à nous occuper des triplés, je parie que tu aurais déjà franchi cette porte et depuis longtemps ! conclut-il.

— Ce que tu dis est odieux, Sam, aussi je préfère ne pas répondre.

Peut-être était-il plus raisonnable de ne pas poursuivre la conversation, songea-t-il, furieux et dépité. Seulement, fierté oblige, il voulait que Lulu entende jusqu'au bout ce qu'il avait à dire.

— J'ai été idiot d'avoir cru que tu pourrais t'engager pour la vie à mes côtés. Nous n'aurions jamais dû accepter ce remariage officiel ou plutôt, selon tes propres termes, cette mascarade. Et je commence même à avoir des doutes sur les sentiments que tu me portes.

— J'ai des sentiments pour toi, Sam. Mon problème, c'est ce remariage que les autres souhaitent et qui ne me correspond pas. Qui ne *nous* correspond pas. Ce qui explique ma difficulté à formuler mes vœux.

— Alors, que proposes-tu ?

— Que nous annulions tout. Et que nous continuions à vivre comme nous le faisions jusqu'à présent, avant cette fichue enquête.

Il soupira. Elle n'en démordrait pas.

Bien plus qu'un imbroglio administratif, ce qui détruisait leur couple aujourd'hui était l'absence de sentiments que Lulu éprouvait pour lui, même si elle affirmait le contraire. Attendre plus longtemps, discuter sans fin et finir par se disputer, tout cela ne mènerait nulle part, aussi décida-t-il de prendre le taureau par les cornes.

— Pour la dernière fois, Lulu, veux-tu ou non divorcer ?

— Non, pas un divorce ! Pas maintenant.

Pas maintenant ? Quel imbécile d'avoir gardé espoir, et ce jusqu'à la dernière seconde !

— Si j'ai bien compris, un jour ou l'autre, nous allons divorcer ? demanda-t-il.

— Pas forcément.

Pas forcément ?

S'il avait vivement espéré trouver un accord avec Lulu, le moment était venu de reconnaître qu'il s'était trompé. Il ne lui restait plus qu'une seule chose à faire : tourner la page une bonne fois pour toutes.

— Puisque tu refuses divorce et vrai remariage, alors soyons les tuteurs des triplés et rien de plus.

Lulu pâlit.

— Un ultimatum, Sam, comme au Tennessee ?

— J'exprime tout haut ce que tu penses tout bas et depuis des jours déjà. Oui, je mets un point final à toute velléité d'amour romantique entre toi et moi, et cette fois sans aucun espoir d'y revenir.

- 16 -

Dès le lendemain, Lulu rendit visite à ses parents. Après sa discussion avec Sam – ou plutôt sa dispute –, elle n'avait pas pu dormir.

— Voyons, raconte-nous ce qui ne va pas, dit sa mère en l'invitant à s'asseoir dans la cuisine.

Son père, qui préparait du café, fronça les sourcils.

— Toi, tu n'as pas bonne mine. Un problème avec les triplés ?

À l'évidence, tirer un trait sur ses rêves et sur la promesse d'un bonheur conjugal avait des effets secondaires visibles.

— Non. Les enfants vont bien. C'est pour le mariage. Sam et moi nous…

Elle se tut et jeta un regard inquiet à sa mère.

— Eh bien ? demanda cette dernière. Vous voulez le repousser ? Inviter d'autres personnes ?

— La cérémonie n'aura pas lieu, dit-elle en sentant venir les larmes. Si tu pouvais avertir tout le monde, je t'en serais reconnaissante.

Elle s'attendit à un sermon en bonne et due forme – annuler un mariage à la dernière minute, quand même…

Ses parents échangèrent un regard puis restèrent silencieux un long moment.

— Dis-nous ce qui s'est passé, ma chérie, dit enfin sa mère d'une voix douce.

— Nous sommes là pour t'aider, renchérit son père en posant sur la table le café, le sucre et la crème.

Elle sentit les larmes lui brouiller la vue. Elle s'attendait à des récriminations mais sûrement pas à tant de compréhension.

— Je vous jure que j'ai tout fait pour y croire, murmura-t-elle. Je voulais ce mariage mais je… Je ne peux pas.

Sa mère l'embrassa.

— Qu'est-ce qui t'a fait changer d'avis ?

Elle essaya de chercher les mots justes, ce qui ne fut pas une mince affaire, compte tenu de son état d'esprit.

— Voilà. Je n'arrivais pas à rédiger mes vœux, à trouver les mots pour exprimer mes pensées. J'avais le sentiment d'un mensonge. Rien de ce que j'écrivais n'était vrai, ressenti, et je me refusais à débiter des lieux communs devant tout le monde, vous, mes frères, mes belles-sœurs, mes amis. Tout le monde m'aurait cru heureuse alors que… ce mariage n'aurait été qu'une imposture.

— Sam pense-t-il aussi que ce mariage est une imposture ? demanda son père en lui versant du café.

— Oh ! Sam, marmonna-t-elle avec humeur.

— Qu'est-ce qu'il a bien pu te dire pour te mettre dans un tel état ? s'enquit Rachel.

Elle ne voulait surtout pas revivre cette horrible discussion de la veille au soir, mais elle devait répondre à sa mère.

— Que, sans vœux de ma part, ce mariage n'avait aucune raison d'être, pas plus que notre espoir d'une vie sentimentale heureuse.

Son père fronça les sourcils.

— Voyons, Lulu, peux-tu lui reprocher sa réaction ?

Elle haussa les épaules et but une gorgée de café avant de répondre :

— Depuis nos retrouvailles, il ne m'a jamais dit qu'il m'aimait ou qu'il était amoureux de moi. Pas une fois.

— Sans doute n'est-il pas du genre sentimental, fit remarquer son père. Comme beaucoup d'hommes. Et toi, tu lui as dit que tu l'aimais ?

— Ce n'est pas à moi de le dire en premier, papa !

— N'y aurait-il pas moyen de vous entendre tout de même, ma chérie ? demanda vivement sa mère, voulant sûrement éviter une discussion à ce sujet. Sam me paraît être un homme bien.

Oui. Et c'était aussi un amant merveilleux…

— Je ne pense pas, répondit-elle, la gorge serrée par l'émotion.

Sam… Dire que tout aurait pu être si beau entre eux… Elle tressaillit en sentant la main de sa mère sur son bras.

— Au moins resterez-vous amis, lui fit remarquer cette dernière.

— Sans doute. Je ne peux pas prévoir encore sur quelle base s'établira notre relation future.

— Et les enfants ? intervint son père.

— Nous serons leurs tuteurs.

— En vivant sous le même toit ?

— Sous le même toit, oui. Cela s'est bien passé jusqu'à présent.

Sa mère afficha une expression sceptique.

— Tu refuses ce mariage avec Sam et tu préfères une cohabitation amicale, c'est bien ça ? Tu veux garder ta liberté, en quelque sorte. N'est-ce pas illusoire ?

— Ta mère a raison, déclara alors son père. Aimer, c'est prendre des risques, renoncer à la tranquillité pour l'inconnu.

Ces mots la firent réfléchir. Ses parents étaient mariés depuis tant d'années qu'ils devaient en savoir long sur le sujet.

— Vous croyez vraiment ? murmura-t-elle.

Sa mère l'embrassa avec tendresse.

— Bien sûr, ma chérie. C'est en affrontant les épreuves ensemble, en ne reculant pas devant l'obstacle, qu'un couple nourrit son amour et peut prétendre assumer, un jour, la charge d'une famille.

Jeudi matin, de retour chez lui après avoir déposé les triplés à l'école, Sam trouva un comité d'accueil qui n'avait rien d'amical.

— Tiens, les McCabe…

Dan, celui des cinq frères qu'il connaissait le mieux, s'avança vers lui, sanglé dans son uniforme d'adjoint du shérif.

— Fais du mal à notre sœur, Kirkland, et tu verras de quel bois nous nous chauffons, dit-il, menaçant.

Les quatre autres frères s'avancèrent en arc de cercle, lui coupant toute retraite.

Non seulement sa vie était un enfer depuis que Lulu avait décidé d'annuler ce remariage, mais à présent voilà que la fratrie McCabe en ordre de bataille venait lui réclamer des comptes !

Sa dernière discussion avec Lulu s'était conclue par un statu quo et, depuis lors, tous deux s'efforçaient de faire bonne figure devant les trois enfants dont ils avaient la charge. Hélas, dès que Lulu et lui se retrouvaient seuls, un mur d'incompréhension les séparait, aussi faisaient-ils tout, désormais, pour s'éviter.

Matt et Cullen, tous deux forts comme des bœufs, le prirent à partie.

— Touche un cheveu de Lulu et tu iras au tapis, espèce de salaud. De quel droit lui brises-tu le cœur ?

Salaud, lui ? Si cette bagarre conjugale avait brisé un cœur, c'était bien le sien !

— Je n'ai fait de mal à personne et surtout pas à Lulu, rétorqua-t-il.

Pouces passés dans son ceinturon d'uniforme, Dan se campa face à lui.

— Alors pourquoi notre sœur est-elle allée pleurer toutes les larmes de son corps chez nos parents ?

— Mais je n'en savais rien !

— Tu le sais maintenant, salaud ! rétorqua Matt. Et, à ce qu'il paraîtrait, votre remariage est provisoirement annulé.

Provisoirement ? Pourquoi pas définitivement, comme Lulu et lui l'avaient décidé ? Lulu avait-elle des remords à l'idée de ne plus officialiser leur union ? Comme elle en avait eu en voulant annuler leur mariage dix ans plus tôt ? Décidément, il aurait beau faire des efforts, jamais il ne la comprendrait !

Seule une discussion avec elle pourrait l'éclairer, mais pour l'heure, il importait d'éviter la bagarre avec ses frères.

— Apprenez d'abord que je ne suis pas un salaud et puis, si vous voulez des éclaircissements sur la décision de Lulu, c'est à elle qu'il faut vous adresser, dit-il en regardant les McCabe tour à tour dans les yeux.

— Car, bien sûr, tu n'es pour rien dans son désir d'annuler votre remariage ? demanda Dan.

— Je ne suis qu'un rancher et je n'ai pas la science infuse, en ce qui concerne les femmes, rétorqua-t-il.

Lulu refuse de prononcer ses vœux devant tout le monde, voilà ce que je sais.

Matt le dévisagea sans comprendre.

— Et pour quelle raison ?

Il soutint son regard.

— Elle seule pourrait répondre à cette question, dit-il.

— Pour que Lulu ait changé d'avis concernant ce remariage, quelque chose de grave a dû se produire entre vous deux, intervint Chase. Il n'y a jamais de fumée sans feu.

Pas de fumée sans feu ?

Pas question d'expliquer aux McCabe que Lulu lui avait fait comprendre que leur bonne entente au lit découlait de l'absence de mariage officiel entre eux. Ni de leur dire qu'elle ne voulait pas de lui comme mari, ce qui aurait donné suite à des questions sans fin et des suppositions stupides.

— Écoutez, les gars, pensez ce que vous voulez mais, moi, je n'ai rien à me reprocher. J'étais d'accord pour ce remariage, vraiment d'accord, jusqu'à ce que Lulu change d'avis.

Dan se frotta le menton, sceptique.

— Sam, nous nous connaissons depuis longtemps et j'ai une certaine confiance en toi. Serais-tu en train de protéger Lulu, par hasard ?

Idiots que vous êtes ! Bien sûr que je la protège, et même de toutes mes forces.

— Eh bien, pourquoi ne réponds-tu pas ? insista Dan.

— Si tu sais quelque chose, parle ! intervint Matt, plus menaçant que jamais.

Jack, le seul avec Chase à avoir gardé son calme, eut un geste d'apaisement.

— Cette affaire est confuse, alors inutile de nous

énerver, dit-il. Si je comprends bien, Sam, Lulu et toi traversez des moments difficiles, ce qui ne vous rend heureux ni l'un ni l'autre.

C'était peu de le dire !

— Nos difficultés ne concernent que nous. Et pour le reste, votre sœur a ses raisons.

— Et si tu éclairais notre lanterne ? demanda Jack.

Devant le silence de Sam, les cinq frères se concertèrent, et Dan prit la parole :

— Il est vrai que Lulu change souvent d'avis.

— Et aussi qu'elle a du mal à prendre des décisions, renchérit Jack.

Au grand soulagement de Sam, la menace d'un affrontement physique semblait s'éloigner.

— Ce que vous dites est vrai, les gars, mais ce n'est pas le seul problème.

Dan lui jeta un regard noir.

— Alors explique-toi et vite.

Il leur devait un minimum d'explications sans trop entrer dans les détails qui ne regardaient que Lulu et lui.

— Votre sœur n'a pas trouvé un mot, un seul mot sincère, à écrire pour ses vœux. J'en ai conclu qu'elle avait peur de s'engager avec moi.

Cullen, le seul qui n'avait pas encore ouvert la bouche, darda sur lui un regard hostile.

— Je pense que le vrai problème c'est toi, Kirkland !

Vexé et furieux, Sam faillit balancer son poing dans la figure de Cullen, puis la raison prit le dessus et il recouvra son calme.

— Ne parle pas sans savoir, Cullen.

— Et toi ne…

Sam l'interrompit sèchement.

— Tu es chez moi et tu commences sérieusement à me casser les pieds !

Pourquoi culpabiliserait-il, après tout ?

Les cinq frères se consultèrent du regard.

— Nous pensons que, si Lulu ne veut plus se remarier, c'est que tu as fait ou dit quelque chose de grave, quelque chose qui l'a blessée, avoua Jack.

— Pure supposition, rétorqua Sam.

— Supposition ou non, tu as intérêt à rendre notre sœur heureuse. Et vite ! déclara Dan en appuyant ses propos d'un regard qui en disait long.

Lulu s'affairait autour de son unique ruche, chez elle, quand un pick-up familier franchit le portail.

Sam.

En chemise, jean moulant et Stetson virilement incliné sur le front, il était plus beau que jamais.

— Ne devions-nous pas nous revoir à la sortie de l'école ? demanda-t-elle en ôtant sa tenue protectrice.

— J'ai préféré te parler avant.

— Viens, allons nous installer sous le porche, il fera plus frais.

Elle s'efforçait de ne pas montrer combien cette rencontre imprévue la troublait. Avait-il quelque chose d'urgent à lui dire au sujet des enfants ? À propos de leur relation à eux ?

Ce regard ardent, ces prunelles pailletées d'or sur elle…

— Ne crois-tu pas, Lulu, qu'il serait temps d'enterrer la hache de guerre ?

— Tu as raison, répondit-elle, pleine d'espoir.

— Je voudrais que l'on reparte de zéro, toi et moi,

déclara-t-il de cette voix grave qui avait le don de lui arracher des frissons.

— Comme si nous venions de nous rencontrer ?

— Oui, et cette fois sans commettre les mêmes erreurs.

— Penses-tu ce que tu dis, Sam ?

— Du fond du cœur, Lulu. Je n'aurais jamais dû t'adresser cet ultimatum, il y a dix ans. J'ai été stupide et cruel. Un vrai mariage est bien plus qu'un « oui » prononcé devant un pasteur, ou même que des vœux traditionnels.

— Et qu'entends-tu par « vrai mariage » ?

— Un élan du cœur. Un engagement sentimental authentique et sincère.

Pour ce qui était de sa sincérité, elle n'avait aucun doute.

— Oh Sam, si seulement c'était vrai…, murmura-t-elle.

— Mais c'est vrai, Lulu ! Et je veux vivre avec toi pour le restant de mes jours, parce que je t'aime d'amour, que je t'ai toujours aimée et que je t'aimerai toujours.

Elle l'avait enfin, sa déclaration !

— Moi aussi je t'aime, dit-elle en se jetant dans les bras de Sam. Je t'aimais il y a dix ans, je t'aimais même après avoir décidé d'annuler notre mariage. Et, de retour au Texas, je n'ai cessé de penser à toi.

— Toutes ces années, Lulu…

— Oui, ces années sans toi, seule avec mes remords. Je me disais qu'il fallait en rester là, que tu ne pourrais jamais plus m'aimer après ce fiasco du Tennessee.

Sam l'enlaça avec ferveur, et elle sentit son cœur battre aussi vite que le sien.

— Pourquoi ces difficultés à formuler tes vœux alors que tu sais si bien me parler aujourd'hui ? lui demanda-t-il d'une voix enrouée par l'émotion.

Allait-elle réussir à lui expliquer ses craintes et ses doutes, cette fois ? N'allait-il pas se mettre en colère ?

— Ne comprends-tu pas, mon chéri ? J'ai eu peur de découvrir que, peut-être, tu ne m'aimais pas autant que moi je t'aimais. Alors, oui, ce remariage me faisait peur.

— Tu craignais de rompre l'équilibre auquel nous étions parvenus ces deniers temps ?

— Oui, car jamais je n'avais connu un tel bonheur avec toi et les triplés. En révélant que nous étions mariés, l'enquête du juge a tout remis en question et j'ai eu peur de me retrouver une fois de plus en situation d'échec, comme il y a dix ans.

Sam l'enveloppa d'un regard qui la fit frissonner.

— Il y a beaucoup de ma faute, Lulu. Lors de ces fameuses vacances, je n'aurais pas dû consentir à ce mariage rapide. Tu étais encore si jeune…

— C'est vrai. Alors pourquoi avoir cédé avec moi à ce coup de folie ?

— Par égoïsme, Lulu. J'étais amoureux de toi et j'envisageais pour nous une vie commune sous le signe du bonheur. Ce mariage était pour moi la certitude d'une vie heureuse avec toi.

Les larmes aux yeux, elle se serra plus fort contre lui puis leva sur lui un regard empli d'amour.

— Je n'aurais jamais dû exiger de toi le secret à propos de notre mariage, murmura-t-elle. En agissant ainsi, je donnais l'impression d'avoir honte de toi, de moi, de nous deux, ce qui était faux. J'avais des sentiments pour toi, Sam, mais ma réputation de tête en l'air m'a fait redouter le jugement des miens.

Le baiser de Sam fut aussi tendre et ardent qu'elle pouvait l'espérer.

— Et moi, j'aurais dû me montrer plus compréhensif,

Lulu. J'ai mal agi et je le regrette aujourd'hui. Je te demande pardon.

Elle le regarda, ne pouvant retenir ses larmes de bonheur.

— Sam, je sais aujourd'hui qu'il n'y a pas d'amour sans risque et que ce risque en vaut la peine. Tu es tout pour moi, Sam, et je suis tienne aujourd'hui comme j'étais tienne hier et serai tienne demain. Je promets de tout faire pour te rendre heureux, Samuel Kirkland, et je suis heureuse de lier mon destin au tien.

— Lulu, ma chérie, tu viens de prononcer des vœux qui me conviennent tout à fait, annonça-t-il avec un clin d'œil. Tu vois, ce n'était pas si compliqué que ça.

Ces vœux tant attendus, ces vœux qu'elle n'avait su exprimer quelques jours plus tôt et qui aujourd'hui, comme par miracle, lui étaient venus tout naturellement.

Elle se mit à rire et prit les lèvres de Sam avec fougue.

— Sam, mon chéri, mon cow-boy adoré, je t'aime plus que tu ne le sauras jamais.

Le regard de Sam brûla d'une flamme nouvelle.

— Je t'aime aussi, Lulu. Tu m'as beaucoup apporté, et sans toi la vie n'aurait pas la même saveur. Je te rends grâce aussi d'aimer les triplés et de m'aider à construire pour eux leur bonheur futur. Je promets de prendre soin de toi, de te protéger et de protéger nos enfants tant que je vivrai.

Il plongea alors la main dans la poche de son jean et en sortit un petit écrin. Lorsqu'il l'ouvrit et qu'elle vit la bague ornée de diamants, elle sentit ses jambes flageoler.

— Sam, je... Elle est magnifique !

— Je l'avais achetée en prévision de notre remariage. Nous n'avons pas échangé nos vœux en public mais, même sans alliances et sans pasteur, quel bonheur d'être uni à toi, Lulu.

Saisis par la même et profonde émotion, tous deux restèrent quelques secondes les yeux dans les yeux.

— Puisque nous sommes d'accord sur tout, rien ne s'oppose à notre remariage, maintenant, fit-elle remarquer après s'être éclairci la gorge.

Sam lui jeta un regard surpris.

— Je t'aime trop, cow-boy, pour m'enferrer dans mes erreurs. Nous irons tous les deux annoncer à mes parents que, toi et moi, c'est pour la vie, assura-t-elle en plongeant son regard dans le sien.

Un sourire illumina le visage de Sam.

— J'aime la Lulu qui sait enfin ce qu'elle veut ! Ma femme...

Fusionnant dans une même étreinte, ils échangèrent un long, très long baiser.

Épilogue

Un an plus tard

— Belle vient au tribunal, maman ?

Le ton pressant d'Ethan fit sourire Lulu.

— Impossible, mon chéri, répondit-elle en aidant le bambin à nouer sa cravate.

En ce jour solennel qui confirmerait leur adoption, les trois enfants avaient insisté pour être habillés comme leur père.

Alors que Lulu se relevait, Theo lui adressa un regard surpris tout en caressant la tête du saint-bernard.

— Pourquoi elle ne viendrait pas, Belle ? Elle est gentille.

— Les chiens ne sont pas admis dans le tribunal, répondit Sam.

La déception des enfants ne dura pas longtemps…

— Les abeilles de maman peuvent venir alors ? demanda Ethan.

— Désolé, les gars, mais la place des abeilles est dans leur ruche, à Honeybee Ranch, pas au tribunal, répondit Sam en riant.

— Ah. Elles doivent travailler pour faire le miel, déclara Andrew d'un ton docte. Elles n'ont pas le temps.

Que de progrès accomplis en un an par ces garçons qui en arrivaient aujourd'hui à s'exprimer avec facilité !

— Bien deviné, les enfants, dit Lulu en souriant. Mes abeilles sont trop occupées pour nous accompagner.

Theo, la tête pensante du trio, reprit la parole :

— Combien tu as d'abeilles, maman ?

— D'abeilles, je ne sais pas, mais j'ai trois cent dix ruches.

Et elle avait été heureuse de les retrouver !

Sur l'insistance de Sam, elle avait rapatrié ses ruches du Wisconsin et adhéré, cette fois avec l'aval de Sam, au Laramie County Cattleman's Association non en tant qu'éleveur de bêtes à cornes, mais en tant qu'apicultrice. Une petite victoire pour elle.

Elle avait aussi engagé une assistante pour veiller sur ses abeilles et s'occuper de la propriété, ce qui lui laissait ainsi tout le temps nécessaire à l'éducation des trois enfants. Et au bien-être de Sam, son mari… Alors qu'ils allaient partir pour le tribunal, Belle les suivit jusqu'à la porte du ranch.

— Pauvre Belle, dit Ethan, tout triste.

Theo hocha sa petite tête blonde.

— Belle est venue au mariage.

— Bien sûr, les enfants, mais c'était chez grand-père et grand-mère, pas au tribunal, dit Lulu, émue par ce souvenir.

Le mariage ! Jamais elle n'oublierait ce jour. Avec quel enthousiasme Sam et elle s'étaient promis soutien, fidélité et bonheur.

Elle fit monter les enfants dans le 4x4, s'installa sur le siège passager et se tourna vers Sam, déjà au volant, en souriant. Un autre grand jour qui resterait dans leur mémoire, songea-t-elle, émue.

— Après, on fait la fête ! s'exclama Andrew.

— Oui, mon chéri, et avec toute la famille, répondit-elle d'un ton joyeux.

Sur les marches du palais de justice, Lulu et Sam se tournèrent vers les triplés.

— Les enfants, ce rendez-vous est très important pour nous tous, déclara-t-elle. Et papa et moi, nous attendons de vous trois que vous soyez sages, compris ?

Les trois frères hochèrent la tête, puis Sam conduisit la petite troupe à l'intérieur.

Ils n'eurent pas à attendre bien longtemps, et on les fit entrer dans le bureau du juge. Le clerc était en train d'épeler les noms des trois frères quand Andrew se leva.

— Oui ! Nous voulons Lulu pour maman ! s'écria-t-il.

— Et Sam comme papa ! renchérit Ethan.

Theo applaudit.

— Sam et Lulu, vous pouvez vous embrasser !

Sam, très embarrassé, s'adressa au juge.

— Votre Honneur, permettez-moi de vous présenter toutes mes excuses et celles de mes garçons qui ont confondu mariage et audience en vue de l'adoption.

Le juge retint un sourire.

— Adoption ou mariage, dans le fond, l'engagement est le même ou presque puisqu'il dure toute une vie, dit-il.

Lulu expliqua rapidement aux triplés qu'ils ne devaient pas intervenir si on ne les interrogeait pas. Ils restèrent sages jusqu'à la fin mais ne purent s'empêcher, une fois l'adoption entérinée, de manifester leur joie par des cris.

Lulu quitta le tribunal serrée contre Sam, les trois enfants sautillant autour d'eux. Avait-elle été plus heureuse qu'en ce moment précis ?

Le retour vers le ranch de Sam s'effectua en chansons,

et la fête qu'ils avaient organisée pour célébrer cette ère nouvelle de bonheur avec famille et amis proches ne fut que joie et bonne humeur.

Le soir venu et les enfants couchés, Sam et elle trinquèrent au champagne, sous le porche.

— Nous avons enfin réussi ! s'exclama Sam.

— Oui, nous avons réussi, et en beauté.

Sam l'embrassa, et ce fut comme si une plénitude toute nouvelle l'envahissait. Elle avait un mari qu'elle aimait – et qui l'aimait ! – trois garçons adorables qui lui apportaient joie et bonhcur chaque jour. Une famille…

— Crois-tu que nous aurons un jour l'occasion de partir en lune de miel, toi et moi ? demanda Sam, quelques instants plus tard.

— Mais notre lune de miel, chéri, nous la vivons depuis que nous nous sommes retrouvés.

Sam l'enlaça, et tous deux levèrent les yeux vers le ciel étoilé du Texas.

— Je t'aime, Lulu, et j'aime nos enfants. Que ce soit inscrit à jamais parmi les astres.

Une telle promesse ne pouvait que faire d'elle une femme heureuse et comblée, songea-t-elle en se blottissant avec amour contre Sam.

Noël au Cap-Vert, de Catherine Mann - N°957

En se rendant à un séminaire au Cap-Vert, le Dr Rowan Boothe n'imaginait pas qu'il découvrirait un bébé abandonné dans sa chambre d'hôtel, et encore moins qu'il solliciterait l'aide de Mariama pour s'en occuper. Mariama, qui ne cesse, chaque fois qu'ils se rencontrent, d'attiser sa colère... et son désir. Désormais, tous deux n'ont plus le choix : pour le bien-être de la petite Issa, il leur faut déposer les armes...

Cette inoubliable liaison, d'Andrea Laurence

En matière de femmes, Alex Stanton s'est fixé une règle d'or : zéro engagement. Seulement voilà, cela fait huit mois qu'il est incapable d'oublier Gwen, avec qui il a vécu une liaison passionnée. Aussi, quand il apprend qu'elle séjournera dans les Hamptons en même temps que lui, voit-il l'occasion de renouer avec elle. Mais, quand il retrouve enfin Gwen, il comprend qu'il va devoir revoir ses plans de séduction. Car elle est enceinte...

Le chalet sous la neige, d'Elizabeth Lane - N°958

Dragan Markovic est le pire être sur terre ! D'abord, il a licencié Tessa pendant sa grossesse et, maintenant, il l'empêche de se rendre avec ses filles à Anchorage ! Certes, il n'y peut rien si son avion a été pris dans une tempête et qu'ils ont dû atterrir en plein cœur de l'Alaska... Mais le résultat est le même : la voilà coincée avec lui dans un petit chalet. Pire : le charme de Dragan, couplé à l'aura de danger qui l'entoure, ne fait que renforcer son attirance irrésistible pour lui...

Un irrépressible désir, de Jules Bennett

En sentant le pouce de Ryan effleurer doucement ses lèvres, Piper fond de désir... Mais aussitôt elle se ressaisit, furieuse contre elle-même et contre celui qui vient de réapparaître dans sa vie. Pas question en effet qu'elle cède à son attirance pour celui qui fut son amour de jeunesse. Elle a fait le serment de ne jamais sortir avec un cow-boy, le jour où son père, une star du rodéo, les a abandonnées sa mère et elle. Et elle fera tout pour oublier Ryan...

Sous le charme du rancher, de Joanne Rock - N°955

Si Nicole a fait ce long voyage jusqu'au ranch de Mesa Falls, c'est pour une raison bien précise : découvrir qui est le père de son neveu Matthew, dont elle est la tutrice. Or, sur place, elle se heurte à une franche hostilité de la part de Desmond Pierce, le propriétaire des lieux, qui la prend pour une intrigante. Se pourrait-il que cet homme mystérieux soit celui-là même qu'elle est venue trouver ?

Tentée par un héritier, de Fiona Brand

Deux ans plus tôt, Allegra a passé une nuit passionnée avec Tobias Hunt, mais il est parti sans un au revoir, suscitant chez elle une cruelle déception. Alors, à la lecture du testament de sa grand-tante, Allegra ne mâche pas ses mots : elle préférerait vivre en enfer que de cohabiter un mois avec cet homme odieux ! C'est pourtant la folle condition que son aïeule a posée pour qu'Allegra conserve les parts de son entreprise et touche son héritage…

La rédemption d'Anderson, de Kira Sinclair - N°956

SÉRIE : MILLIARDAIRES À CHARLESTON TOME 1

Revoir Anderson cause un véritable choc à Piper. Ses mains tremblent furieusement, son cœur bat à tout rompre… Parce qu'il l'a protégée de son demi-frère, l'homme qu'elle a tant aimé autrefois a séjourné en prison, et Piper se sent coupable d'avoir gâché sa vie. Après dix ans de séparation et de silence, acceptera-t-il enfin de lui parler ? Piper ressent toujours un lien puissant entre eux et aimerait qu'Anderson s'ouvre à elle, mais cela est-il encore possible ?

L'épouse de ses rêves, de Brenda Jackson

En devenant pilote chez Outlaw Freight Lines, Regan a réalisé son rêve. Un rêve auquel elle va devoir renoncer, et pour cause : elle est éperdument amoureuse de son patron, Garth Outlaw. Alors qu'elle lui remet sa démission, il lui propose de passer deux semaines avec lui sur une île paradisiaque. Stupéfaite, Regan accepte, tout en se jurant de ne pas céder à la tentation d'une liaison sans lendemain. Car elle est résolue à obtenir bien davantage de lui…

Retrouvez prochainement,
dans votre collection

PASSIONS

Ce scandaleux secret, de Janice Maynard - N°953

Mais que fait Jake Lowell à sa porte ? Nikki est profondément troublée de le revoir, car elle n'a plus eu de nouvelles de son amant depuis la merveilleuse nuit qu'ils ont passée ensemble, cinq ans plus tôt. Assaillie par les questions furieuses de son visiteur, Nikki comprend qu'elle ne peut fuir son passé plus longtemps. L'heure est venue de révéler à Jake qu'une adorable petite fille est née de leur liaison…

Une idylle à Hawaï, de Nina Singh

Le soleil, l'eau turquoise, la plage, les palmiers… Rita est ravie d'être à Hawaï pour le mariage de sa meilleure amie. N'est-ce pas le cadre parfait pour oublier sa récente rupture et peut-être même profiter enfin de l'instant présent ? Si la tentation est grande de s'abandonner à la séduction de Clint Fallon, le frère de la mariée, Rita se prend à douter. Peut-elle s'offrir une idylle passagère avec cet éternel célibataire sans mettre en péril son cœur ?

Une brûlante passion, de Joss Wood - N°954

En cette période de Noël, Adie se pose toujours mille questions sur sa vie, ses choix… Et voilà que sa rencontre avec le fascinant Hunter Sheridan la bouleverse davantage encore ! Tandis qu'elle aimerait laisser libre cours au puissant désir qu'elle ressent pour le riche playboy, elle craint en effet de se lancer dans une liaison dont son cœur pourrait ne pas sortir indemne…

Ce marché si parfait, de Kerri Carpenter

Emerson ne supporte plus que sa mère cherche à la marier ! Alors qu'elle fuit la boutique nuptiale de cette dernière, elle tombe dans les bras de Jake, le séduisant propriétaire du Wright Bar. D'une confidence à l'autre, tous deux finissent par conclure un pacte : Emerson aidera Jake à relancer son entreprise, en échange de quoi Jake jouera le rôle de son fiancé auprès de sa famille. Un marché parfait sur le papier, jusqu'à ce que les sentiments s'en mêlent…

PASSIONS

HARLEQUIN

Ne manquez pas dès le mois prochain
dans votre collection

PASSIONS

le premier tome de la nouvelle série

Milliardaires à Charleston

Ils sont de retour pour conquérir leurs cœurs…

Un roman inédit chaque mois de
novembre 2021 à janvier 2022